辽宁省教育厅 2020 年度科学研究项目（编号：LJC202023）
"文学史观与中国当代文学史书写的话语型构"

汉语言文学中国特色研究丛书·实践论文学理论建构

主 编／高 楠 韩春虎

中国当代文学史书写的话语型构

吴玉杰 郑思佳 孙冬迪 李佳奇 等 ／ 著

社会科学文献出版社
SOCIAL SCIENCES ACADEMIC PRESS (CHINA)

总　序

构入文学活动的实践论文学理论

提出"实践论文学理论建构"课题，并系统地展开规模性研究，不是哪个人、哪个研究群体的突发奇想或标新立异，它有具有历史延续性的本源根据，有 20 世纪以来世界文学及文学理论走向的根据，更有中国文学理论几十年来面对它的研究对象而形成的建构取向的根据。在实践论文学理论以理论课题的方式提出之前，在中国，是认识论文学理论一统天下。20 世纪 80～90 年代，文学实践的具体情况与脱离文学实践的具体情况的认识论文学理论的争论，使文学的能动性获得了理论身份而进入认识论文学理论，并使后者在很短的时间内转入能动反映论文学理论，于是文学对于生活的能动性便被理论性地肯定了。

然而，在 20 世纪 90 年代能动反映论文学理论积极建构期间，大众文化冲破了文学能动反映论的樊篱，把文学及文学理论引入社会性文学活动的领地。文学开始放弃工具身份论的努力，进入人的生存表述、人的欲望表述、人的压抑乃至苦难表述的境地。文学由工具身份提升为人的主体表述身份，这是中国文学自我主体的重新面对，同时也带来了其理论研究主体文学理论的主体性变化。正是在这一变化中，文学邂逅了文学活动的现实实体，其实，这也是文学本质以活动见之于世的身份本源的历史回顾。

根据进化论、发生学，马克思的《〈政治经济学批判〉导言》所强调的研究各种现实具体的方法，在任何现实具体中，都保存着它们生成的本源性根据，就像脑科学所揭示的那样，人的进化中原初的本能，都会在大脑皮层中占据其应有的位置，并会在相应的时刻释放力量。文学活动作为文学的本源属性，始终存在于文学中，并不断地释放为文学的现实乃至当下的规定性。当然，此处所说的文学本源，在还没有"文学"这一说法的先民时代，曾被后来的文学理论家们称作前文学时代的原始现象。尽管留存至今的原始活动的证明已极为稀缺，但并非毫无痕迹，一些地方遗存的岩画，如欧洲法兰克和坎塔布利亚地区旧石器时代的岩画，以及旧石器晚期我国江苏连云港的将军崖岩画，其间尽管发生了由幽深洞窟向敞亮岩面的变化，但有一点是不变的，即拥有很广阔的空间。由此可以推断岩画上的场所是原始部落集体活动的场所。至于岩画内容，多是几人甚至数百人集体活动的画面。岩画研究者们的共识为这类岩画上的场所是原始人举行群体巫术仪式的场所——"它是全体社会成员共同的劳动成果，是整个部落举行巫术仪式的成果，是全体成员社会生活的需求"[1]。而对于原始巫术，艺术发生学认为，其就是诗、乐、舞"三位一体"的活动，当然，这是原始性质的诗、乐、舞，最初大概也就是有节奏的单音或双音话语、喊叫和彼此配合的蹦跳。这就是前文学时代的活动样式。与文学中的诗直接相关的原始诗、乐、舞一体化活动在《九歌》中体现得尤为充分。据专家考证，屈原的《九歌》是根据楚地民间祭祀歌舞加工整理而成的。"《九歌》产生于南郢之邑、沅湘之间，这一地区，即今日湖北的西南部与湖南的三湘四水之间。这一地区的原始祭祀歌舞，主要是'傩祭'，民间称之为'还傩愿'。其供奉的神灵，有的只傩娘一位，有的则有傩公傩娘二神，又因民族和地域的不同分为女神系与夫妻神系二种。"[2] 由此可见，《九歌》已不是前文学而肯定是文学中的诗了。《九歌》源于原始祭祀的诗、乐、舞一体性活动也因此不容置

---

① 陈兆复：《岩画艺术》，《文艺研究》1991 年第 3 期，第 90 页。
② 林河：《〈九歌〉与南方民族傩文化的比较》，《文艺研究》1990 年第 6 期，第 119 页。

疑。引述岩画与《九歌》的相关研究成果，旨在证明文学是一种社会实践活动，因此将之纳入实践论文学理论体系并不是灵机一动的想法，而是有其发生学的坚实根据。

实践论文学理论在中国文学理论的延续性建构中，割不断与认识论文学理论的关系，而且关于二者哪个对文学研究更具理论有效性的争论至今仍在继续。为使实践论文学理论的建构更深入地展开，这里须对两个要点予以阐释。

其一，文学理论研究是对象性研究，它不仅研究对象而且被对象规定。如果对象是文本，则要用合乎文本研究的一套理论去对待，进而建构文本理论体系。认识论文学理论是研究文本的理论，它以文本为中心，不仅涉及理论的对象设定问题，更关乎认识论文学理论之于文学文本理论的对应性问题。倘若对象不是文本而是活动，即社会综合性活动，则需要一套研究文学活动的理论，这就是实践论文学理论。由于此前的文学理论研究基本上是文本研究，与之相应，认识论文学理论在文学理论研究中的主流性也就不足为怪。这是有根据的主流性，或者说，是不以研究者的意志为转移的主流性。但是，如果产生文本、传播文本、批评文本、接受文本的综合性文学活动被确定为研究对象，那么活动与文本的差异，便规定着实践论文学理论与认识论文学理论的差异。这就像对应着经济活动的经济学与对应着人体疾病的医学的差异一样。这是研究对象与对象研究二者之间相互规定的对应性，前文提出的文学对象不仅是文本对象，更是社会实践对象的发生学根据，还是实践论文学理论获得建构合理性的根据。

其二，实践论文学理论与认识论文学理论各自的理论根据，规定着二者理论建构的不同研究路径。实践论研究社会实践的展开过程，而社会实践的展开过程有五个研究要点。一是实践目的。任何实践都面对为什么实践的目的性追问，因此都需要在具体的实践活动展开之前预先进行目的设定。而目的设定又是一个综合的目的考察过程，它要解决所设定的实践目的的时间可行性、空间可行性及条件可行性等问题，否则，所设定的实践目的便是无根据的目的。很多实践活动之所以半途而废，往往是因为实践启动前所提出的目的本身就是不可实现的。二是实践目的的实践路径预设。马克思曾将蜜蜂筑巢与人类建筑做对比，以此说明人与动物的差异，即动物的活动是本能的，而人的活动是预先设计的，人在活动前总要先拿出一个通往目的的设计图。海德格尔则称此为活动的预先筹划。三是实现实践目的的方法与手段。不同的方法与手段不仅规定着所提出的实践目的，而且规定着筹划的实践路径。从这个角度说，方法与手段不总是被实践目的与实践路径所限定、选择，更多的时候后者也被前者所规定，预先掌握的或可以借用的方法与手段，往往先行进入目的的设定与路径的筹划，这是一种相互作用。四是实践性协调。实践是社会活动，常见的实践过程是多方合力的过程，各参与方因同一实践目的而被组织起来，发挥各自的作用，这使得实践过程成为一个各方力量不断协调的过程。协调既有各方目的性的通力协调，又有实践筹划者的统筹协调。此外，实践性协调还包括不同实践过程间的协调，这是因为社会生活中任何实践过程都不是单一的，它总是在与其他实践过程的相互作用中协调性地展开，并且也都是先后延续性地协调展开。五是过程性调整与变动。这是因为很少有哪个复杂的实践是一蹴而就的，发生在现实社会生活中及历史生活中的实践过程，受多种力量的影响，各种各样偶然、莫测的因素，随时都可能进入实践中来，使预先设定的实践目的、预先筹划的实践路径、预先选择的方法与手段，以及预先协调的实践过程发生变化，这时，适当地调整目的、适度地改变路径、变通地转换方法与手段、灵活地进行内外协调，便是实践过程的常态。实践的上述五个特点，使得以实践为对象的实践论具有开放、生成、互构、流变、有机整体性的特点，并且形成了一套与这些特点相适应的研究方法、研究路径，以及自有的理论范畴、命题、经验资源和理论资源。韦伯曾分析过实践合理性问题，提出实践合理性概念的三个方面，即手段的运用、目的的设定以及价值取向。在价值取向中，实践活动的各方面的彼此协调决定着价值理性行为。哈贝马斯在分析西方理性主义的表现形式时，把实践合理性纳入合理概念中，确立了与认识合理性不同的理性尺度。在论证过程中，他分析了韦伯的实践合理性概念。[①]以实践论的上述理论要点为基础，实践论文学理论在文学活动对象的观照中，形成了自己的理论范型。

与之相比，认识论文学理论就是差异明显的另一套理论了。认识论文学理论试图把握的是对象世界的真，即真理。为了把握真理，保持真理的精粹性，它阻止认识者对认识对象的融入而强调观察的客观性。它用这种姿态研究文学文本，也用这种价值取向要求文学文本，因为文本是实现了的认识。而被作为真或真理所把握的，便是生活中那些可以抽象为真的普遍的东西、恒定的东西以及必然的东西。而且，这些东西一经文本宣布已经把握，对于后来的研究者来说，它们就成为理论研究的预设，研究的结论就是对这些预设的证明。预设与结论由此进入费希特所说的循环论证之中。当下主导性文学理论中的意识形态论、文学功能论、文学构成论、批评标准论等，其实都是定型化的预设的结论或结论的预设。当这种预设或结论被强行赋予文学时，即便是文学文本也往往无法承受。因为文学文本不断创造的对于现实生活的开放性，以及现实生活以其丰富多彩的创新样态进入文学文本的变化性，都使既有文学文本已然实现的认识成为过时的认识，而过时的认识仅有延续的价值而缺乏当下的价值。理论于文学无用、理论于批评无用的常见说法，乃根源于此。这种理论与文学文本、文学批评疏离的状况，又激发了坚持认识论文学理论的研究者们自闭式的理论兴趣，既然文本与批评都已远去，理论就成为自娱自乐的乐园。于是也就有了一些学者所嘲讽的没有文学的"文学理论"。

理论建构的历史延续性毋庸置疑，就像大厦总是从地基建起一样。但可以确定的是，那个地基并不是大厦，实践论文学理论——起码从

---

① 〔德〕哈贝马斯：《哈贝马斯精粹》，曹卫东选译，南京大学出版社，2004，第19页。

中国延续的理论资源来说——是奠基于认识论文学理论的。其实这种奠基关系无论从理论上还是从实践上来说，都没有一定要将二者对立而不可协调的必要。对中国现代文学理论追本溯源，都可以归结到马克思主义经典理论。正是马克思主义经典大师为中国现代文学提供了文学理论的唯物主义认识论根基，同样，马克思主义经典大师也提供了改造世界的实践论的哲学根基。马克思、恩格斯、列宁、斯大林、毛泽东，都有自己深刻的哲学思想，而这些思想是他们伟大实践的提炼，并用以指导他们的伟大实践。在其思想形成与发展过程中，他们的认识与实践是统一的。他们为了实践而认识，并为了认识而实践。后继者越来越远离经典大师的现实实践语境与历史实践语境，于是，对后继者来说，他们所面对的便是既往实践已经离场的认识，实践的结论由此便成为理论的预设。而在实践中随时会出现新的命题，这时它们便成为理论预设的结论，被预设的理论所解释，实践论因此转向反思哲学，认识论便这样被创造出来。实践论则从另一个角度贴近经典大师，即把握他们在实践中得出的方法与思路如何在当下实践中应变而变地使他们的认识返归实践，如何在人的丰富的本质力量的活动中提炼人的社会性，又如何借助人的社会性探讨人的艺术生产。在这个过程中，虽然当时的实践已然不在场，但实践的流变性、生成性、调谐性、有机整体性等属性，都存留在他们的认识中，并使他们的认识成为实践的认识。因此，从理论溯源的角度来说，实践论与认识论并非对立的而是互构互融的，但从认识论与实践论理论范型的现实状况来说，认识论若想融入实践论，则必须在实践论的理论范型中找到通往实践的路径，而不是单纯的理论兴趣的路径。

更切合当下阐释语境的说法是，实践论文学理论的认识论内容，同时也是当下文学活动的内容。在发生学中，前文学时代的原始巫术是原始人为生存而建立在原始思维基础上的活动，在那样的活动中，通什么神、如何通神、通神的巫术目的等，其实已经有原始思维的认知，不然就不会有原始巫术实践之目的性过程的筹划与实施。也就是说，前文学阶段就已蕴含实践与认识相涵容的规定。现实地说，认识是马克思在《〈政治经济学批判〉导言》中所说的抽象范畴，实践是他所说的具体综合的范畴，而具体综合的范畴则涵容着简单的抽象范畴，并且使其在更高层次的综合中以具体的方式得以实现。由此可以说，实践论文学理论是认识论文学理论在更大的具体范畴的综合性实现，在这个实现过程中，实践论文学理论是对认识论文学理论扬弃性的延伸。

正是出于上述考虑，我们策划了这套"实践论文学理论建构"丛书。这套丛书从文学理论的实践属性、中国马克思主义文论的批判之维，到中国古代文论的实践特征、中国城市文学乡土幽灵的实践写作、中国女作家女性文学意识的实践根据揭示、大众网络时代的实践论语言探索，再到中国民间文化的实践理性、西学东渐的实践论转化，既是实践论文学理论实践性的多向展开，又是多向展开的文学实践向着实践论文学理论的体系性凝聚。希望更多学者参与到这一课题的讨论中来，同时也希望这套丛书在更多学者的关注与批评中，实现其实践论文学理论建构的预期。

高楠　韩春虎

2017 年 6 月 20 日

目　录

第一章

中国当代文学史书写的话语表征

传统历史主义认为历史是客观的，具有绝对的权威性；而新的史学观念认为历史主要由一些文本和诠释这些文本的策略组成，并随着素材的不断"闪现"而时常变化。中国当代文学史因为史料的"封存"与"解禁"、发现与开掘而"常写常新"，"权威性"并不绝对，而是逐渐趋向多元性。但多元性不是随意性，而是充满当代性的历史性与学术性。中国当代文学史观念经历政治性—审美性—多元性的历史演变，兼具集体与个人话语主体，以大历史与小历史的话语策略、文本史与精神史的话语融合，使文学史书写彰显鲜活的话语表征。

第一节　集体与个人：文学史书写的话语主体

在中国的文学史学科发展史上，曾经两次出现多元文学史观念形态：一次是 20 世纪二三十年代文学史研究和出版的高潮期；一次是 20 世纪八九十年代当代文学史研究的高潮期。多元文学史观念不会凭空而生，而是得益于一定的文化思潮和学术风气，正是文学史研究高潮孕育和催生了多元文学史观念。多元文学史观念反过来又是文学史研究发展的动力。在当代文学史的书写形态中，集体编写一般比较常见，而 20 世纪 80 年代才出现大规模"个人撰史"现象。所谓"个人撰史"现象，实际上正是多元文学史观念及其实践的一种必然现象。"个人撰史"即文学史家依据个人的文学史观念和独特的研究方法独立撰写、公开出版的文学史学术著述。"个人撰史"由文学史研究确立初期的常规化，到被新中国成立初期的体制化、集体化所遮蔽，再到新时期重新浮出历史地表，取得合理合法的话语权，生动地体现了文学史观念的嬗变以及学科建设的艰难曲折。

关于中国当代文学的研究虽有难以写史之说①，但回顾 20 世纪 60 年代以来的中国当代文学史，我们发现，至今已有 200 多部②。20 世纪 80 年代之前，中国当代文学史研究成果屈指可数（仅有 5 部，平均每四年出版 1 部）；20 世纪 80 年代之后的中国当代文学史研究出现了高潮，尤其是 1990 年、1999 年、2006 年，各出版 10 部、13 部、12 部。20 世纪 80 年代后期至 20 世纪 90 年代初"重写文学史"的讨论对当代文学史的写作具有强大的冲击力，至此，文学史观逐渐多元化。经过多年的知识储备，文学史写作逐渐凸显个性。1999 年可以说是中国当代文学史研究成果丰硕的一年，不仅数量最多，而且成就也最大。几本有影响力的文学史著作都诞生在这一年，如洪子诚的《中国当代文学史》（北京大学出版社），陈思和主编的《中国当代文学史教程》（复旦大学出版社），王庆生主编的《中国当代文学》（华中师范大学出版社），杨匡汉、孟繁华主编的《共和国文学 50 年》（中国社会科学出版社），朱栋霖、丁帆、朱晓进主编的《中国现代文学史（1917～1997）》（下册）（高等教育出版社）等。尤其是洪子诚个人撰写的文学史代表着中国当代文学史研究的阶段性成就，已经形成"个人撰史"现象。它在带给我们欣喜的同时，还让我们更多地思考一个问题，即文学史的集体撰写和个人撰写作为一种文学史现象的得与失。

---

① 唐弢：《当代文学不宜写史》，《文汇报》1985 年 10 月 29 日。
② 曾令存：《中国当代文学史版本辑录与述略（大陆部分 1949—2019）》，《中国现代文学研究丛刊》2022 年第 2 期。

1. 多元文学史观念

20世纪60年代至80年代，中国当代文学史的写作受主流意识形态的影响较大，政治意味较浓，文学史写作还没有建立起自己的话语权威。而"重写文学史"试图打破文学史写作的传统束缚，把文学史拉回自身的运行轨道。多元文学史观念的形成与发展是"重写文学史"的重要实绩，同时，教科书意识、个性意识、文化意识不断增强，出现了文学史写作的繁荣景观。

一是对当代文学史著作的命名。

200多部中国当代文学史，除了部分以"中华文学通史·当代文学编""共和国文学""中国现代文学史·下""20世纪中国文学""新中国文学"等命名，绝大多数都冠以"当代文学"的字样。据洪子诚辨析，"自五十年代中、后期开始，'新文学'的概念便被'现代文学'所取代，以'现代文学'命名的著作，纷纷出现。与此同时，一批冠以'当代文学史'或'新中国文学'名称的评述1949年以后大陆文学的史著，也应运而生。可以看出，'现代文学'对'新文学'的取代，是为'当代文学'概念出现提供空间，是在建立一种文学史'时期'划分方式，为当时所要确立的文学规范体系，通过对文学史的'重写'来提出依据。而这种依据，主要来自毛泽东的《新民主主义论》等论著"①。可见，"当代文学"的命名有鲜明的政治内涵。至今，"当代文学"仍被广泛使用，得到研究领域的普遍认可，说明其有继续存在的理由，"是把握本世纪中国文学状况的一种有效的视角"（洪子诚语）。

其实，让人迷惑不解的是，"20世纪文学"曾经被轰轰烈烈地提出，而将其付诸写作实践的并不多，主要有徐国伦和王春荣主编的《二十世纪中国两岸文学史（续编）》（辽宁大学出版社，1993），孔繁今主编的《二十世纪中国文学史》（下）（山东文艺出版社，1997），黄

---

① 洪子诚：《"中国当代文学"》，《南方文坛》1999年第1期。

修己主编的《20世纪中国文学史》（中山大学出版社，1998），黄悦、宋长宏编著的《20世纪中国文学史纲》（北京语言大学出版社，2003），唐金海、周斌主编的《20世纪中国文学通史》（东方出版中心，2003），李平、陈林群的《20世纪中国文学》（上海三联书店，2004），顾彬的《20世纪中国文学史》（华东师范大学出版社，2008），严家炎主编的《二十世纪中国文学史》（高等教育出版社，2010）。可见，"20世纪文学"的提出自有其合理性，但同时也有操作难度，就连倡导者钱理群本人也仍然用"现代文学三十年"冠名己书，强调30年文学的现代性。与此密切相关的是，朱栋霖、丁帆、朱晓进主编的《中国现代文学史（1917~1997）》（下册）以现代意识关注20世纪中国文学的整体性和现代性，没有采用"当代文学"的字样，而是把1949~1997年的文学作为1917年以来中国现代文学的继续。可见，文学史写作的命名暗含着不同的文学史观。即便是相同的命名（如采用"当代文学史"），其文学史的写作观念也不尽相同。

二是教科书意识与个性意识。

几乎所有人在写中国当代文学史的时候，都本着研究和教学的双重目的，而客观上的实现则有很大的不同。文学史家王瑶认为："文学史作为一门独立的学科，它既不同于以分析和评价作品的艺术成就为任务的文学批评，也不同于以探讨文艺的一般的普遍规律为目标的文艺理论；它的性质应该是研究能够体现一定历史时期文学特征的具体现象，并从中阐明文学发展的过程和它的规律性。"[①] 文学史的写作实践是一门研究的艺术，当代文学史的写作一直有自觉的教科书意识，或前言，或绪论，或后记等，都有不同的文字说明显示其作为教材的考虑。20世纪80年代之前的文学史书写，教科书意识被政治性所统领；90年代之后，教科书意识更有文学史书写本体的意味。朱栋霖、丁帆、朱晓进主编的《中国现代文学史（1917~1997）》（下册），王

---

① 王瑶：《中古文学史论》，北京大学出版社，1998，"重版题记"第2页。

庆生主编的《中国当代文学史》（高等教育出版社，2003），孟繁华、程光炜的《中国当代文学发展史》（人民文学出版社，2004）都是作为"面向 21 世纪课程教材"推出的，"寻求当代文学教学与研究的结合点"① 是显而易见的。陈思和在《中国当代文学史教程》的"前言"中用很大篇幅说明"当代文学史教学的三种对象和三个层面"以及"本教材所追求的文学史编写特点"，鲜明的对象意识赫然可见，其章节的设置完全为教学的实际操作服务。以严谨与深邃著称的洪子诚《中国当代文学史》的"前言"中也同样说明了作为"大学文科的教材……从教学的要求出发"的文学史写作的整体格局和具体设置等问题。由此可见，中国当代文学史写作的教科书意识（或对象意识）已经成为一种显在的意识，虽然教科书意识在教材中的实现还存在这样或那样的问题，但不可忽视的是，撰史者试图在文学史写作的整个过程中贯穿这种意识，这意味着文学史写作不再是完全政治化的产物，而是有"因材施教"式的独立意识。

作为教材的文学史，是撰史者的普遍追求。而每部文学史在撰写的过程中都追求和前人的书写有所不同，由不同的文学史观、不同的叙述方式彰显个性。洪子诚的《中国当代文学史》也考虑了教材型的体例建构，但给我们的印象主要还是研究型，其以严谨与深邃的"历史性"见长：历史情境的审察、一体化叙述的建构、审美尺度的衡量，构成其学术个性。陈思和主编的《中国当代文学史教程》对象意识鲜明，同时站在民间文化的立场观照当代文学，以文学整体观的激情探索——"民间性"把教科书意识和学术意识结合在一起。王庆生主编的《中国当代文学史》稳中求变，文本选取具有代表性，观点不偏不倚，不走极端，不张扬，吸收最新的研究成果，用公允的、大家认同的观点评价，详略得当，比较适合做本科生教材，以"稳妥性"著

---

① 周晓风：《寻求当代文学教学与研究的结合点——评孟繁华、程光炜著〈中国当代文学发展史〉》，《海南师范学院学报》（社会科学版）2004 年第 4 期。

称。朱栋霖等主编的《中国现代文学史（1917～1997）》以"现代性"统领 20 世纪文学，仍以"现代文学"命名我们通常意义上的当代文学。孟繁华、程光炜的《中国当代文学发展史》追求现代性，吸收现代性，以"现代性"的眼光审视中国当代文学：关于 50 年代文学的第五章"文学的现代性实验"中，萧也牧的《我们夫妇之间》、路翎的《洼地上的"战役"》、杜鹏程的《保卫延安》等都表现出作家对"现代生活"的态度，显示了"现代性"在那个时代的复杂内涵，"这一章与第十二、十三章'现代派文学'对照着读，是更能使人产生出关于'现代性'的丰富意蕴和深刻矛盾、不同思想与文学境界的思考与猜想的"①。历史性、民间性、稳妥性、现代性等，是不同的文学史家个性意识的具体化，也是不同文学史文本的具体化表征。

不同的文学史著作共筑文学史的大厦，"事实上，有特色的文学史都是个人阅读与集体经验的结合。而个人的阅读过程当中必然受过去的生活经验影响或支配"，"文学史论述往往包含个人与公众的纠结，文学史的书写不乏个人想象和记忆"。②洪子诚在别人浅尝辄止的地方深掘，陈思和在被人遗忘的角落流连，王庆生的著作稳中求变，朱栋霖等和孟繁华、程光炜以不同的现代性切入文学史等，其相互补充，共绘文学史的整体图景。

然而，教科书意识并不一定是文学史写作的必然要求，在某种程度上它可能会影响文学史研究的深度。洪子诚的文学史书写因为考虑到教材的应用目的，构成了内容的内在矛盾，影响了其文学史深度的进一步挖掘。

三是文化意识。

20 世纪 80 年代之前的中国当代文学史，大多比较注意文学和政

---

① 樊星：《追求整体的当代文学史——读孟繁华、程光炜〈中国当代文学发展史〉的随想》，《当代作家评论》2005 年第 3 期。

② 陈国球：《文学史书写形态与文化政治》，转引自刘黎琼《出入文学史写作的内与外——浅论洪子诚的当代文学史著述》，《当代作家评论》2005 年第 5 期。

治文化的关系，文学史还没有独立的"文学史的权力"。20世纪80年代的思想解放，尤其是20世纪90年代以来的文化研究热潮给文学史写作带来了积极的影响。撰史者视野开阔，以文化意识观照当代文学。打开的这道文化之门，不仅为当代文学研究找到了新的理论生长点，而且在一定意义上增强了文学史研究的厚重感。

20世纪90年代以后的撰史者善于挖掘被历史尘封的精华，不但关注主流文学，而且把非主流文学纳入自己的研究范畴。传统的文学史只关注当时的主流文学，而20世纪90年代末的文学史在关注主流文学的同时自觉地关注非主流文学，如潜在写作、地下文学等，这在陈思和的《中国当代文学史教程》中表现突出，已经成为其文学史写作的鲜明个性。

从文学和政治的关系中解脱出来，在中外大文化的视野中观照中国当代文学，是撰史者文化意识的重要体现。其一，从文学到文化。洪子诚论述文学生产与文学出版的广度、文学规范和文学环境对文学创作和文学现象影响的深度，陈思和站在民间立场以民间文化视角观照中国当代文学，孟繁华和程光炜分析评奖制度、改刊对文学的影响和"市场条件下的文学生产"等，都透出文化研究的气息。其二，不同时空的文学互为参照，从中国文学到世界文学，或从世界文学到中国文学，中外文学的广阔视野强化了中国文学和世界文学的联系。朱栋霖等分析海外新儒学对文化寻根和寻根文学的影响、莫言的文学创作和马尔克斯的关系，孟繁华和程光炜的文学发展史对"当代文学的外部资源"的开掘着眼于苏俄革命文学对中国当代文学的影响等，撰史者已分明感觉到世界文学之间的相互渗透和相互影响。这似乎和胡适的祖孙法（文化溯源法）有些关联。胡适写《中国白话文学史》采用打破常规的思路——"祖孙的方法"。他说，你得把所要研究的点放在中间地带，一头是其发生的原因，一头是其发生的效果：上头有其祖父，下面有其子孙。捉住了这两头，其再也逃不出去了。① 把要研究的"点"放在文化语境中进行考察，追述原因、审视效果，这也是当代文学史研究的重要方法。而同在中外文化视域观照中国当代文学史，我们看到的文学史中文化视点却又有所不同，这也是不同文学史著作的个性特征。

教科书意识、个性意识以及文化意识等多元文学史观念使中国当代文学史挣脱主流意识形态的捆绑，获得"文学史的权力"，拥有自己的话语，所以，无论是集体撰写的文学史还是个人撰写的文学史，在20世纪末都渐入高潮。

2. 文学史的集体撰写

200多部中国当代文学著作中，个人撰写的较少，大多都是集体撰写的。个人撰写的中国当代文学史直到1998年才首次出现（於可训的《中国当代文学概论》）。个人撰史出现虽晚，但成就较高，得到文学史研究领域的普遍认可，洪子诚的《中国当代文学史》出版后，钱理群称当代文学终于有史了，评价不可谓不高。在一体化的文化规约下，集体撰写是当代文学史写作的"常态"，1960~1997年，近四十年的时间90余部文学史著作都是集体完成的，并未产生个人撰写的文学史著作，可见集体撰史的宏阔历史局面。

集体撰史自有其优势所在：一是采百家之长，有利于文学史权威的建立，尤其是全国统编教材更是如此；二是人们相信，只有把集体的智慧集中起来才能使知识发挥最大的效用；三是集体撰史根据每个撰写者的特长分工，"各显其能"，容易在某些点上做得深刻；四是视野开阔，资料丰富，一般不会造成重要文本的遗失。正因如此，集体撰史才构成中国当代文学史写作的一种常态。

但是，集体撰史的局限性也越来越明显。第一，有的文学史力求平稳，但缺少创新。"全国统编教材，有利于'文学史'权威之建立，

---

① 转引自戴燕《文学史的权力》，北京大学出版社，2002，第53页。

这对组织者及编撰者是个极大的诱惑；但作为教科书的'文学史'，不允许冒险闯禁区，绝难做到'究天人之际，通古今之变，成一家之言'。必须考虑各种利益集团的需要，平息各种学术流派的纷争，因此，只能是'不求有功，但求无过'。作为普及教育的工具，此类著作当然必不可少；但将文学史研究等同于撰写教科书，则是天大的误会。"① 作为统编教材的文学史著作，章节设置、字数分配、材料使用等方面大都需要经过研究、讨论，力求平稳，避免给学生带来不良影响。但正像日本汉学家高桥和巳所说，原来以为共同讨论的结果会令更多的问题意识产生，现在才看清楚，这一点不仅没能实现，反而由于是共同作业，大家的意见空前一致，文学史的集体写作于是便成了简单的"罪行审判"。② 保持一以贯之的风格，可能会遮蔽每个撰史者的个性，这在一定程度上会削弱文学史写作的创新性。

第二，与第一点相反，集体撰史统稿艰难，也会造成文学史的不统一，甚至是内在的矛盾。其一，观点的不统一。有的统编教材是"紧急下达的任务"，那么带着赶任务的心态的"急就章"，出现纰漏在所难免；有关联性的文学现象出现在不同的历史时期，有可能由不同的人负责撰写，那么参编者的不同观点就会造成内容整体上的不统一；统稿的工作极其艰难，如果参加编写的都是"名人"，有时更难，主编"为名人讳"，轻易不能改动其文字；有些合作者把自己以前的研究成果拿来放在合写的文学史中，很少改动，研究观点陈旧、创新性不足，也没有考虑其和整部文学史是否能够对接、和谐。其二，风格的不统一。文学史的写作也是撰史者自我对象化的过程，傅斯年这样理解他心目中的文学史："所要写的题目是艺术，艺术不是一件可以略去感情的东西，而写一种的史，总应该有一个客观的设施做根基。所用的材料可靠，所谈到的人和物有个客观的真实，然后可得真知识，

---

① 陈平原：《"文学史"作为一门学科的建立》，载陈平原《文学史的形成与建构》，广西教育出版社，1999，第5~6页。
② 转引自戴燕《文学史的权力》，北京大学出版社，2002，"前言"第8页。

把感情寄托在真知识之上，然后是有着落的感情。"① 文学史研究是一项充满理性的工作，同时因为面对的是艺术，在一定程度上也有情感的色彩。集体撰史，参加者不同的理论修养会造成论述深度的不同，不同的价值取向、情感取向、审美取向等会导致行文风格的不同。陈思和主编的《中国当代文学史教程》虽是集体撰写的文学史，但也体现个人的学术风格，所以在文学史内在的紧凑性上明显优于一般的集体撰写的文学史。

第三，集体撰史可能导致材料的重复使用。集体撰史，参编者只在"自足的体系"中完成自己分内的工作即可，很少"光顾"别人对资料的使用情况，这样，文学史中的重要资料可能会被不同的参编者使用，如果统编的工作不够细致，没做必要的删减工作，必然造成重复。详略不够得当，不够简约，甚至有堆砌之感，必将影响文学史的总体格局。

集体撰史有优势，也有局限。"集体编写解决了个人在资料处理上的难度，但也带来常见的不平衡、不统一的问题。"② 集体撰写的文学史似乎存在这样的悖论：力求平稳可能不够创新，每个撰史者力求创新又可能导致总体的不统一，材料丰富又可能资料重复。所以，集体撰写的文学史尽管较多，但真正让专家和学生满意的不是太多。集体撰史，每人完成自己的部分似乎比较容易，而整个文学史的写作却极其艰难。

3. 文学史的个人撰写

从集体撰史到个人撰史，是中国当代文学史写作中的重要变化。在计划经济时期，不可能诞生个人撰写的文学史。

对于研究中国当代文学史的人来说，1998 年和 1999 年都很特别。1998 年，第一部个人撰写的中国当代文学史问世，於可训成为个人撰

---

① 傅斯年：《中国古代文学史讲义》，四川人民出版社，2018，第 20 页。
② 洪子诚：《近年的当代文学史研究》，《郑州大学学报》（哲学社会科学版）2001 年第 2 期。

史的第一人；1999 年，是文学史生产最多的一年，是文学研究取得最高成就的一年，其标志是第二部个人撰写的文学史——洪子诚的《中国当代文学史》。从中可以看出，个人撰史"不鸣则已，一鸣惊人"。何种力量致使个人撰史具有如此之魅力？集体撰史的局限是个人撰史的优势，而集体撰史的优势则成了个人撰史的劣势。对于个人撰史来说，最重要的一点是个人经验的渗透、学术个性的彰显。

文学史的个人撰写依赖于个人的经验，而个人经验在传统的文学史视域中往往是不可靠的。对个人经验的不足关注太多，对其正面意义开掘不够，这是个人撰史缺失的重要原因之一。但是，"当一般的历史学家相信学术进步要靠培根所谓的'集众研究'，主张以集体的力量大规模搜集原始资料的时候，当文学史研究的同行中也有人谈起'若不集同志合作，论断不易精审'的时候，郑振铎却反其道而行之，大讲个人修史从来远胜官方修史和集体修史的道理"[①]。《插图本中国文学史》就此诞生。也许，前辈个人撰史的勇气和成果的"鹤立"对中国当代文学史的个人撰写者来说是一种外在的牵引和内在的鼓励。他们的尝试和成功意味着个人经验切入文学史写作的成功。

个人撰史者拥有自己的文学史观，根据自己的个人经验设置章节，建构叙述体系。於可训《中国当代文学概论》作为最早的个人撰写的中国当代文学史，采取文学史的两分法（1949～1976、1976～1989），这与通常的三分法（"十七年"文学、"文革"文学、新时期文学）不同。中国当代海峡两岸暨香港、澳门文学的整体观使於可训给予台港澳文学一定的关注，用专章论述台港澳文学形态和格局。於可训在"总论"中阐明其特殊用意："将这样两个特殊的地域文学纳入中国当代文学的整体格局，显然不仅仅是一个量的改变的问题，而是意味着整体的中国当代文学将要容纳一种异质的文学因素，从而也必将带来整体的文学结构的调整和变化。中国当代文学将因此而扩大其民族文

---

① 戴燕：《文学史的权力》，北京大学出版社，2002，第 65 页。

学的内涵和外延，它也将因此而显得更加跌宕多姿、更加丰富多彩。"①另外，他给予小说分析以较大的容量，一般不罗列作家的生平经历和作品的主要内容，而是集中笔力讨论宏观的文学现象和文学问题，深刻分析现实生活、文学传统、外来文化对文学生成的影响。洪子诚这样评价於可训的文学史著作："评述扼要简洁，对当代文学各阶段的特征和文学思潮、作家创作个性的分析，常有颇富启发性的见解发表。"②在个人撰史方面，於可训做了可贵的探索，得到了学界的认可。

洪子诚非常重视个人经验在文学史写作方面的意义，他说："当代文学史的个人编写，有可能使某种观点、某种处理方式得到彰显。"③ 确实，洪子诚把个人经验融入文学史的写作中，"建立了一个自足的文学史的研究与叙述体系"（钱理群语）。同时，洪子诚对个人经验的运用也非常谨慎。他说："从主观意图而言，我更警惕的是那种'自恋式'的态度，对个人经验不加反省的滥用，以及将个人经验、记忆简单转化为道德判断的倾向。当然，'个人经验'确实不只具有消极的意义。但是，它的'价值'，并不存在于它的自身，而是在与另外的经验、叙述的比较、碰撞中才能呈现。对当代史的研究而言，它的重要性是有助于建立必须的历史观察、叙述的'张力'。"④ 洪子诚回到历史情境，充分占有材料（有的材料甚至是第一次使用），建构一体化的叙述体系，以至概念梳理的通透、文本所指的深刻阐发，对文学出版和文学生产的关注、对文本缺失的冷静中肯的批评等，因为个人经验和历史情境的结合而充满叙述的张力，其文学史研究严谨而深邃。

个人撰史比较容易形成风格上的统一，然而，"浩大"的文学史写作工程（文字的数量和质量的双重高标准要求）往往造成撰史者的力不从心。

---

① 於可训：《中国当代文学概论》，武汉大学出版社，2016，第 16 页。

② 洪子诚：《近年的当代文学史研究》，《郑州大学学报》（哲学社会科学版）2001 年第 2 期。

③ 洪子诚：《中国当代文学史》，北京大学出版社，1999，"后记"第 429 页。

④ 洪子诚：《回答六个问题》，《南方文坛》2004 年第 6 期。

个人经验是彰显文学史写作学术个性的必要条件，而个人经验在文学史中的存在是渗透性的，甚至是隐性、无形的状态，是那种"无在不在"的存在。"个人观点和处理方式的彰显却通向了个人价值尺度的隐藏，个人的叙述出现了非个人化的历史图景。""洪子诚将个人的时代诉求向内收敛，转化为学术研究求是求真的动力。"① 这是撰史者个人经验融入文学史写作的最高境界。

回顾中国文学史史学建构和发展的百年历史，个人撰史原本就具有传承性。中国文学史在 20 世纪初几乎都是以个人专著的形式出现的。"北林南黄"的林传甲、黄人分别编著的《中国文学史》，开启了20 世纪中国文学史个人撰史的第一页；到二三十年代文学史研究第一个高潮期，胡云翼、谭正璧、谢无量、胡适、鲁迅、周作人、郑振铎、钱基博等，都曾经以个人的文学史观念和学术审美视点撰写过个性鲜明的文学史，如《中国文学史》《中国现代文学史》《中国俗文学史》《中国纯文学史》《中国小说史略》《白话文学史》《中国妇女文学史》等。正是这些著名学者和他们的个性化史著掀起了近代以来空前的写史、读史的学术风尚。这一时期的个人撰史现象乃是一种很正常的学术现象，甚至开创了文学史个人写作的常规，当时根本没有人质疑个人撰史现象。从文学史的观念和视点看，那时的文学史的确呈现出一种多元化形态，古典主义、现代主义、纯文学观、俗文学观、女性文学观，以及"白话正宗论""民间文学本源论""循环论""进化论"等方法论纷纷出现在文学史研究高潮期，蔚为大观。新中国成立后文学史研究中出现的"主编制"、集体编写等现象是体制化的产物，是个人撰史传统的断裂。20 世纪末中国当代文学史研究领域再度掀起个人撰史风气，实际上是对百年文学史学统的回归或续接。

"编成一本较好的文学史"，"说出别人没有见到的话来"（鲁迅

---

① 王光明：《文学史：切入历史的具体型态——以洪子诚的研究为例》，《广东社会科学》2002 年第 4 期。

语），说起来何其易，做起来何其难。中国当代文学史研究领域经过
40 多年的苦心经营，随着多元文学史观念的出现和个人撰史现象的复
归，终于拥有一些可圈可点之作，在古代文学史和近现代文学史研究
面前，似乎有一种扬眉吐气之感。

第二节　大史与小史：文学史书写的话语策略

中国当代文学史是书写中国当代文学的历史。新的史学观认为，
历史是文本的，历史是素材，对素材的理解和连缀就使历史文本具有
一种叙述的话语结构。文本"不是存在于真空中，而是存在于给定的
语言、给定的实践、给定的想象中。语言、实践和想象又都产生于被
视为一种结构和一种主从关系体系的历史中"①。200 多部中国当代文
学史著作书写了当代中国文学的历史。从 1960 年第一部《中国当代文
学史》（山东大学中文系中国当代文学史编写组编，山东人民出版社，
1960）诞生算起，至今 60 多年的时间（由于政治、文化等方面的原
因，1963 年至 1978 年之间有 15 年的空白——没有文学史著作公开出
版），中国当代文学史的书写者与研究者始终没有停止自己的脚步。
文学史家的渴望超越和正在超越给中国当代文学史研究注入了新的生
命力。尽管学者关注中国当代文学史研究，但还较少从新历史主义的
角度观照和审视近年中国当代文学史书写。聚焦 90 年代以来的中国当
代文学史著作，我们发现，它们在大历史的话语造型、小历史的话语
策略以及文本史与精神史、心灵史的话语融合中创建不同的叙述话语
结构，中国当代文学史研究也获得了新的理论张力，这对于未来中国
当代文学史的研究与写作具有一定的启发性。但同时，我们发现，中

---

① 〔美〕伊丽莎白·福克斯－杰诺韦塞：《文学批评和新历史主义的政治》，载张京媛主编
《新历史主义与文学批评》，北京大学出版社，1993，第 62 页。

国当代文学史写作在话语结构上还存在一定问题。

1. 大历史的话语造型

所谓大历史，在新历史主义看来，就是回到历史的大叙事中。文学史家的"信史"情怀与"大叙事"诉求影响了文学史写作的话语型构。中国当代文学史写作从一开始便追求"在现场"或"回到现场"的大历史，但是在不同的时代，大历史呈现的样态也有所不同。如果说90年代之前的文学史写作体现政治话语制约下的具有突出共性的文学史，那么90年代之后书写的文学史便是多元化存在的富有个性的文学史。前者回到的历史现场满是意识形态的风景，而后者回到的历史现场是政治的、经济的、文化的、文学的原生的多维景观。

大历史的文学史叙述，努力回归历史的原生态，规避个人的判断，显示出对文学历史的尊重。历史情境的审察是洪子诚所追求的文学史叙述话语。洪子诚谈到《中国当代文学史》时说："本书的着重点不是对这些现象的评判，即不是将创作和文学问题从特定的历史情境中抽取出来，按照编写者所信奉的价值尺度（政治的、伦理的、审美的）做出臧否，而是努力将问题'放回'到'历史情境'中去审察。也就是说，一方面，会更注意对某一作品，某一体裁、样式，某一概念的形态特征的描述，包括这些特征的演化的情形；另一方面，则会关注这些类型的文学形态产生、演化的情境和条件，并提供显现这些情境和条件的材料，以增加我们'靠近''历史'的可能性。"① "历史情境的审察"与钱理群强调的"历史的现场感"、陈平原提倡的"触摸历史"有相似的追求，这种追求是20世纪60年代至今中国当代文学史家的普遍追求。张健追求的是编年史的"静默的呈现"，他主编的10卷本《中国当代文学编年史》在"'散乱'中建立'秩序'"，在"'琐碎'中提供'线索'"，以"静默的呈现"的方式进行编年体当代文学史写作，"勉力勾画的是一幅眉目清晰、行貌完整的当代文

---

① 洪子诚：《中国当代文学史》，北京大学出版社，1999，"前言"第5页。

学的'清明上河图'"。编年史的叙事方式使"主体的意志可以得到有效的抑制"。虽然任何文学史在一定程度上都有主体性的生成，但是编年史的主体性是一种"懂得自律的主体性"。① 大历史的叙述在历史场景的复现中、历史情境的审察中观照文学，显示出文学史写作的客观性与历史性诉求。

文学史写作的大历史叙述话语"是'回到历史情景'、'触摸历史'，是'将历史历史化'，是福柯的'还原历史语境的"知识考古学"'"②。文学史家站在历史的制高点上审视文学与文化，善于从历史文化的氛围中捕捉文学的气息，也善于从文学中探求文化构成和历史本相。先锋作家对于"内容""意义"的解构，对于性、死亡、暴力等主题的关注，在一般的文学史书写中会被解释为和中国当代的历史没有什么关系，先锋作家就是在消解意义，陷入迷恋叙事的圈套。但是，洪子诚认为："这种说法，并不是事实。只不过历史和现实的有关社会、人性的体验的记忆，会以另外的方式展开。"③ 走过"文革"的先锋作家记忆的伤痕在文本中的体现与伤痕文学和反思文学作家的有所不同，先锋作家似乎既不揭示伤痕，也没有痛定思痛，而是用性、暴力与死亡这种在传统文本中似乎极端的方式表达对"文革"的经验记忆。

大历史的话语叙述，更是把研究对象放在广阔的文化系统中进行考察，拓展文本生成的历史空间和文化空间，从而在更高的意义上阐释文本的型构历史。新历史主义代表人物格林布拉特（Stephen Green-blatt）在《〈文艺复兴自我造型〉导论》中提出文化诗学的研究策略："文学以三种相互锁联的方式在此文化系统中发挥自己的功能：其一是作为特定作者具体行为的体现，其二是作为文学自身对于构成行为

---

① 张健主编《中国当代文学编年史》，山东文艺出版社，2012，"总序"第 3～12 页。
② 洪子诚：《我们为何犹豫不决》，《南方文坛》2002 年第 4 期。
③ 洪子诚：《中国当代文学史》，北京大学出版社，1999，第 339 页。

规范的密码（codes）的表现，其三是作为对这些密码的反省观照。"①
这是在广阔的话语实践与权力意识中考察文学。文学与文学史不能离
开其赖以产生的历史语境，或者历史的以及跨文化的传播。20 世纪 90
年代之后的中国当代文学史研究把文学放在文化系统中进行考察，如
文学与出版传播的关系、文学与文学制度的关系、文学与民间文化系
统的关系等。

　　1990 年之前的中国当代文学史著作，一般会有一个章节概括文学
思潮，后面的文学史书写在体裁分类或作品分析中则很少涉及作为文
学赖以产生的文化语境与存在的文化系统。90 年代以后，大众文化的
迅速崛起、文学与传媒关系的凸显、文化研究的多元趋向，促使中国
当代文学史书写关注文学生产、文学传播和文学消费等。② 洪子诚对
文学与出版、传播之间的关系非常重视，对"双百"方针前后商务印
书馆、人民文学出版社对国外学术名著和文学名著的翻译出版，白洋
淀诗群的诗歌主要靠小圈子传看、传抄的阅读方式传播，文学组织
（文联、作协）、报刊对文学的影响，社会地位、工资与稿费对作家生
活的影响等问题的阐述散在各个章节中，如果抽出来就可以凝结成中
国当代文学史的另一幅图景。张健主编的《中国当代文学编年史》在
文化系统中"静默的呈现"文学与文学史，我们从《文艺报》《人民
日报》《人民文学》等报刊发表的文章、人民文学出版社等出版的书
籍中可以梳理当代文学的发展历程，可以观察在当代文学的每一个历
史阶段文学与政治、文学与传播、文学与翻译等诸多方面之间的关系。
而且对文学报刊自身的沿革、文化和文学政策的调整，"与文学相关
的社会、政治、经济、军事和文化事件"等背景资料都进行"静默的
呈现"。所以在文化系统中从任何一个方面析出不同文本都清晰可见

---

① 〔美〕斯蒂芬·格林布拉特：《〈文艺复兴自我造型〉导论》，中国社会科学院外国文学
　研究所《世界文论》编辑委员会编《文艺学和新历史主义》，社会科学文献出版社，
　1993，第 78 页。
② 吴玉杰：《新时期文学与传媒关系研究的缘起》，《文艺争鸣》2013 年第 4 期。

不同侧面的文学史。孟繁华和程光炜的《中国当代文学发展史》分析文化领导权的权威性、文学研究机构与文学团体的官方性、文学评奖的制度化以及文学生产的市场化等，都透出文化研究的气息。陈思和主编的《中国当代文学史教程》从民间文化、民间形式等民间文化系统中观照文学的存在样态。

　　大历史的叙述话语拓展文学史的写作视野，建构叙述的深度与厚度。把文学放在文化系统中进行考察，形成了新的话语造型。这对文学史写作非常重要。文学作为文化系统的一部分，不可能脱离文化而存在。文化系统中的话语型构，不仅能够在广阔的文化视域中审视文学的历史生成与传播效果，而且能够开掘文本的深层结构与隐形结构，丰富文本的审美多义性。如福柯所说，"在任何一个看似处于某种统一意识形态统治下的历史时期中，都充满了被压抑的它异因素，历史学家必须在他的谱系研究中对它异和断裂给予格外的关注。研究断裂就是研究特定的话语、社会形态的形成条件，并由此对它进行批判而非认可；昭彰它异不仅否定了统一意识形态的神话，而且通过历史定论对它异因素的压制过程和方式可以透视出社会、政治、文化的复杂的机制运作情况"①。

　　2. 小历史的话语策略

　　不同的文学史家采用的叙述话语不同，有的关注大历史，有的关注小历史，有的融合大历史与小历史。新历史主义的文化诗学善于将"大历史"化为"小历史"。格林布拉特总是将视野投向一些为"通史家"所不屑或难以发现的小问题、细部问题和见惯不惊的问题上，他也因此成为一个"专史家"。在他看来，新历史主义批评不是主张回归历史（大历史），而是提供一种对历史的阐释（小历史）。②

　　在20世纪90年代以来的当代文学史的写作中，文学史家更注意

---

①　转引自陈厚诚、王宁主编《西方当代文学批评在中国》，百花文艺出版社，2000，第465页。

②　王岳川：《新历史主义的文化诗学》，《北京大学学报》（哲学社会科学版）1997年第3期。

大历史与小历史的融合。大历史与小历史的融合是文学史叙述超越性的重要表现，一方面试图回到历史现场，另一方面又关注被历史遮蔽的"细枝末节"。回到历史现场是不可能的，"我们只能通过预先的本文或叙事建构才能接触历史"①。文学史家在具体写作的过程中有效融合了小历史，为中国当代文学史的历史叙述洞开新路。小历史的话语策略表现在以下几个方面。

一是对被忽视的小历史的深求。文学史的写作离不开概念和范畴，"如果说写作中国文学史的关键，在于能否掌握文学史叙述语言的话，那么能否掌握文学史语言的最终标志，大概就在于是否妥善恰当地运用了这些概念术语"②。很多时候写史者对概念采取"拿来主义"，很少去追根溯源。有些批评家和文学史家"信手拈来"的概念和范畴，甚至可能是我们司空见惯的术语或词语，而洪子诚很少这样拿来概念不加任何说明地运用。他善于在文学史的叙述中驻留、探求，从历时性和共时性的角度对概念进行说明、解释和阐发。也就是说，对于概念，他不是随意使用，总是有意深求，因而其概念梳理本身构成了一体化文学史写作的内在动力。经过"历史情境的审察"之后，他书写概念的"小历史"。正是基于对概念的关注和谨慎使用，洪子诚特别重视对当代文学诸多概念和关键词的梳理。不仅如此，为了凸显中国当代文学的"历史意识"，有效建构中国当代文学的学科性，谢冕、洪子诚、孟繁华等文学史家以《南方文坛》为阵地，策划推出"当代文学关键词"栏目，刊出"当代文学""两结合""重写文学史""民族性""干预生活"等20多个专栏。这些关键词是叙述当代文学史无法回避、不得不谈、不得不用的概念、术语和范畴。对关键词的梳理"不仅意味着某种极有价值的知识'考古'、知识谱系的工作，其自身

---

① 〔美〕费雷德里克·詹姆森：《马克思主义与历史主义》，载张京媛主编《新历史主义与文学批评》，北京大学出版社，1993，第19页。
② 戴燕：《文学史的权力》，北京大学出版社，2002，第26页。

便成为围绕着'当代文学'的思想史及文化史的描述过程"①。文学史家所做的实际上是一种文学史的打捞工作,打捞、清理从"当代文学关键词"开始,显示出他们对"小历史"的重视。一方面,这夯实了文学史的书写根基,彰显了文学史的叙事话语,建构了当代文学的学科话语;另一方面,这些小历史和宏阔、深厚的思想史、文化史融合,进一步凸显当代文学史的思想史与文化史意义。

二是对被湮没的小历史的打捞。历史的文本性表明,中国当代文学史的历史叙事是多元的,不同的书写主体在不同的历史语境中书写的文学史不同,同一个主体在不同历史语境中的书写也有所差异。随着文学史观念的变化、当代历史的逐渐解密、"历史素材"的不断累积与挖掘、"事实领域"的不断拓展,中国当代文学史常写常新。尽管 20 世纪 90 年代以来当代文学史家的历史叙述不同,但是从文学史书写实践看,"小历史"逐渐被重视。小历史史学观念是指不断打捞那些曾经被中国当代文学史研究边缘化而湮没的对象与文本,并不断聚焦"细枝末节"、开掘新的思路与理路,导引文学史叙述话语模式的演变。文学就是一座冰山,经过一代代的探索和打捞才能识见其大体的风貌。在历史的长河中,肯定会有一些或有意或无意湮没的文学资源有待开发和打捞,在此意义上更能透视陈思和主编的《中国当代文学史教程》书写"潜在写作"的重要性。应该说,对"潜在写作"的打捞构成了《中国当代文学史教程》关注小历史的一大特色,也是《中国当代文学史教程》文学史写作的重要贡献之一。

三是对被遮蔽的小历史的开掘。"女性写作"和"潜在写作"具有历史的"同构性",同样是历史的存在,前者被男性话语遮蔽,后者被主流话语湮没。"女性写作"被男性话语历史性遮蔽,无法入史。也就是说"女性写作"还没有进入传统文学史写作的观照领域,文学

---

① 戴锦华:《面对当代史——读洪子诚〈中国当代文学史〉》,《当代作家评论》2000 年第 4 期。

史中还没有"女性写作"的独特存在。"女性写作"入史体现出新历史主义的史学观念与文化诗学观念。文学史不是"一如既往",而是被改变、被重写。"女性写作"被写进文学史,意味着传统的文学史书写观念的彻底改变。作为个体的女作家在以往的当代文学史中自有她们的位置,但是作为一种新话语方式的写作现象的"女性写作"在20世纪80年代之前的文学史书写中并没有受到关注,80年代受关注也较少,而1990年之后的文学史著作纷纷把"女性写作"单独列为一章或是一节。徐国伦和王春荣主编的《二十世纪中国两岸文学史(续编)》专设一章谈女性文学,洪子诚《中国当代文学史》的第二十三章是"女作家的创作",朱栋霖等主编的《中国现代文学史(1917~1997)》(下册)第三十四章的第二节是"女性小说"。不仅如此,当今学界还有多本关于中国当代女性写作的文学史著作出版。这一切和女性主义文学批评的发展与繁荣有关,而女性主义文学批评通常被认为从属于新历史主义。

四是对被尘封的小历史的激活。最近几年文学史研究与写作在回到历史情境中出现新的思维样式,这也是一种大历史与小历史的融合。最典型的是图说史与口述史,如贺绍俊、巫晓燕的《中国当代文学图志》(春风文艺出版社,2009)和王尧关于中国当代文学口述史的研究。在《中国当代文学图志》中,作者选取了许多珍贵的图片,这些图片让读者回到历史现场,和中国当代文学一同再次走过历史。如果说作家在文代会等场合的合影以及作品封面图片等属于大历史的话,那么,有些图片比如作家个人的生活图片(如作家与妻子合影等)则是文学史家历史叙事中的"小历史"。一般的文学史叙事不涉及私人性或私密性文本,这些往往被认为是不重要的"细枝末节"。然而这些"小历史"在《中国当代文学图志》中却占有"显赫"的位置,作者的选择别有深意。因为"小历史"时刻印证着那个时代的大历史,或者说小历史和大历史胶着在一起,小历史让读者重新审视大历史,大历史规约、限制乃至决定着小历史。这些私人性的材料"由一种话语领域转移到另一种话语领域"，即由私人话语进入社会话语，而这里的社会话语已经荷载着审美的能量。① 王尧说："当我们以口述史的方式进入'当代文学史'时，我们即获得了一条重返当代文学话语实践场所的途径，这使我们有可能在书写历史时重建文学史的时间与空间，并且激活口述者的记忆。"② 口述史更具生动的个人性，它以音、像、文共存的形式把我们带回历史情境。不仅如此，口述史更可能是作家、编辑、读者共述的历史，是在历时性与共时性中共同建构的历史。

另外，小历史的话语策略从多个层面丰富了文学史的写作。张健主编的《中国当代文学编年史》以文学史发生的日、月、年进行历时性叙事，但这些表面散乱的史实又以共时性铺排构筑文学史的多维空间。如果说某年某月某日发生的"细枝末节"是"小历史"，那么它们共同建构的则是文学的"大历史"。也就是说，一个个被复现的历史场景钩连而成的是一部大历史与小历史有效融合的当代文学史。这些看似不经意的"小历史"被激活，在大历史中有效地发挥作用。也许某一天当代文学的研究者会在这些小历史中发现历史的秘密，解读大历史的深意。从这个角度说，每一段小历史都是一个符码，都有待于后来研究者的解码，而文学史研究就是在不断解码中丰富和发展的。因此，这些小历史的静态呈现，是它为大历史构型的最佳状态。小历史的千千万万点聚合成面，从而形成状貌相对完整、内容相对丰腴的文学地理图志，从这个意义上说静态的编年史将形成动态的大历史。

文学史研究和书写试图对整个文学大历史进行全面把握，但任何单一的文学史著作都不可能做到这一点。洪子诚认为："作为大学文科的教材，本书对发生于近五十年的复杂文学现象、出现的大量作家作品，不可能追求全面和详尽。同时，也不认为'全面'、'详尽'是

---

① 〔美〕斯蒂芬·葛林伯雷：《通向一种文化诗学》，载张京媛主编《新历史主义与文学批评》，北京大学出版社，1993，第13~14页。
② 王尧：《文学口述史的理论、方法与实践初探》，《江海学刊》2005年第4期。

种文学史研究的目标。"① 文学史家不是求全，而是有自己独特的话语策略，每一种对于当代文学史的叙事都是"小历史"。如果说，已有的文学史的整体貌似一个椭圆，那么，每一新的小历史的文学史写作，无疑都使这个椭圆向大历史的圆靠近了一些。那些在传统的文学史中不可能出现的文本通过小历史的书写浮出历史地表。

第三节　文本与精神：文学史书写的话语融合

20 世纪 90 年代之后的中国当代文学史书写，无论是大历史的话语造型，还是小历史的话语策略，都是在文化机制内部不断延展的向度。此外，还有向内部世界开掘的向度，即透过文本，走向主体与时代的心灵世界与精神领域。新历史主义打破传统的"历史—文学"二元对立，"将文学看作历史的一个组成部分，一种在历史语境中塑造人性最精妙部分的文化力量，一种重新塑造每个自我以至整个人类思想的符号系统；而历史是文学参与其间，并使文学与政治、个人与群体、社会权威与它异权力相激相荡的'作用力场'，是新与旧、传统势力和新生思想最先交锋的场所。在这种历史与文学整合的'力场'中，让那些伸展的自由个性、成形的自我意识、升华的人格精神在被压制的历史事件中发出新时代的声音，并在社会控制和反控制的斗争中诉说他们自己的活动史和心灵史"②。文学史永远是人性重塑的心灵史。以往的文学史著作按照历时性书写思潮、题材、体裁、作家、作品，是一般意义上的文学史、简单的文本分析史，很少看到人的"心灵史"。90 年代之后中国当代文学史从四个方面拓展文学史写作的内在话语空间，进行文本史、精神史与心灵史的话语融合。

---

① 洪子诚：《中国当代文学史》，北京大学出版社，1999，"前言"第 4 页。
② 王岳川：《新历史主义的文化诗学》，《北京大学学报》（哲学社会科学版）1997 年第 3 期。

第一，人物主体心灵史的重塑。

传统的文学史著作认为，王蒙《组织部新来的青年人》是"百花文学"中揭示官僚主义的代表作。《中国当代文学史教程》却从成长小说的角度切入文本内部，从心路历程的描述、成长的焦虑和困惑分析林震的形象。这和以往单纯地分析林震作为一个反官僚主义者的形象相比，人性内涵要丰富得多、深刻得多。由此，《中国当代文学史教程》完成了对人物主体心灵史的重塑。如此，《组织部新来的青年人》就不单是一个揭示官僚主义的文本，更是一部成长小说。

第二，创作主体文化心理的开掘。

20 世纪 90 年代之后的中国当代文学史开始开掘权力话语对创作主体的规约。无论主体是有意迎合、自然顺应抑或心灵对抗，主体的思想观念、人格力量与意识形态、权力话语之间必然存在张力。通过这些张力可以透视主体的复杂性与文本的复杂性。

创作心态和文化性格对创作的影响很大。洪子诚的《中国当代文学史》从两个方面进行了分析。一是从文本的表现"窥探"文化心理。从叙述的分裂和结构的矛盾洞察作家的创作心理，如欧阳山《三家巷》、宗璞《红豆》叙述的矛盾是受时代影响的心理矛盾的印痕。二是从文化心理构成解释文本生成。洪子诚从文化角度分析 40 年代沦陷区和国统区作家的心态，作家的矛盾、挣扎、反省、审察和反讽等文化心态影响了审美态度的保持和艺术个性的建立。朱栋霖等主编的《中国现代文学史（1917～1997）》（下册）也注重作家创作风格和创作心理的变化，如分析王蒙小说的政治主题和"少共情结"，从政治主题到文化主题的寓言化表现、政治家到作家的角色转变以及"东方意识流"的探索中审视创作心理对主题及风格变化的影响，比一般文学史单纯的文本分析有深度和厚度。

第三，一代人心灵之声的复调。

相对于 20 世纪五六十年代公开发表的文学作品，"潜在写作"是不同的声音，前者和后者的关系犹如"单调"和"复调"的关系。

《中国当代文学史教程》中的"潜在写作"表现的是一代人的心灵之声，抑或精神"复调"。在那个时代，公开的文学大多趋向于同一种声音，而"潜在写作"只能尘封在私人的狭小空间，确切地说，这样创作出来的东西并不是希望被读者阅读的文本，"隐含的读者"意识并不浓厚，更多的是作者心灵的声音。正是这种声音，在改革开放之后重见天日，给读者带来了心灵上的巨大震撼。当代文学史的书写者把被迫迟来的声音放在它真正发声的年代，读者可以触摸到创作者真实的心灵和人生。《中国当代文学史教程》对"潜在写作"的打捞呈现了知识分子生命生存的多元化。"潜在写作"展示了知识分子的心灵之声，更彰显了中国知识分子的生命品格和多样化存在样态。它是知识分子心灵之声的"复调"。

第四，时代精神力场的激荡。

一般的文学史著作习惯于用一个时代或文体作为章节的题目，而孟繁华的《中国当代文学通论》通过文学文本揭示了一个时代精神力场的激荡。这包括两个方面。

一是用专章对每一个历史时期做综论，如"1949—1977综论：政治文化与中国当代文学""1978—1992综论：激情岁月的文学梦想""1992—2008综论：多元文化和游牧的文学"。从文学史写作的角度来说，综论具有统领性的意义，概括了那个时代的文学特征与精神力场；从接受主体的角度来说，综论有利于接受主体对文学史的接受与全面把握；从文学史书写者的角度来说，它是富有意味的学术个性的建构。

二是从创作心理与精神分析的角度切入作家的创作，从而揭示时代的精神力场。如第五章"精神矛盾"主要从"精神蜕变的苦斗"揭示何其芳的精神世界："何其芳一生都在真诚地改造自己，真诚地作为一个集体发言者的身份在说话，同时他也真诚地企图维护艺术的纯正品格。他在无可摆脱的内心冲突和矛盾中与自己苦斗了一生。他的心态极其典型地反映了矛盾中痛苦不堪的那一时代知识分子，但事实上无论他们怎样真诚、怎样矛盾痛苦，他们都已宿命般地难以摆脱失败的命运，这与他们个人的努力和才能无关，时代或历史注定了要牺牲这代知识分子的精神地位和独立思考作为代价，以换取一个统一的、群体的、单纯而充满神性的时代风尚。"① 通过一个诗人写出了一代人在精神蜕变的苦斗中的困扰，从中揭示一个时代精神力场的激荡对创作主体的深刻影响。

20 世纪 90 年代之后的中国当代文学史著作不再满足于一般性的作品分析，而是透过文本书写对象主体、创作主体、一代人以及整个时代的心灵历史与精神力场，这无疑极大地丰富与提升了中国当代文学史的写作。

从当代文学史书写的话语表征的角度考察，20 世纪 90 年代以来文学史家以大历史的话语造型，小历史的话语策略，文本史与精神史、心灵史的融合进行文学史的话语表述，取得了很好的成绩。但其中存在的问题同样值得我们警醒。

一是文学史话语结构的统一性问题。有的文学史著作对某些问题多次谈到，但前后说法有出入。集体撰写的文学史更容易造成话语结构前后不统一的问题。

二是话语表述的张力问题。话语表述的张力和观点归纳与文本内容展开有关。有的著作每一节总的观点比较明确，但是在具体论述中每一段落的观点不够明确；而有的虽然观点明确，但阐发不足，叙述不够细腻，缺乏一定的张力；有的观点明确，理论阐发也比较丰富，但其文本阐发是"强加"给文本的作者的。文本具有多义性，文本的意义有的是作者有意识的创造，有的则是脱离作者的文本自身的辐射性所致。把作者的写作初衷和文本的多义性做区分和比较，一方面可以回到文学史的原生态，另一方面有助于理解文本的审美价值，这样文学史写作的意义更大。

三是文学史话语的权威性问题。中国当代文学史存在不断更新的

---

① 孟繁华：《中国当代文学通论》，辽宁人民出版社，2009，第 107～108 页。

"事实领域"。我们可以从历史的存在中获得新的事实，因为历史的素材不断地出现在后来人的面前。而新获得的事实的存在可以纠正人们以前所写的历史，所以历史的权威性不是绝对的。和权威性相比，越来越多的文学史家似乎更在乎个性。然而，内在于文化系统的中国当代文学与中国当代文学史，会自觉或不自觉参与中国历史进程。中国当代文学史的书写与民族国家形象的建构具有一致性，因此，创构"中国版"中国当代文学史与世界进行对话十分必要。这又表明，文学史的权威性是必要的。而文学史的权威性涉及文本选择的普遍性与经典性问题以及使用史料的灵动性与规范性问题。

伴随着人类的存在之思，文学的脚步永无止歇，而紧随其后的是文学史的编撰。21世纪初的这22年间，中国当代文学史写作正在进行时，已出版文学史著作90余部（不包括再版），高产、速度快。其实沉潜之后或许有更多精品出现。未来的文学史书写，仍然会以集体撰写的方式为主（个人撰写文学史所占比例虽小，但会逐渐增多），因为个人撰写文学史的挑战性很大（需要理论储备、个人修养，甚至还包括精力、体力等）。从学术发展的角度说，我们还是愿意看到大历史与小历史，文本史与心灵史、精神史话语融合的中国当代文学史著作。

第二章

中国当代文学史书写的话语形态

历史是对历史素材赋予叙述性的话语。对中国当代文学素材的叙述构成中国当代文学史，不同的文学史观对文学素材的叙述不同，呈现出历史化、整体观、图志式、口述史和编辑体等不同的话语形态，当代文学史书写由此呈现崭新风貌。洪子诚的《中国当代文学史》努力将问题放在历史情境中审察，特别注重史料运用，以严谨与深邃著称，是文学史书写历史化的典范；陈思和主编的《中国当代文学史教程》用板块的形式架构文学史的总体格局，追求理论观念的整体性、文学艺术的整体性、文本结构的整体性，以文学整体观的激情探索闻名；贺绍俊、巫晓燕合著的《中国当代文学图志》在图片的运用上别具匠心，图片不是点缀，而是与文字表述构成互文，扩容文学史的内涵指向，拓展文学史的意义空间，对图志式文学史书写有重要的参考价值；程永新是《收获》杂志编辑，他编著的《一个人的文学史》辑录了 20 世纪 80 年代以来一些作家与他的往来信件、对话录等，保留了文学史的原初样貌，这种编辑体的文学史刷新我们的文学史观，为个性化文学史书写开辟了崭新路径。这几部文学史特点鲜明，呈现不同的话语形态，提供文学史写作的不同面向，我们将对它们展开具体分析，以便为未来的文学史书写提供借鉴。

第一节　历史化：文学史书写的严谨与深邃

——以洪子诚的《中国当代文学史》为例

洪子诚的《中国当代文学史》一经出版，便给人耳目一新的感觉，可见我们对中国当代文学史经典之作的期盼。20多年过去，任何一本其他中国当代文学史著作都不能撼动其在中国当代文学研究史上的地位。中国当代文学难以写史，这是众所周知的事实。洪子诚说，当代文学史写作涉及三个基本问题："一个是对'历史'的理解。文学史是历史的一种分支，首先要面对的是对'历史'如何理解。第二是文学史究竟是'文学'还是'历史'？这个问题是文学史研究难以回避的。第三是'当代文学史'的可能性。"① 审美距离、当代文学与历史的复杂关系使中国当代文学难以写史。然而，到目前为止，已有200多部中国当代文学史著作面世。所以，在难以写史当中还包含难以写成好的文学史的深意。

洪子诚撰写中国当代文学史，既延续传统又有所创新。第一，说其延续传统，是指采用"当代文学"命名，没有采用"20世纪文学""现代文学"等概念和范畴，似乎和100多本中国当代文学史著作没有什么区别；说其有所创新，是指对当代文学的理解以及写作的总体思路。在洪子诚看来，采用"中国当代文学"命名基于三个方面的考虑：时间上，指1949年以后的中国文学，没有采用20世纪的文学观念，洪子诚认为自己没有转换文学观念的条件，这当然是自谦之辞，其实用与不用正是自己文学史观念的表征，暗含着其对"当代文学"的情有独钟以及它在时下的合理性；空间上，指中国大陆的文学，洪

① 洪子诚：《问题与方法：中国当代文学史研究讲稿》，生活·读书·新知三联书店，2002，第16页。

子诚不求全，没有包括港澳台文学，因为整合台湾、香港等地的文学"需要提出另外的文学史模型来予以解决"；最重要的一层深意在于，"当代文学"这一文学时间，是指"'五四'以后的新文学'一体化'趋向的全面实现，到这种'一体化'的解体的文学时期"①，在历史情境的审察和一体化叙述的建构方面，洪子诚的文学史书写确实有所创新。第二，说其延续传统，是指洪子诚仍以传统的诗歌、小说、戏剧、散文为评述对象，这也和其他文学史著作没有什么不同；说其有所创新，是指在概念梳理和文体历时性和共时性、审美尺度的衡量方面与众不同，在被人遗忘的角落、被人浅尝辄止的土层中深求，貌似轻轻划过，却留下深痕，于冷静思辨中显示出文学史大家的严谨与深邃。

1. 历史情境的审察

周作人认为："既然文学史所研究的为各时代的文学情况，那便和社会进化史、政治经济思想史等同为文化史的一部分，因而这课程便应以治历史的态度去研究。"② 以治史的态度写文学史为许多文学史家和理论家所认可。洪子诚的文学史观即是如此，传统、严谨。一般的文学史写作会涉及对作家作品、文学运动、理论批评等的评述，但是洪子诚《中国当代文学史》的"着重点不是对这些现象的评判，即不是将创作和文学问题从特定的历史情境中抽取出来，按照编写者所信奉的价值尺度（政治的、伦理的、审美的）做出臧否，而是努力将问题'放回'到'历史情境'中去审察。也就是说，一方面，会更注意对某一作品，某一体裁、样式，某一概念的形态特征的描述，包括这些特征的演化的情形；另一方面，则会关注这些类型的文学形态产生、演化的情境和条件，并提供显现这些情境和条件的材料，以增加我们'靠近''历史'的可能性"③。这和钱理群强调的"历史的现场

---

① 洪子诚：《中国当代文学史》，北京大学出版社，1999，"前言"第 4 页。
② 周作人讲校《中国新文学的源流》，北平人文书店，1932，第 17 页。
③ 洪子诚：《中国当代文学史》，北京大学出版社，1999，"前言"第 5 页。

感"、陈平原提倡的"触摸历史"有相似的追求。

（1）靠近历史与触摸历史

文学史家在撰写文学史的时候，面临这样一些问题：文学的历史原生态是什么？以往的文学研究和文学史书写缺失什么？为什么文学和文学研究会呈现出那样一种态势？历史是不能还原的，但文学史家总是尽可能地靠近历史、触摸历史，在超越时空的对历史文本和文学文本的阅读中实现现实和历史、研究者和作家、读者和作品的对话。

在陈平原所描述的四代学者的文学史图像中，洪子诚属于第三代学者，"对社会现实的关注，对唯物史观的接受，对'大叙事'的强烈兴趣，依然是这代人的长处。而 80 年代以后的自我调整与重新选择，更使得其有可能得到较好的发挥"[①]。洪子诚打开历史之门，触摸历史，并不是仅仅回到当代文学的历史，而是追溯到对当代文学发生重要影响的历史时段，这是对"大叙事"的兴趣使然。

洪子诚回到历史中找寻当代文学一些问题的根源，如对于五六十年代文学界的冲突，其认为既是现实政治、文学问题所引发的问题，又是"文学界历史矛盾、积怨的继续和延伸"，是"左翼文学内部矛盾的继续"。他回到历史情境中，"打开历史的黑箱"[②]，对内部矛盾的源流做历时性的考察。

在触摸历史的过程中，洪子诚发现了被遗忘的文学和当代文学史研究的缺失。他拨开历史的风尘，使文学的原生态重现文学现场。"在主流之外"，最初的"异端"、"百花文学"、地下文学等有许多被时代掩埋在文学的土层下，他的开掘和深刻认识使它们回到文学现场。这项打捞工作的意义逐渐被学界所认识。回到历史情境，还意味着回到当代文学研究的历史。洪子诚重视论争和评价，对赵树理评价史的梳理，对柳青《创业史》中梁三老汉形象论争的叙述，"《青春之歌》

---

① 陈平原：《四代学者的文学史图像》，载陈平原《文学史的形成与建构》，广西教育出版社，1999，第 12 页。

② 李兆忠：《当代文学：打开历史的黑箱——文学史家洪子诚》，《南方文坛》2000 年第 1 期。

及其讨论""《三家巷》及其评价""历史剧和历史剧讨论"等，都可以看作研究之研究。

回归历史的原生态，规避个人的道德判断，显示了对文学历史的尊重。洪子诚认为，文学史的写作"是'回到历史情景'、'触摸历史'，是'将历史历史化'，是福柯的'还原历史语境的"知识考古学"'，是陈寅恪的'对于古人之学说，应具了解之同情'，是把对象当作客观、独立的对象，把注意力放置在对象内部逻辑的发现；是避免强烈道德判断的加入和对研究方向的支配；是对概念、现象作凝固化、本质化理解，转变为把它们看作是历史构造之物……对于当代文学的历史，这种方法上的变化，可以称做从'外部研究'到侧重'内部研究'，或从'启蒙主义'到'历史主义'的偏斜"①。由此可见，"历史情境的审察"，并不是观察，也非一般意义上的考察，洪子诚在审视中建构了叙述的深度与厚度。

洪子诚从历史原生态的表象探求文学与历史、文化的本质。从文学到文化、从文化到文学、从内部到外部、从外部到内部、从现象到本质，在历史的某一点上深掘或拓展，对文学做出新的阐释。洪子诚在论述五六十年代作家时写道："从作家出身的地域以及生活经验、作品取材等的区域而言，出现了从东南沿海到西北、中原的转移。……'地理'上的这一转移，与文学方向的选择有关。它表现了文学观念的从比较重视学识、才情、文人传统，到重视政治意识、社会政治生活经验的倾斜，从较多注意市民、知识分子到重视农民生活的表现的变化。"然后，辩证分析这种转移的审美价值和文学意义："这会提供关注现代文学中被忽略的领域，创造新的审美情调的可能性，提供不仅从城市、乡镇，而且从黄河流域的乡村，从农民的生活、心理、欲望来观察中国'现代化'进程中的矛盾的视域。"② 这种从现象到本

---

① 洪子诚：《我们为何犹豫不决》，《南方文坛》2002 年第 4 期。
② 洪子诚：《中国当代文学史》，北京大学出版社，1999，第 30～31 页。

质、从文化地理到文学内部的审察，显示了其敏锐与深刻。

思维的多向度使洪子诚能站在历史的制高点上审视文学与文化，他善于从历史文化的氛围中捕捉文学的气息，如对五六十年代开展的一系列文化与政治运动的文学性思考，从中可见文化的裹挟与冲击对个体创作的影响。同样，他也善于从文学中探求文化构成和历史本相。

（2）文学生产与文学传播

洪子诚眼中的"历史情境的审察"，似乎比别的文学史家多了一层意义，即把文学放在生产与传播的链条上进行审察。

文学作品特殊的生产方式具有特殊的时代印记，而以往的文学史著作并没有把生产方式作为文学史书写必须面对的问题进行观照。在五六十年代出现的文学生产与传播方式并没有引起当时研究者的重视，洪子诚认为有三方面的表现。一是五六十年代谈到的社会背景，主要指当时的政治、经济特别是阶级斗争的状况，社会和文化的更广阔的情形往往被忽视。二是过去对文学的问题更多的是从精神现象的方面去理解，文学性被相当程度地抽象化了。和文学性质关系密切的文学体制和文学生产方式等问题，在很长时间里，实际上没有成为我们研究的对象。三是对外部的社会因素、文化因素和文学创作之间关系的理解，也有一些不同。政治、经济、社会机构等因素，不是外在于文学生产的，而是文学生产的内在构成因素，并制约着文学的内部结构和成规的层面。①

对文学生产方式在特定历史时期的特殊性，洪子诚以文学史家的敏锐给予极大的关注和深刻的分析。在《中国当代文学史》第八章"对历史的叙述"中，他以"《红岩》的写作方式"为一小节的标题，可见其对文学写作方式的重视。他认为，《红岩》约十年的成书过程，是当代文学"组织生产"获得成功的一次实践。"这种'组织生产'

---

① 洪子诚：《问题与方法：中国当代文学史研究讲稿》，生活・读书・新知三联书店，2002，第 192 页。

的方式在戏剧、电影的制作中是经常使用的，在'个人写作'的文学体裁中并不一定常见；但后来的'文革'期间，则几乎成为重要作品的主要生产方式。"①《红岩》的组织生产方式是客观的显性存在，并不是洪子诚经过历史的考证而做出的文学史上的一个"重要发现"，然而，其他中国当代文学史著作对此并没有关注，只有洪子诚对此表现出文学史的热情。所以洪子诚的可贵之处在于，在既定的文学历史事实中，开掘特别的文学史价值和文化意义。或者套用康·帕乌斯托夫斯基的一句话，文学创作就是在平凡的事物中发现不平凡的东西，在不平凡的事物中发现平凡的东西。那么可以说，富有个性的文学史家会在平凡的文学历史或现象中发现不平凡的东西，在不平凡的文学历史或现象中发现平凡的东西（前面提及的对先锋文学的分析即是如此）。

换一种思维、换一种角度审视中国当代文学，会发现另一片天空。例如洪子诚对文学与出版、传播之间关系的重视对当代文学研究的意义十分重大。"洪子诚不仅讨论了文学创作，而且讨论了文化生产、文学建制、文艺政策……；将其视为文化生产的环节性因素，借此勾勒出当代文学不同的历史轮廓。如果说，《中国当代文学史》的写作和出版，事实上成为当代文学作为一个独立学科建设的重要一步；那么它最有意义之处，在于它在提供了当代文学特殊的生存方式和描述的同时，还提供了我们把握和进入当代文学史的不同空间。或许可以说，在建制、机构的层面上去认识历史，在文化生产的过程中去把握文学，不仅为当代文学史的研究提供了生长点与可能，而且更为广义的文化史与文学史的研究提供了新的空间和前景。"② 有些在《中国当代文学史》中没有展开的问题在洪子诚的另一本文学史著作——《问题与方法：中国当代文学史研究讲稿》第五讲中得以展开（对当代文

① 洪子诚：《中国当代文学史》，北京大学出版社，1999，第 113 页。
② 戴锦华：《面对当代史——读洪子诚〈中国当代文学史〉》，《当代作家评论》2000 年第 4 期。

学的文学体制与文学生产、当代文学的机构、出版业、作家身份等问题进行了较为详细的阐述）。

（3）史料丰富和引号妙用

历史情境的审察基于丰富的史料。洪子诚认为："文学史的研究、写作不可能离开史料，史料不仅是学科建设的基础工作，也具有推动学科发展的作用。"① 他的《中国当代文学史》以史料丰富著称，可以说迄今为止没有任何一本文学史著作能与之媲美。"对于文学史家来说，最使他们感到吸引力的还是那笼罩在科学光环下的历史主义的理想，以及对抓住文学历史真相的憧憬；在这一理想的召唤之下，中国文学史的编写者们在自己的叙事当中，率先确立了'历史'优先的原则，即'以历史的研究为主'的原则，而根据这一原则，撰著中国文学史的工作，理所当然应该从挖掘、整理有关的文献资料开始，'选择可以代表时代的史料'，这既是做文学史的一个绝大困难，也是一项意义深远的成就。"② 其著作因运用大量的史料，注释非常多，其中蕴含的信息也非常丰富。另外，为了文学史叙述的简洁精练，洪子诚把大量的信息放在注释中说明。

史料丰富自然是一大优势，但如果不能把史料融入自己的文学史写作，那么，史料仅仅是史料，是一种资料的罗列而已，不能成为个性化文学史书写的一部分。洪子诚在史料的运用上充分显示了主体性特点，是我用史料，不是史料用我。读洪子诚的《中国当代文学史》可以发现，几乎每一页都有多处用到引号。当然，引用史料自然要用引号，不过，与众不同的是，引号在这本文学史著作中得到了创造性的妙用。除了引号的一般意义之外，我们从文本中还可以发现以下深意。第一，引号中的语言是历史情境中的语言，所以是历史的，不是现在的；是"他们"的，不是"我"的；是当时主流意识形态的判

---

① 洪子诚、钱文亮：《当代文学史研究中的史料问题》，《文艺争鸣》2003 年第 1 期。
② 戴燕：《文学史的权力》，北京大学出版社，2002，第 56 页。

断，不是审美的判断；是公共话语，不是个人话语。第二，洪子诚特别强调是"他们"的语言，有意拉开距离，在一定意义上表明对当时的质疑，隐含着其价值立场与审美指向。如，他写道，文学规范体制产生了"敏感的善于自我检查、自我审视，以切合文学规范的'主体'。这种'主体'的产生，是当代文学权力结构的基础"①。这里所说的"主体"是失去主体性的主体，而没有主体性的主体是不该成为主体的，既然还称之为主体，那就是偏离文学轨道、符合所谓的"文学规范"的主体。第三，洪子诚极少大篇引用原文，往往使用一些引号中的语言点缀生成文本。许多读者对文学史中大量使用引号可能会非常不习惯，其实这可以理解为思维方式转换的一种标志。洪子诚的《中国当代文学史》是自如运用史料后的深刻阐发与理论生成，体现了浑然一体的严谨与深邃。所以，我们看到的这部文学史著作严谨中带有自如与潇洒。

历史情境的审察并不是按照既定标准对文学历史做是非判断和道德评价，洪子诚的文学史写作努力避免这方面的错误做法。"将对'历史'评述的道德问题，转移成不那么'道德化'的'学术'问题"，是洪子诚90年代以来的自觉选择。这些年来，他"十分重视'历史复杂性'，努力避免用一种'二元'的简单方式去结构、描述文学现象，避免政治/文学、正统/异端、压制/驯服、独立/依附等的历史叙述模式。并不是说不存在上面说的这些状况，但是如果将'二元对立'的结构作为文学基本格局、推进动力和演化过程的描述工具，那可能构成严重的遮蔽"。② 这种学术立场的自觉选择让我们看到其文学史写作的历史客观性及复杂性。

文学史的写作是对文学历史的再解读，而"再解读"工作是对历史做文化清理，同时也是一种自我清理。因此，历史情境的审察和学

① 洪子诚：《中国当代文学史》，北京大学出版社，1999，第27页。
② 洪子诚：《回答六个问题》，《南方文坛》2004年第6期。

术立场的选择并不意味着排斥文学史家的个人经验。实际上，"理论虽然会起到非常重要的启发作用，但是自身的经历、体验有时更重要。这种体验会渗透在血液中，产生重要的冲击作用，加深对原来信仰的质疑；而经验、感性留下的痕迹，常常很难擦抹"①。从洪子诚的叙述中可以看出，历史情境的审察和个人经验的渗透，二者之间的关系十分密切，个性化文学史的写作必然是二者的有机结合。洪子诚的个人经验融会在对50~70年代的文学史写作中，这也是批评者普遍认为其50~70年代的文学史写作超越其1980年以后文学史写作的重要原因之一。

2. 一体化叙述的建构

一体化叙述的建构有两个方面的含义：一方面是中国当代文学一体化的建构；另一方面是《中国当代文学史》一体化的建构，换句话说，洪子诚用"一体化"切入并叙述中国当代文学史，从而使《中国当代文学史》的整体建构一体化。"一体化"不仅是其叙述的出发点，而且是其叙述的最终指归。抓住了当代文学的一体化，也就抓住了《中国当代文学史》的一体化。二者是相辅相成的，所以，紧紧围绕"一体化"就成为洪子诚文学史叙述的动力。

（1）一体化的视点

一部"规矩"的文学史著作和一般文学研究的理论著述有所不同。后者根据自己的个人经验和理论学养，在个性化突破方面较前者容易；前者作为文学史，会受到接受主体（学生读者等）的制约，同时几十年的研究框架对作者来说也是一种有形与无形的束缚。洪子诚的《中国当代文学史》是文学史写作的一个重要突破，它既符合文学史的"规矩"，又打破了文学史的"循规蹈矩"。洪子诚紧紧抓住"一

---

① 洪子诚：《问题与方法：中国当代文学史研究讲稿》，生活·读书·新知三联书店，2002，第21页。

体化"叙述当代文学史，当代文学的历史即是一体化的形成、发展与解体的过程，是一体化到多元化的转换。

"一体化"的视点和观念渗透在每一个章节中。第一次文代会把"延安文学所代表的文学方向，指定为当代文学的方向，并对这一性质的文学的创作、理论批评、文艺运动的方针政策和展开方式，制订规范性的纲要和具体的细则"。所以，"第一次文代会开始了当代文学的'一体化'的进程，确定了各种文学力量在'当代文学'中的资格和地位"。① 对"在主流之外"的文学，洪子诚从对一体化文学规范的"偏离"的角度进行叙述。80 年代，文学界长期以来存在的权力构成和所形成的控制方式，处在难以阻挡地逐步瓦解的过程之中，文学的一体化局面不复存在。一体化是文学史叙述的"纲领性""文件"或曰"指南"，当文学被纳入一体化轨道的时候，对文学史的把握与整合会更加简洁清晰，更具"安全感"和"内聚力"。

《中国当代文学史》各章节内部建构严整，并没有用一些哗众取宠的时髦新词，而是质朴稳妥，从创作主体到文本内部莫不如此。如第六章"小说的题材和形态"共分四节，第一节"小说家的分化"，第二节"题材的分类和等级"，第三节"小说体裁的状况"，第四节"形态的单一化趋向"。"题材的分类和等级"一节可谓"小题大做"，从题材的时空选择到价值评判，可以看出五六十年代的文化症候和作家心理。这些都是"一体化"文学规范的具体路径，当然，这种章节的设置也是洪子诚一体化文学史建构的具体路径。第十七章的最后一节谈"总体风格和作家姿态"，分析 80 年代作品"沉重、紧张的基调"、"探索、创新"的强烈意识和"潮流化"的创作倾向。这些概括和总结意味着"一体化"文学的打破、多元共生格局的即将诞生。更富有意味的是，此时的"一体化"文学的解构，正是"一体化"文学史建构的内聚力的重要表征。

---

① 洪子诚：《中国当代文学史》，北京大学出版社，1999，第 15 页。

（2）开放视野的整合

洪子诚在开放的视野中整合一体化文学史结构，于历时性和共时性的比较中透视同中之异、异中之同。

《中国当代文学史》中几乎没有任何一个单一文本的此时的唯一叙述，总是在和自身的历时性比较或与其他文本或多或少的历时性、共时性比较中共存。洪子诚善于对作家个人创作做历时性把握，50年代的赵树理的创作和40年代进行比较显得"迟缓""拘束"，洪子诚进而从创作主体和文化语境等方面分析其中原因。对历史纵向的思考，总是能在当代文学的整体建构中审视某一历史时期的文学。在分析80年代文学的潮流化倾向之后，洪子诚写道："具有讽刺意味的是，作为对于'社会性'和'类同化'的反拨，在80年代末和90年代提出的'个人化'写作，在继续崇尚'潮流'的语境中，会不由自主地转化为一种新的'潮流'。这使那些信仰文学写作的'自主'、'独创'的作家，颇感悲哀。"① 这一简短的尖锐的论述使个人化文学的发展轨迹与态势清晰可见，其中包括他对80年代文学的深刻反思、对90年代个人化写作的冷静观照。其实，这种叙述本身不是对90年代个人化写作的展开，此时的"一笔带过"是文学史一体化建构"宏观调控"下的有意为之。

在开放的视野中对不同文本进行共时性审视在文学史书写中是一个普遍的存在，如对"文革"后期的三部手抄本中篇小说《波动》《公开的情书》《晚霞消失的时候》的分析、论述，对闻捷和李季、贺敬之和郭小川、沙汀和艾芜的异同的论述等。李季和阮章竞在40年代的叙事诗创作，都以北方民歌为艺术创造的基础，二人也成为当代写实诗体的主要代表，50年代，"当李季重又回到对民间诗歌和说唱艺术的吸取时，阮章竞在他写内蒙钢铁基地建设和生活变迁的诗里……也企图从民歌和古代边塞诗中寻找境界和语言格式"。洪子诚总结了

---

① 洪子诚:《中国当代文学史》，北京大学出版社，1999，第252页。

诗人所面临的重要矛盾："'主体创造性'受到极大限制,而民间诗歌的民俗和艺术形式的积累,又不能成为重要凭借。"① 个人的创作历程和共时性创造的不同追求,这种双重的审视更能凸显作家的个性特点和普遍心态。在共时性中分析农村题材小说创作倾向,赵树理、柳青的特点最具代表性,洪子诚写道:

> 在当代的农村小说中,存在着两个有影响、艺术倾向却有所不同的创作"群体":一是赵树理等山西作家,另一是柳青、王汶石等陕西作家。比较起来,柳青等更坚定地实行表现"新的人物,新的世界"的决心,更重视农村中的先进人物的创造,更富于浪漫的理想的色彩,具有更大的概括"时代精神"和"历史本质"的雄心。如果从另一角度来观察,那么,柳青也许更像是乡村的"外来者",虽然他与所描写的土地和生活于其上的劳动者,已建立了密切的关联。而赵树理则更像"本地人",虽然他也获得了一种超越性的眼界和地位。他们的小说在关注、支持农村的变革和"现代化"进程,关注"新人"的出现和伦理关系的调整和重建时,柳青等更为重视的是新的价值观的灌输,而赵树理等则更倾向于在农村的"传统"中发掘那些有生命力的素质。就小说而言,柳青等所借鉴的,是西方和我国新文学中"现实主义小说"的传统,而赵树理更推重的是话本、说书等"宣讲"、"说话"的"本土资源"。由于艺术观和方法上的这些差异,随着当代不同阶段政治和文学风向的变化,对他们的创作的接受和评价,也大致呈现为此起彼伏的状况。②

洪子诚的叙述可以说是一篇论文的精华的浓缩,"外来者"和"本地人"符合二人的创作实际和个人化风格,是对二人写作身份准确和形

---

① 洪子诚:《中国当代文学史》,北京大学出版社,1999,第69页。
② 洪子诚:《中国当代文学史》,北京大学出版社,1999,第93~94页。

象的认定；其他方面的对比分析简约剔透，颇多点睛之笔。

无论是文学史的一体化还是文学史写作的一体化，都不是单一化，实际上是洪子诚在开放的视野中整合了当代文学的复杂性，建构了文学史叙述的一体化。洪子诚说："我和另一些人经常使用'一体化'的说法。这个说法不是意味着这个时期的文化、文学的单一性，事实上仍存在复杂的，多种文化成分、力量相互渗透、摩擦、调整、转换、冲突的情况。"① 洪子诚在历时和共时、内与外、章与节等多个环节中完成了对当代文学叙述的历史整合。

（3）概念梳理的通透

文学史的写作离不开概念和范畴，但很多时候写史者对概念采取"拿来主义"的态度，很少去追根溯源。洪子诚从没有拿来一个概念或范畴不加任何说明地运用。他总是从历时性和共时性的角度对概念进行说明、解释和阐发，因而其概念梳理本身也是一体化建构的内在动力。经过历史情境的审察之后，他对概念的使用总是明明白白的，似有不弄清楚就不能使用其论述问题的倔强。

对于概念，洪子诚有自己的看法。对于有些概念如"国家权力话语"与"个人话语"等，"我不是说这种划分，这些概念是无效的，不能使用的。问题是，我们在使用的时候，有时是不加限定的，不说明这些分类、概念的具体历史内涵，更不揭示这些分类、概念实际存在的'流动性'与'不确定性'。这样的观察和描述方法，对于我们深入地把握这一时期的文学，会带来很大的妨碍"② 正是基于对概念的关注和谨慎使用，洪子诚特别重视对当代文学诸多概念和关键词的梳理。洪子诚的重要论文《"当代文学"的概念》，"作为对当代文学学科生存的最基本的关键词的梳理，不仅意味着某种极有价值的知识

---

① 赵园、钱理群、洪子诚等：《20 世纪 40 至 70 年代文学研究：问题与方法》，《中国现代文学研究丛刊》2004 年第 2 期。

② 赵园、钱理群、洪子诚等：《20 世纪 40 至 70 年代文学研究：问题与方法》，《中国现代文学研究丛刊》2004 年第 2 期。

'考古'、知识谱系的工作，其自身便成为围绕着'当代文学'的思想史及文化史的描述过程"①。从某种意义上说，对当代文学史关键词的梳理显示了洪子诚文学史大家的风范，进一步奠定了其在当代文学研究史上的地位。

洪子诚所做的实际上是一种文学史的打捞和梳理工作。当代文学中的概念和范畴沉入历史，当人们再次使用它们的时候，更多的只是使用而已，其源流往往无人问津。洪子诚的打捞、梳理从"当代文学"这个概念开始。《中国当代文学史》的"前言"对"当代文学"这一提法的最早出现、广泛应用以及生成原因和命名原因进行了全方位的观照。1998 年，洪子诚在《文学评论》上发表论文《"当代文学"的概念》，"这篇文章所要讨论的，主要不是被我们称为'当代文学'的性质或特征的问题，而是想看看'当代文学'这个概念是如何被'构造'出来，和如何被描述的。由于参予这种构造、描述的，不仅是文学史家对一种存在的'文学事实'的归纳，因而，这里涉及的，也不会只限于（甚至主要不是）文学史学科的范围"②。所以，打捞和梳理不单单是文学的打捞和梳理，更是历史和文化的打捞和梳理。

对概念的使用，洪子诚一向十分严谨。有些批评家和文学史家可能"信手拈来"的概念和范畴，甚至是我们司空见惯的术语或词语，洪子诚都会在文学史的叙述中驻留、探求。他不会随意使用，总是有意深求。第一章命名为"文学的'转折'"，开篇就谈到政治转折和文学转折的关系："在一个文学与政治的关系密不可分，而文学对于政治的工具性地位的主张又支配着文学界的情况下，四五十年代之交的社会转折，也影响、推动了中国文学的构成因素及它们之间关系的剧烈错动，发生了文学的'转折'。'转折'在这里，指的主要是 40 年代文学格局中各种倾向、流派、力量的关系的重组。以延安文学作为

---

① 戴锦华：《面对当代史——读洪子诚〈中国当代文学史〉》，《当代作家评论》2000 年第 4 期。

② 洪子诚：《"当代文学"的概念》，《文学评论》1998 年第 6 期。

主要构成的左翼文学，进入 50 年代，成为惟一的文学事实；20 年代后期开始，左翼文学为选择最理想的文学形态、推进文学'一体化'的目标所做的努力，进入一个新的阶段；毛泽东的文艺思想，成为'纲领性'的指导思想；文学写作的题材、主题、风格等，形成了应予遵循的体系性'规范'；而作家的存在方式，写作方式，作品的出版、阅读和批评等文学活动方式也都出现了重大变化。"① "转折"一词看似很普通，似乎一看便深知其意，其实不然。进入洪子诚的"转折"之中，我们会发现其视野的开阔和理解的深刻，从而更加认同"转折"的特殊性，进而理解其如此命名的要义。

洪子诚把概念和范畴放在历史情境中进行审察，在每个时代它们都有自己的特殊性，而这个特殊性正是其"审察"的"重点"。在第二章"文学规范和文学环境"的第一小节"50 至 70 年代的文学环境"中，洪子诚谈到"接受"，指五六十年代当代文学对中外文化遗产尤其是外国文学的接受。"接受"是有一定范围的，尤其是对西方文学而言。"以时间而言，对外国文学的有限度的肯定大体限在 19 世纪以前的文学；以创作方法而言，则'现实主义'是一个衡量的标尺；而这两个尺度大致又是重合的。"② 这种有限的接受和当时的文学运动、文学思潮有关，对后来的文学发展有很大的影响。从中可以看出，洪子诚对自己提出的每一个概念都在时代语境中做重要的阐发，虽然其可能只是一个习以为常的用语。关于"读者"的梳理和阐发更加深刻。

在 50 到 70 年代，文学读者与文学写作和活动的关系比较复杂。文学批评在引入"读者"的概念时，一般不具备独立存在的意义，而作为权威批评的一种延伸。"读者"的加入，是为了加强批评的"权威性"。因而，在当代，"读者"在大多数情况下，

---

① 洪子诚：《中国当代文学史》，北京大学出版社，1999，第 3 页。
② 洪子诚：《中国当代文学史》，北京大学出版社，1999，第 20 页。

是被构造出来的，是不被具体分析的概念。它不承认文学读者是划分不同群体、形成不同圈子的，不承认不同的社会群体有不同的文化需要，因而也就不承认有属于不同群体的文学。这是为使文学取消多种思想倾向、多种艺术风格、多种艺术品味，而走向"一体化"的保证。权威批评往往用"群众"、"读者"（尤其是"工农兵读者"），来囊括事实上并不存在的，在思想观念和艺术趣味上完全一致的读者群。权威批评的构造"读者"有多种情况。最常见的是搜集、加工所需要的那部分读者的意见，别除、修改其他的不同看法，然后用"广大读者"之类的含义模糊的称谓加以发布。另外的方法是，捉刀代笔，然后冠以"读者"来信来稿的名目。这种方法，在"文革"前夕和"文革"中，被广泛地运用。另一个重要的现象是，这个时期的文学环境，也塑造了读者的感受方式和反应方式，同时，培养了一些善于捕捉风向、呼应权威批评的"读者"。他们在文学界每一次的重大事件、争论中，总能适时地写信、写文章，来支持主流意见，而构成文学界规范力量的组成部分。①

洪子诚对"读者"的时代分析非常深刻，一方面，从读者的角度看出中国当代文学"一体化"建构的保证；另一方面，读者的时代特殊性十分明显，读者没有多样性和主体性，更多时候是为"一体化"而构造出来的。洪子诚不仅为我们提供了新的观照视点，让我们有"眼前一亮"的感觉，而且拓展了我们的思维空间。如果不考虑论著整体以及篇幅，其对"读者"的阐发就是一篇非常有个性和理论深度的学术论文。换句话说，其叙述和阐发的概念为我们留下了可阐释的空间。

对概念、范畴和关键词的梳理，洪子诚并不"一视同仁"，而是根据自己的个人经验与文学史写作一体化建构的需要，或复杂，如

---

① 洪子诚：《中国当代文学史》，北京大学出版社，1999，第26～27页。

"当代文学"，或简单，如"知青作家"。朦胧诗人不被命名为知青作家，换句话说，知青作家不包括朦胧诗人，洪子诚认为，"这种命名的状况，可能表现了对于诗的题材的'超越性'的意识"[①]。对概念的梳理需要对概念的发生极为敏感，从"蛛丝马迹"中寻求命名的出发点和旨归。

对小说、散文、戏剧、诗歌等文体（同时也是概念、范畴、关键词）的关注同样是一体化文学史写作的关键所在。

一是《中国当代文学史》的写作在章节设置上以文体划分。

二是对四大文体及其包括的小文体进行梳理。洪子诚重视文体的演变、概念内涵和外延的变化，如当代"散文"概念，从文体出发，梳理狭义和广义散文历时性的变化。

三是把文本放在文体中考察其文学史价值和审美特性，同时从文体的角度审视其源流和时代的特殊性，这一点尤能显示洪子诚对文体的重视。如60年代对欧阳山《三家巷》的争论，洪子诚认为涉及的是革命小说和过去的言情小说的关系问题。

> 从晚清到现代，"革命"与"恋爱"已经是小说的基本模式之一。50年代以后，由于"革命"的崇高地位的强化，也由于现代"言情小说"受到的"压抑"，作家对这一问题的处理，更加谨慎、节制。欧阳山却多少离开了这种严格的局限。"革命加恋爱"的人物关系和情节类型，传统"才子佳人"言情小说的叙述方式和语言格调，在他的小说中有许多表现。正因为如此，认为借鉴白话言情小说的方式来表现现代革命是不协调的当时批评界，便会把《三家巷》、《苦斗》的这种表现，看作是对陈旧的美学情调和气息的不健康的迷恋。60年代围绕这些小说的争论，如果从小说类型的层面观察，提出的正是"言情小说"在当代的合法性

[①]　洪子诚：《中国当代文学史》，北京大学出版社，1999，第267页。

和可能性的问题。《三家巷》的作者当然是要严肃地讲述，也多少明白"才子佳人"和他们的爱情，在现代革命小说中，既不应占有太多篇幅，也不具独立的性质——只有作为对"革命"的或正或反的证明才能存在。但情爱的纠葛可能展示的细腻、曲折，加上中国言情小说"传统"所提供的强大的艺术经验，在写作中显然成为更具生命力的东西，而在具体的描述中，有时反而会衬托所着力的"革命"的干枯和简陋。小说在确立表现对象、叙述方式、语言风格上的犹豫，导致了内在结构上的矛盾。①

洪子诚分析的对象是《三家巷》，而切入点却是小说文体"革命小说"和"言情小说"，结论是小说创作在二者之间的犹豫与徘徊导致了文本内在结构上的矛盾。从小说文体的层面切入分析《三家巷》，充分透彻，说服力强；同时，对"革命小说"和"言情小说"的梳理与分析自然地建构文学史写作的一体化格局。

四是对文体间相互渗透的关注。洪子诚的文学史写作对当代文体间的相互影响与渗透给予观照。六七十年代，文学的各种样式都表现出过度的"戏剧化"倾向。而80年代，小说尤其是中篇小说产生了重要的变化。洪子诚从文本容量、期刊和出版条件的变化、稿费的计算方法等方面分析中篇小说比较兴盛的原因。另外，还从诗的叙事化、情节化，散文的诗化、场景化，用小说批评术语品评诗歌和散文等现象中审视文体间的关系和当时的批评话语。

洪子诚以当代文学的一体化为视点，在开放的视野中，通过对文本、概念、文体等的历时性和共时性的全方位梳理和观照建构文学史一体化叙述体系，内在结构严谨整一。

3. 审美尺度的衡量

审美尺度的衡量即对作品的"独特经验"和表达上的"独创性"

---

① 洪子诚：《中国当代文学史》，北京大学出版社，1999，第134页。

的衡量。洪子诚在《中国当代文学史》的"前言"中说:"从教学的要求出发,也考虑到编著者本身条件的限制,本书的评述对象,主要是重要的作家作品和重要的文学运动、文学现象。在这里,究竟选择何种文学作品作为研究对象,进入'文学史',是个首先遇到的问题。尽管'文学性'(或'审美性')的含义难以确定,但是,'审美尺度',即对作品的'独特经验'和表达上的'独创性'的衡量,仍首先应被考虑。"① 经过审美尺度的衡量,有些文学作品被过滤掉,有些文学作品被开掘出新的意义。其对审美尺度把握严格,叙述冷静,充满思辨力;往往是不经意的一笔,却是惊人的深刻,可见其貌似轻轻划过却留下深痕的运笔功力。其把审美的衡量和文化的探源结合在一起,然而,历史、文化和审美也使其充满了深深的困惑。

(1)审美过滤与意义发掘

文学的社会功利性与艺术审美性在文本创造中很难有机融合。20世纪的中国文学功利性强,有些文本创造忽视了审美性追求。洪子诚在梳理诗歌的写实倾向时即是从功利与审美的角度出发的。他肯定了诗歌写实倾向的合理性,但是"左翼诗歌的这种'写实性'和'叙事性'的理解,侧重的是对诗的'社会功能'的考虑,在诗对社会现象、生活事实的处理上,强调的是对'客观生活'的真实反映。这一方面损害、抑制了诗人在把握世界、人生上的情感、意志、思考的加入,使诗逐渐演化为缺乏沉致心理内容的对生活现象的摹写。另一方面,则是诗、小说等文体之间特征的模糊"② 。社会功能的强化在一定程度上造成对情感表现的压制、审美意识的淡化,所以以审美尺度衡量,会发现很多文本艺术审美上的不足与缺憾。

洪子诚完全从审美尺度出发,对在文学史上应该占有地位的具有审美价值的作品,给予一定的篇幅论述;反之,则轻轻带过。关于杨

---

① 洪子诚:《中国当代文学史》,北京大学出版社,1999,"前言"第4页。
② 洪子诚:《中国当代文学史》,北京大学出版社,1999,第67页。

沫的创作，他写道："《青春之歌》和在八九十年代出版的另两部长篇《芳菲之歌》和《英华之歌》，在内容上有着连贯性，被称为'青春三部曲'。但后两部，几乎没有产生什么反响。"① 对《青春之歌》用3页的篇幅论述，而对于三部曲的后两部用"几乎没有产生什么反响"几个字做了评价。评价较为中肯，没有添枝加叶以迎合作者。对艾芜当代创作的评价也是如此，"以写出《南行记》的作家的艺术水准来衡量，《百炼成钢》叙述语言的枯燥、生涩，很难相信是出自同一人之手"②。以审美尺度衡量，用文本事实说话，批评"不留情面"，显示了文学史家的严肃与"苛刻"。《陈奂生上城》中的陈奂生是高晓声笔下最成功的人物，但高晓声醉心于"在作品中留下80年代以来农村变革的每一痕迹，而让人物（陈奂生等）不断变换活动场景，上城、包产、转业、出国，而创作的思想艺术基点则留在原地"③。忽视了艺术审美性的其他几篇小说在文学史上未产生什么影响，所以也未成为洪子诚文学史写作叙述的对象。

文学史写作是筛选和打捞。审美筛选和过滤的同时，洪子诚还以审美尺度打捞并开掘出以往文学史写作中文学作品分析所丢失的意义（或是发现作家或批评家所没有注意到的对文本审美意义的遮蔽和阉割）。《中国当代文学史》里的文学作品真正是作为具有多义性的文本存在的。由于时代语境和创作主体的原因，有些文本的意义是残缺的。洪子诚立足文本，对其进行审美的开掘，认为《青春之歌》中"林道静的爱情、婚姻遭遇，隐含着复杂的女性问题。但有关女性命运的主题因素，在作品中是被压抑、被淡化，被主要当作阶级立场、阶级意识的矛盾和转变的因素来处理的"④。洪子诚敏锐地看到当时对茹志鹃《百合花》规范性主体的肯定中的局限性："战士的崇高品质和军民的

---

① 洪子诚：《中国当代文学史》，北京大学出版社，1999，第120页。
② 洪子诚：《中国当代文学史》，北京大学出版社，1999，第131页。
③ 洪子诚：《中国当代文学史》，北京大学出版社，1999，第265页。
④ 洪子诚：《中国当代文学史》，北京大学出版社，1999，第119页。

鱼水关系的阐释框架，既'窄化'了阐释的空间，但也遮蔽了人物之间模糊暧昧的情感，使这一短篇在当代题材的严格规范中，不被质疑而取得合法地位。"① 《百合花》在当时合法地位的取得以审美多义性的遮蔽为代价，洪子诚的"窄化"二字说明《百合花》还有其他可阐释的空间。

洪子诚对当代文学的审美过滤和意义打捞更加贴近文学的本体，丰富了文本存在的多元化样态，刷新了 20 世纪 90 年代之前文学史写作的格局，使文学史写作呈现出新的景观。

（2）冷静思辨与轻轻划过的深度

洪子诚在审美尺度的把握上冷静、客观，叙述、论证语言犀利尖锐，同时充满思辨力。与此同时，因为文学史写作的特殊性和主体性的内在诉求，经常可以发现其轻轻划过的深度。

带着重写文学史的勇气，洪子诚重新审视当代文学，语言犀利尖锐。他认为五六十年代的作家，"拒绝写作资源的多方面获取，有限的生活素材与情感体验很快消耗之后，写作的持续发展便成为另一难题。于是，'高潮'便是'终结'的'一本书作家'，在当代成为普遍现象。杜鹏程、杨沫、梁斌、曲波、魏巍等，都是如此"②。以审美尺度来衡量文本，从创作实际出发，用事实说话，所以，犀利与尖锐中并不带有任何个人的偏见，而是一种文学史家"苛刻"中的中肯。他对"一本书作家"现象原因的开掘充分有力，令人信服。对峻青小说的评价："在多少损害了对个体生命的人性关怀的情况下，酷刑、死亡等情节常用来突出英雄的'超人'式意志。"③ 这样的简洁与精练、冷静与沉稳、犀利与尖锐是文学史家应有的风范。尤其是在我们看到过多的赞扬性和不痛不痒的评论之后，这样的语言给我们一种冲击力，这是文学史和文学史家带给我们的另外一种文学史叙述的风格。

---

①　洪子诚：《中国当代文学史》，北京大学出版社，1999，第 117 页。
②　洪子诚：《中国当代文学史》，北京大学出版社，1999，第 32 页。
③　洪子诚：《中国当代文学史》，北京大学出版社，1999，第 114 页。

审美尺度并不是一个显性的存在，在一定意义上它是难以把握的，虽然有作品的"独特经验"和表达上的"独创性"等稍具体的要求，然而，在一定程度上它也是跟着文学史家"感觉走"的产物，带有个人化的色彩。不过，洪子诚在文学史写作的过程中，努力避免片面化，力图在思辨中展开对文本的解读与阐释。洪子诚这样分析"样板戏"：

> 对于以精神探索和艺术独创作为主要特征的"精英文化"的敌视，却未促使他们愿意转而创作更具娱乐、消遣性的"大众文化"或"通俗文艺"（虽然一些"样板"作品，如舞剧《红色娘子军》，京剧《沙家浜》、《智取威虎山》等，都重视观赏、娱乐性的成分的组织），因为这会产生对艺术作品政治性和政治目的的削弱。这里面包含着"中世纪式"的悖论：政治观念、宗教教谕需要借助艺术来"形象地"、"情感地"加以表现，但"审美"和"娱乐"也会转而对政治产生削弱和消解的危险。同时，任何稍稍具有丰富性和艺术表现力的作品，都难以维持观念和方法上的纯粹与单一，作品本身存在的裂痕和矛盾，就潜在着一种"颠覆"的力量。在"样板"作品中，可以看到人类的追求"精神净化"的冲动，一种将人从物质的禁锢、拘束中解脱的欲望。这种拒绝物质主义的道德理想，是开展革命运动的意识形态。但与此同时，在这种禁欲式的道德信仰和行为规范中，在自觉地忍受（通过外来力量）施加的折磨，和自虐式的自我完善（通过内心冲突）中，也能看到"无产阶级文艺"的"样板"创作者本来所要"彻底否定"的思想观念和情感模式。①

这段分析文字对我们的阅读习惯和接受经验来说是一种挑战。既往的研究因样板戏过强的"革命性"和政治性对其做出太多否定性评判，还很少有文学史著作对样板戏的"审美"和"娱乐"给予更多的

---

① 洪子诚：《中国当代文学史》，北京大学出版社，1999，第203页。

关注。而洪子诚认为，样板戏内在的裂痕和矛盾是一种颠覆的力量，其审美和娱乐反而对政治产生削弱和消解。对样板戏的这种分析带有思辨的色彩，似乎让我们明白了一向不解的问题：为什么有的样板戏经久不衰抑或成为经典？洪子诚"不属于那种及时地提出一个开创性的命题，引起人们的关注，把该命题的研究和自己的声望一起推出的弄潮儿，他所独到的才能在于，他往往能够接过那些有意义的却又常常被人们浅尝辄止的话题，进行深入的探讨，直到取得相当的深度"①。

当代文学研究和当代文学发展同步进行，批评家热衷于跟踪文学热点，作为文学史家的洪子诚沉潜于冷静地审视作为"历史"的当代文学。他在别人经常走过的地方驻留，思辨的目光穿透文学历史的表层，抵达中心地带，经过他打捞和开掘的文本以新的面貌浮出历史地表。所以，他的冷静审视就像为读者打开了一扇重新"窥视"中国当代文学的窗。"百花文学"呈现两种不同的趋向是文学史写作者的共识。"一种是要求创作加强其现实政治的'干预性'，更多负起揭发时弊、关切社会缺陷的责任。这种质疑和批评现状的作品，旨在重新召唤当代已经衰微的作家的批判意识。另一种倾向，则在要求文学向'艺术'的回归，清理加在它身上过多的社会政治的负累。后一种趋向，在内容上多向着被忽视的个人生活和情感价值的维护和开掘。"一般的文学史写到这里可能就结束了对这两种倾向的叙述，很少去探求二者之间的关系，而洪子诚接着分析道："这两种看起来正相反对的趋向，事实上，在作家的精神意向上是互为关联的。社会生活的弊端和个人生活的缺陷，其实是事情的两面。而个人价值的重新发现，也正是'革新者'探索、思考外部世界的基础。"② 没有个人价值的重新发现，作家当然不会对外部世界进行重新思考，这种精神意向的关联在洪子诚的文学史叙述中自然而深刻地生成。诚如鲁迅所说，"编

---

① 《洪子诚与当代文学研究》，《当代作家评论》1997 年第 1 期。
② 洪子诚：《中国当代文学史》，北京大学出版社，1999，第 142 页。

成一本较好的文学史"，"说出别人没有见到的话来"。洪子诚即是如此做的。

然而，洪子诚并不是对每个命题都做深刻的阐发，有时他的论述并没有充分展开，给人感觉只是轻轻划过文学史，但就是在这"轻轻划过"中达到了一定的深度。切中文本要害，却没有在此逗留。

一是没有必要逗留，一句话的点醒，只是"一点"就会点醒许多"沉睡了"的东西。《茶馆》中常四爷、王利发、秦仲义等走投无路，为自己祭奠送葬，洪子诚"点"道："剧中的悲凉情绪，人物关于自身命运的困惑与绝望，透露了与现代历史有关的某种悖谬含意。"① 其实，剧本中所包含的悲剧性可以做很多阐述，而洪子诚只用如此一句话便结束了对人物的分析。"多年来的经验告诉我许多事情其实并不需要说很多的话；有时，说得越多便越糊涂，还会把点滴的'意思'稀释得不见踪影。"② 非不能也，是不为也，浓缩的精华，是他文学史写作的一个原则。

二是没有时间逗留，因为受到文学史总体框架的制约，如仅对"读者""题材"等概念与范畴做了分析。

三是让给读者逗留，给读者留下阐发的空间。叙述的文本张力，使其具有再阐发性。分析王蒙的《组织部新来的青年人》自然联想到丁玲的《在医院中》，洪子诚分析道："王蒙的《组织部新来的青年人》讲述的是关于 20 世纪现代中国社会的'疏离者'的故事。抱着单纯而真诚信仰的'外来者'林震，来到新的环境，却不能顺利融入，他因此感到困惑。小说的主题、情节模式，与丁玲在延安写的《在医院中》颇为近似。投身革命的青年医生陆萍来到根据地医院，她无法处理想像与事实之间的巨大裂痕，她与周围的人发生磨擦，也有一个异性的知音给予支持，但他们又显得那样势单力薄。当然，比

① 洪子诚：《中国当代文学史》，北京大学出版社，1999，第 18 页。
② 洪子诚：《回答六个问题》，《南方文坛》2004 年第 6 期。他比较了自己的两部学术专著——14 万字的《当代文学概说》和 40 万字的《中国当代文学史》后得出的结论。

起林震来，陆萍已见过世面，林震对生活的纯净的幻觉，在她那里已有很大程度上的消褪。她的行动更富挑战性，也更有心计。"① 其实完全可以在此基础上做《组织部新来的青年人》与《在医院中》的比较文章，但由于文学史总体格局的限制，尤其是考虑到给读者留下阐发的空间，洪子诚的叙述就这样轻轻划过。

四是不能逗留。

洪子诚的文学史书写冷静思辨，甚至有不求全面的轻轻划过。冷静思辨与轻轻划过就这样在洪子诚的文学史著作中辩证地融合在一起。这和他的文学研究目标有关。他认为："作为大学文科的教材，本书对发生于近五十年的复杂文学现象、出现的大量作家作品，不可能追求全面和详尽。同时，也不认为'全面'、'详尽'是一种文学史研究的目标。"② 轻轻划过与冷静思辨同样厚重。《中国当代文学史》显现出了"不同的姿态与厚重"，"这份不同与厚重不仅来自直面当代史所必须的勇气，而更多地来自一种创痛与深思后的执着与平和。如果说，任何治史者对当代史的忌惮，大多来自现实脉络的纷繁、亲历者的切肤之感与种种权力格局的纠缠；那么，当代中国史的书写，与其说更需要勇敢与力度，不如说它索求的，可能正是某种冷静而寂然的姿态"。它始终是"一份冷静，尽管不无痛楚的沉思与自觉"。③ 他的文学史叙述追求的不是热情，而是冷静；不是引人注目的欣赏与把玩的"新颖"，而是让人读过之后回味与思考的深刻。

（3）文化溯源与内在困惑

审美尺度的衡量不是唯一的存在。审美尺度是洪子诚选取文本的一把标尺，但并不是书写文学史的唯一标尺。实际上，他在对文本进行分析的过程中，经常从文化心态探求角度追溯文本的审美生成。他

---

① 洪子诚：《中国当代文学史》，北京大学出版社，1999，第 142～143 页。
② 洪子诚：《中国当代文学史》，北京大学出版社，1999，"前言"第 4 页。
③ 戴锦华：《面对当代史——读洪子诚〈中国当代文学史〉》，《当代作家评论》2000 年第4 期。

以清醒的姿态进行历史审察、审美衡量和文化溯源，然而，在写作之后，他却充满了深深的困惑。

创作心态和文化性格对创作的影响很大。洪子诚从两个方面进行了分析。一是从文本的表现"窥探"文化心理。从叙述的分裂和结构的矛盾洞察作家的创作心理，欧阳山《三家巷》、宗璞《红豆》叙述的矛盾，是受时代影响的心理矛盾的印痕。洪子诚从刘心武的"救救孩子"探求作家的文化心态。70年代末和80年代刘心武呼唤"救救孩子"，呈现了"持精英'启蒙'立场的作家的市民化趋向。不过，正如作家自己所表述的，这种'市民化'有一定的限度。这里反映了在'社会转型'过程中对自身位置的某种'设计'：以主流文化身份去表现和引领'大众'，又以想像性的'大众'心态来阐释和认同'转型'的现实。这种现实和艺术的处理方法，引发了另一系列的问题"①。刘心武试图在主流文化身份和大众心态之间搭建一座桥梁，然而因为想象性的心态和大众的距离以及主流身份精英意识的强化，他的精英启蒙立场的市民化追求不仅有一定的限度，而且使文本的艺术性遭到质疑，甚至他自己后来对此一时段的创作都颇感汗颜。二是以文化心理构成解释文本生成。洪子诚从文化角度分析40年代沦陷区和国统区作家的心态："战争的挫折所暴露出来的问题，使一些作家在更深的层面上来思考社会和人生的悖论情境，思考中国社会在'现代文明'的冲击下的困境与难题。而知识分子在战争中，在民族的、时代的、个体性格的种种重压下的心理矛盾和挣扎，又使作家增强了自我审察与反省的意识。出离了情感泛滥的冷静、幽默，和既包含智力优越，也包含对自身弱点和局限的清醒的反讽，这些，在40年代，都不只具有风格上的意义，而是作家所达到的审美态度。作家有可能并有自觉的意识，去以个体的体验作为创作的出发点，来对传统和外来

---

① 洪子诚：《中国当代文学史》，北京大学出版社，1999，第266页。

的影响加以创造性的熔铸，在这样的基础上建立自身的艺术个性。"①
作家的矛盾、挣扎、反省、审察和反讽等文化心态影响了审美态度的
保持和艺术个性的建立。而五四作家和五六十年代中心作家审美态度
和艺术个性的不同，除了历史情境的影响，还在于前者对中西文化都
比较了解，后者在文学写作上的准备不足。

在同样的历史情境中，受作家的文化素养和生命体验影响形成的
文化心态决定了不同的文本表现和风格的生成。洪子诚对知青作家和
"复出"作家的心态进行了非常鲜明的对比。

> 与50年代遭受挫折的"复出"作家相似，知青文学也常带
> 有明显的自传色彩。和"复出"作家一样，特殊的，与国家社会
> 政治密切关联的生活经历，使他们觉得表现自身的生活道路具有
> 重要的价值。不同的是，50年代反右派运动的受难者，在"文
> 革"结束后的一段时间里，在公众心目和自我意识中，他们被当
> 作"文化英雄"看待。而"知青"这一代人在"文革"中的生
> 活意义，不论是自我还是社会评价，却是可疑和模糊不清的。这
> 是推动知青那种持续不断为一代人的青春立言的动力。比起"复
> 出"作家来，通过个人命运以探究历史运动的"规律"，对历史
> 事件做出评判的创作动机，要较为淡薄，而对"这一代人"的青
> 春、理想的失落的寻找更为关心。另一点不同是，他们没有那种
> 深刻的"少共精神"，没有50年代初的那种"所有的日子都来
> 吧，让我们编织你们"的情感记忆。或者说，这种更多靠灌输获
> 得的精神，在"文革"中已出现裂痕，甚至打碎。这样，知青小
> 说创作在小说形态上和内在情绪上，有别于"复出"作家的创
> 作。他们并不热衷于以个体的活动来联结重大的历史事件，也较
> 少那种自以为已洞察历史和人生真谛的圆满和自得。他们的作品

---

① 洪子诚：《中国当代文学史》，北京大学出版社，1999，第4页。

中，有较多的惶惑，有较多的产生于寻求的不安和焦虑。①

沿着洪子诚的思路，我们会发现知青作家和"复出"作家文化心态的共性与差异，而正是这种差异造就了不同的审美个性和艺术风格。这种对比分析本身就是一种文化溯源。洪子诚的这种文学史写作策略和鲁迅的文学史著述有相似的特点："鲁迅的文学史著述，其优胜处在于史料功底扎实、艺术感觉敏锐，另外就是这对'世态'与'人心'的深入理解以及借助这种理解来诠释文学潮流演进的叙述策略。"②

对世态与人心越是深入理解，文化溯源越体现出清醒的认识和探求。而在历史情境的审察、审美尺度的衡量和文化溯源之后，随之而来的不是更加清醒，而是文学史写作中的困惑。"我感到矛盾与困惑的是，我们究竟能在多大程度上搁置评价，包括审美评价？……在这条道路上，我们能走多远？""各种文学的存在是一回事，对这些作出选择与评价是另一回事。而我们据以评价的标准又是什么？这里有好坏、高低、粗细等等的差异吗？如果不是作为文学史，而是作为文学史，我们对值得写入'史'的文学的依据又是什么？如果说文学标准、审美标准是必要的话，那么，我们的标准又来自何方？在这种情况下，'历史还原'等等，便是一句空话。"③ 困惑意味着强烈的问题意识，意味着文学史家的思考，意味着对自己的质疑，当然也意味着并没有把自己置于权威的地位。

历史情境的审察、一体化叙述的建构、审美尺度的衡量，洪子诚在别人经常走过的地方驻留，对别人熟视无睹的风景动情，这是主体的情感召唤和理性诉求使然。《中国当代文学史》意味着"'当代文学'终于有了'史'了。——这确实是一部标志性的著作"④。"洪子

---

① 洪子诚：《中国当代文学史》，北京大学出版社，1999，第 268 页。

② 陈平原：《作为文学史家的鲁迅》，载陈平原《文学史的形成与建构》，广西教育出版社，1999，第 48 页。

③ 转引自钱理群《读洪子诚〈当代文学史〉后》，《文学评论》2000 年第 1 期。

④ 钱理群：《读洪子诚〈当代文学史〉后》，《文学评论》2000 年第 1 期。

诚与'当代文学'，在'当代文学'学科发展史上，将是一个无法分开的整体。""'洪子诚'依然是一个富于学科意义的符号，谈论'当代文学'必然要谈到洪子诚。"① 洪子诚的文学史叙述印证了他是一个严谨的充满理性的文学史家，然而，透过文学史书写的表层，我们还会发现一个感性的甚至充满困惑的文学史家。困惑是一种真实，就像《中国当代文学史》中存在的缺憾一样。"叙述'一体化'在生成和演变，他是那样地环环相扣，严丝合缝；而讲述它的'解体'，却相对涣散，多少给人以平铺直叙的感觉。"② 我们无法否认洪子诚叙述中国当代文学"一体化"解体时的"力不从心"，然而这种"力不从心"与困惑紧密联系在一起。洪子诚对50～70年代的文学史一体化建构投入太多，理清了许多纷繁复杂的问题，给读者一幅清晰的文学史图景；然而，面对80年代以后一体化解体所形成的"多元"文学格局，或许有一种不知从何说起的感觉，或许这里有如释重负之后的失落和困惑。困惑意味着永不停歇的学术追问，意味着文学史家正在寻求新的起点和超越的途径。困惑也是一种自谦和冷静，在困惑中写就的文学史因为时刻伴随的问题意识而显得严谨和深邃。

第二节　整体观：文学史书写的激情与格局
——以陈思和主编的《中国当代文学史教程》为例

洪子诚的《中国当代文学史》与陈思和主编的《中国当代文学史教程》（以下简称《教程》）都在1999年面世，给当代文学研究领域以强烈的震撼。洪子诚以史家的严谨和深邃著称，而陈思和则以文学

---

① 曾令存：《洪子诚与中国当代文学》，《海南师范学院学报》（社会科学版）2004年第4期。

② 王光明：《文学史：切入历史的具体型态——以洪子诚的研究为例》，《广东社会科学》2002年第4期。

整体观的激情探索闻名。陈思和的文学史写作在文学整体观的统领之下，富有创新性地建构自己的话语系统，融合了普及性和学术性的双重叙述，以板块的形式结构文学史的总体框架。陈思和说："主编这部教材所追求的目的之一，正是想通过对这类以文学作品为主型的文学史教材的编写实践，为'重写文学史'所期待的文学史的多元局面，探索并积累有关经验和教训。"所以他认为："相对以往的当代文学史教材而言，这可能是一部不够完整也不够全面但具有一定探索性质的教材。"① 从某种意义上可以说，陈思和的激情探索使《教程》成为一种全新的文学史，刷新了文学史写作的传统景观。

陈思和提出了新文学整体观："二十世纪以来，中国文学在时间上空间上都构成了一个开放型的整体。唯其是一个有机整体，它所发展的各个时期的现象，都在前一时期的文学中存在着因，又为后一个时期的文学孕育了果。它在同现代中国社会政治、经济、思潮、文化心理等外部因素不断的交流中调节自身的规律，并以其自身规律的变化发展来适应这种交流，求得平衡的对应地位；又唯其是开放型的，这一整体将随着现代社会诸种因素的变化而变化，每时每刻都会有新的元素渗入到它的运转轨道，并且任何一种新的元素一旦加入了这一整体，即被纳入到整体的有机结构中去，就会导致这个整体内部的一系列元素的重新估价。"② 陈思和正是从整体观的角度撰写中国当代文学史的，包括理论观念的整体性、文学艺术的整体性、文本结构的整体性等。理论观念的整体性是指现当代文学抑或 20 世纪文学的整体意识以及民间立场的审美解读和民间意识贯穿始终；文学艺术的整体性是指对潜在写作和公开发表的作品以及各种艺术形式的整体观照；文本结构的整体性是指突破传统的章节设置和文本分析方式，试图从多元文化角度和高度透视文本内涵，开掘所指的多义性与丰富性。

---

① 陈思和主编《中国当代文学史教程》，复旦大学出版社，1999，"前言"第 6 页。
② 陈思和：《马蹄声声碎》，学林出版社，1992，第 153～154 页。

1. 理论观念的整体性：双重意识与话语系统

《教程》在20世纪文学的总体框架下，负载着普及性和学术性的双重使命，以民间立场和民间意识为中心，并在此基础上建构自己的话语系统，使文学史写作呈现理论观念的整体性。

第一，《教程》研究的是中国当代文学，而新文学整体观的研究路径表明，在一个有机的开放的整体中才能观照当代文学的全貌，理清当代文学的源流。

陈思和说："我把'五四'以来的现代文学引进来作背景，从文学史知识上来解释当前的文学动向，使一些比较尖锐的问题转化到学术层面上来探讨，反而更容易被人接受。我发表的《中国新文学发展中的现代主义》、《中国新文学发展中的现实主义》、《中国新文学发展中的现实战斗精神》等影响较大的系列论文，都是针对了当时的文学创作领域的现象，但又是与整体的20世纪文学研究有关。1985年正处于推广文艺学新方法的热潮，我从方法论的角度来概括自己的文学史研究成果，称之为'中国新文学整体观'，后来以此名写成了我的第一本个人学术专著。"① 《教程》的写作实践也是如此。第四章"重建现代历史的叙事"的第一节"确立现代历史叙事模式"，归纳了三种叙事类型：一是"《子夜》模式，是一种以阶级性与典型性相结合，并通过人物的阶级关系来展示社会面貌，带有鲜明的中共党史的叙事立场的叙事模式"；二是"《死水微澜》模式，是一种以多元视角鸟瞰社会变迁为特征的叙事模式，突出了民间社会的生活场景与历史意识"；三是"《财主的儿女们》模式，则是一种以个人心理历程反映时代发展为特征的叙事模式"。"这三种现代历史的叙事模式对当代文学创作所产生的影响程度不一，有时是混合在一起的，给文学创作带来了复杂的艺术效应。"② 第一种叙事模式在《红旗谱》《青春之歌》等

---

① 陈思和、黄发有：《给知识以生命——陈思和教授访谈》，《学术月刊》2000年第11期。
② 陈思和主编《中国当代文学史教程》，复旦大学出版社，1999，第76～77页。

作品中得到强化,《茶馆》试图发展民间的叙事特征和《死水微澜》相似,《红豆》和《财主的儿女们》在展示知识分子心灵搏斗的印迹方面一脉相承。所以,从文学整体观的角度出发,《教程》这种时空延展式的对文学源流的观照有利于对文学现象及文学文本进行广泛深入的分析与研究。

第二,理论观念的整体性还体现在《教程》的双重使命,即普及性和学术性的统一上。

《教程》的对象定位非常明确,陈思和按照初级教程来编写:"我在决定主编这部以文学作品为主型的当代文学史时,就想把它编成一部既是通俗浅近的普及性文学史,又要能够体现我的个人研究成果和研究风格的学术性专著。"① 主编的自言说明《教程》具有鲜明的对象意识,当然我们不是说其他文学史著作没有对象意识,而是说《教程》的这种对象意识非常与众不同。一般来讲,自考和成人高考的当代文学史教材对象比较明确,而全日制本科生的教材对象意识相对较弱。所以,陈思和认为文学史著作应该分为给专家看的文学史和给学生看的文学史。《教程》是给学生看的文学史,所以,特别注重文学史写作的普及性,注重文本分析。从某种意义上说,文学史写作的普及性不利于其学术性。而《教程》不同,陈思和追求的就是普及性和学术性的结合,他本人在这方面做了大胆的富有激情的探索。陈思和从民间立场切入文学史的整体观照,不仅有助于《教程》的通俗易懂,而且还能突出《教程》的学术性。换句话说,陈思和正是把握住了民间立场,才使《教程》达到普及性和学术性的统一。《教程》实现了陈思和的写作意图,虽然是一部集体创作的文学史,但体现了统一的学术风格。

第三,理论观念的整体性还集中体现在《教程》创造性地建构了一套自己的话语系统,并把民间立场贯穿始终。

---

① 陈思和主编《中国当代文学史教程》,复旦大学出版社,1999,"前言"第10页。

《教程》中有一些独有的关键词语，如"多层面""潜在写作""民间文化形态""民间隐形结构""民间的理想主义""共名与无名"等，陈思和在"前言"中对此进行了理论上的解释和阐发。这些概念是承载思想的锐利武器，是《教程》写作的有力工具，它们有机融合在各个章节中，成为区别于其他文学史著作的鲜明标志。

《教程》的民间立场体现在两个方面，一是对文本中民间文化形态的关注，二是对民间艺术形式的重视。陈思和认为，民间文化形态有三个特点：一是相对自由活泼的形式，能够比较真实地表达出民间社会生活的面貌和下层人民的情绪世界；二是自由自在是它最基本的审美风格；三是民主性的精华和封建性的糟粕交杂在一起，构成了独特的"藏污纳垢"的形态。从《教程》的目录中就可以看出其对民间立场的强化，第二章"来自民间的土地之歌"中的四节分别是"民间文化形态与农村题材创作""民间艺术空间的探索：《山乡巨变》""民间立场的曲折表达：《锻炼锻炼》""民间艺术的隐形结构：《李双双》"，最后一章"理想主义与民间立场"四节中，有三节——"坚持民间理想的文学创作""语言覆盖下的民间世界：《马桥词典》""在民间大地上寻求理想：《九月寓言》"紧紧围绕民间立场进行文学史的书写。"民间立场"贯穿始终，作者从民间文化、民间形式亦即内容和形式两方面观照文学的存在样态。

作者以民间立场解释文学中的民间意识，并把它概括为隐形结构。

所谓艺术的隐形结构，是五六十年代文学创作的一种特殊现象。当时许多作品的显形结构都宣扬了国家意志，如一定历史时期的政策和政治运动，但作为艺术作品，毕竟不是一般意义上的宣传读物，由于作家们沟通了民间的文化形态，在表达上自觉或不自觉地运用了民间形式，这时候的民间形式也是一种语言，一种文本，它把作品的艺术表现的支点引向民间立场，使之成为老百姓能够接受的民间读物。这种艺术结构上的民间性，称做艺术的隐形结构。①

作者从隐形结构的角度对《李双双》《林海雪原》等进行了精彩的分析。《李双双》采用民间艺术传统中"二人对戏"的模式，鲜明地打上了民间文化的烙印；而《林海雪原》采纳的是民间传统小说中"五虎将"的隐形结构，使小说富有传奇色彩。

理论观念的整体性确定了民间立场的分析维度，拉近了和接受主体之间的距离，是《教程》对象意识具体化的写作策略之一；同时，这种分析维度标注了作者的学术个性和理论风格。在自我话语系统中，《教程》把普及性和学术性融为一体，成为一部标新立异的文学史。

2. 文学艺术的整体性：资源打捞与艺术整合

陈思和的文学整体观除理论观念的宏观架构之外，还注意文学艺术的整体性。文学的整体性是指对文学资源的打捞，以及对公开发表的文学和潜在写作的全面观照；艺术的整体性是指打破了单一的文学观念，对文学、电影、歌曲等多种形式艺术的观照，达到文学艺术的整合与统一。这是陈思和构筑新的文学整体观的努力。

第一，潜在写作：作为"冰山"一角。

《教程》"打破以往文学史一元化的整合视角，以共时性的文学创作为轴心，构筑新的文学创作整体观。它不是一般地突出创作思潮和文学体裁，而是依据了文学作品创作的共时性来整合文学，改变原有的文学史面貌。以往的文学史是以一个时代的公开出版物为讨论对象，把特定时代里社会影响最大的作品作为这个时代的主要精神现象来讨论"，而《教程》"所作的尝试是改变这种单一的文学观念，不仅讨论特定时代下公开出版的作品，也注意到同一时代的潜在写作，即虽然这些作品当时因各种原因没有能够发表，但它们确实在那个时代已经诞生了，实际上已经显示了一个特定时代的多层次的精神现象。以作

---

① 陈思和主编《中国当代文学史教程》，复旦大学出版社，1999，第49页。

品的创作时间而不是发表时间为轴心，使原先显得贫乏的五六十年代的文学创作丰富起来"。① 应该说，对"潜在写作"的打捞是《教程》的一大特色，也是《教程》文学史写作的重要贡献之一。陈思和这样解释"潜在写作"：

> 这个词是为了说明当代文学创作的复杂性，即有许多被剥夺了正常写作权力的作家在哑声的时代里，依然保持着对文学的挚爱和创作的热情，他们写作了许多在当时客观环境下不能公开发表的文学作品。这些作品可以分成两种，一种是作家们自觉的创作，如"文革"期间老作家丰子恺写的《缘缘堂续笔》，完全延续了以前《缘缘堂随笔》的风格。食指的诗，在"文革"时期的地下广泛流传，影响了以后一代的诗风。另一种是作家们在非常时期不自觉的写作，如日记、书信、读书笔记等。中国自古以来对文学取宽泛的理解，书信表奏均为文学。当作家不能正常写作时，他们将文学才情融铸到日常性文字之中，从而在不自觉中丰富了文学的品种。如沈从文在 1949 年以后就绝笔于文学创作，但他写的家信却是文情并茂，细腻地表达了他对时代、生活和文学的理解。相对那时空虚浮躁的文风，这些书信不能不说是那个时代最有真情实感的文学作品之一。"潜在写作"的相对概念是公开发表的文学作品，在那些公开发表的创作相当贫乏的时代里，不能否认这些潜在写作实际上标志了一个时代的真正的文学水平。潜在写作与公开发表的创作一起构成了时代文学的整体，使当代文学史的传统观念得以改变。这也是时代"多层面"文学的具体内涵。②

在陈思和看来，"潜在写作"与公开发表的文学作品共同组成了文学

---

① 陈思和主编《中国当代文学史教程》，复旦大学出版社，1999，"前言"第 7~8 页。
② 陈思和主编《中国当代文学史教程》，复旦大学出版社，1999，"前言"第 12 页。

的整体。如果文学史仅仅是公开发表的文学作品的历史，那就是不完整的文学史。《教程》努力改变传统的文学观念，把文学史的写作纳入文学整体观的轨道。

"潜在写作的开端"是指沈从文的《五月卅下十点北平宿舍》，"虽然这篇手记仅仅是作者在病中的'呓语狂言'，但它富有象征意味地记录了知识分子在一个大转型的时代里呈现出来的另一种精神状态。病中的沈从文敏锐地感受到时代的变化，'世界在动，一切在动'，但（让）他真正感到恐慌的不是世界变动本身，而是这种变动中他被抛出了运动轨迹"。① 《教程》对"潜在写作"的打捞呈现了知识分子生命生存的多元化。

"潜在写作"丰富文学的特别色彩，构建不同的文学格局，揭示知识分子复杂的精神世界。"丰之恺的《缘缘堂续笔》是作家在 1971 至 1973 年间利用凌晨时分偷偷写成的。在一个举国狂乱的大浩劫年代，这些散文疏离于时代共名之处而保持了作家平和的风格，在对旧人旧事与生活琐事的满怀兴致的记忆与书写之中，它们体现了作家的生存智慧，并由此流露出在喧嚣与混乱之中人性的生趣与光辉。"② 仅仅是传统文学史中的颂歌文学、革命历史文学、革命战争文学和"百花文学"等，并不能全面反映知识分子的心灵真实和精神全貌。《又一个哥伦布》和《有赠》创作 20 年之后才公开发表，把它们放在写作的年代，而不是出版的年代，才能真正了解中国知识分子精神的丰富性和复杂性。

陈思和说："由于种种历史原因，一些作家的作品在写作其时得不到公开发表，'文革'结束后才公开出版发行。"③ "（这些作品）真实地表达了他们对时代的感受和思考的声音。这些文字比当时公开发

---

① 陈思和主编《中国当代文学史教程》，复旦大学出版社，1999，第 29 页。
② 陈思和主编《中国当代文学史教程》，复旦大学出版社，1999，第 175 页。
③ 陈思和：《试论当代文学史（1949—1976）的"潜在写作"》，《文学评论》1999 年第 6 期。

表的作品更加真实和美丽，因此从今天看来也更加具有文学史的价值。"① 对"潜在写作"的开掘，丰富了文学史的宝库。文学史研究和书写试图对整个文学进行全面把握。我们的理想是完美和圆满，我们期待的是一个"圆"。任何单一的文学史书写都不可能做到这一点。如果说，以往的文学史貌似一个椭圆，那么，《教程》的写作无疑使这个椭圆向圆靠近了一些。那些在传统的文学史中不可能出现的文本通过《教程》走到读者的面前。

第二，艺术广角：书写策略之一种。

以广角镜头摄入多种艺术形态，不仅彰显了文学史写作的广阔视野，而且进一步凸显了对象意识，是其整体观文学史书写的重要策略之一种。《教程》的艺术的整体性不单单是多种艺术形式的整合，它还以"艺术性"为审美标尺，通过对多种艺术形式的涉猎和分析调动了接受主体的积极性，使其参与到整个文学史的教与学当中，在一定程度上提升接受主体艺术修养的同时，整合了教与学之间的关系。

艺术的整体性打破了传统文学史写作的单一向度，让作者站在文化的高度审视文学史、撰写文学史。关于这一点，陈思和有自己的想法："如第十九章分析作家们面对现代大众消费型文化的挑战而作的实践时，不但探讨了王朔和苏童等人的小说，也探讨了崔健的摇滚歌词创作和张艺谋的电影风格，这样就改变了一般文学史画地为牢的自我局限，强调文化本身就是一个社会现象，也顺便带出第五代导演与文学创作的关系。这些课程设计不考虑体裁形式的发展情况（如杂文史或电影史的过程），也不求对某种体裁形式的全面把握，只是要求学习者在读作品过程中不仅了解某些文学思潮、现象的相关性，也注意到其体裁的多样性。所以，它对课程选用作品的设计，都不是随意的安排，而是服从了文学史框架的需要。"② 正是这种艺术的整体性的

---

① 陈思和主编《中国当代文学史教程》，复旦大学出版社，1999，第 30 页。

② 陈思和主编《中国当代文学史教程》，复旦大学出版社，1999，"前言"第 9 页。

宏观调控，使《教程》分析实现了从小说到电影的文本转换。从李准的小说《李双双小传》到电影《李双双》，《教程》重点分析的是电影，因为电影《李双双》更能体现民间文化的深刻影响；比较苏童小说《妻妾成群》与张艺谋《大红灯笼高高挂》的不同，电影中灯笼意象的强化（"民俗"的强化）、颂莲主体意识的淡化以及商业化的操作，让学生了解不同艺术形式的差别以及文本转换后的审美置换。

《教程》的艺术的整体性同样体现了对学生作为接受主体的重视。艺术可以陶冶情操、净化心灵，提升文化修养。不能奢望一部文学史使学生的文化修养有一个质的飞跃，同样也不能忽视其潜移默化的作用。《教程》是在默默地做一种工作，其艺术的广角为学生打开了传统的文学史著作所没有的天地。人类对艺术天然的亲近感，青年学生对艺术与人生的敏感、对新生事物的好奇等，这一切决定了接受主体的兴趣。换句话说，《教程》的艺术广角聚焦接受主体的兴奋点，激发其积极性与创造性，使其参与到教学当中。崔健的《一无所有》包含的思想内涵不仅是那个时代青年人的心声，更是当下很多青年人的精神写照。不同时代青年人精神的一定同构性使它穿越时空，令人产生共鸣。对于陈凯歌的《黄土地》，《教程》这样分析道："'黄土地'成为整个影片的核心意象：画面构图始终以大面积的黄土为主，沟壑与土塬连绵不绝，山形地貌经岁月的销蚀，大起大落，高原一片荒凉，没有一点生命的痕迹。'黄土地'看上去或温暖、或冷漠、或贫瘠、或深广，总是传达出一种特别沉重和压抑的感觉，在影片中，它的意义已远不只是单纯的故事背景，成了整个民族的人格化的象征体。"①这种开放性的整体思维犹如艺术之旅，把接受主体带到了精神的高地。

开启艺术之门，实际上把握了接受主体的兴奋点。接受主体本身对著作所选文本的兴趣对教学效果有重要的影响。不同的艺术形式经过《教程》走进阅读主体的内心世界，除潜移默化地提升其艺术修养

---

① 陈思和主编《中国当代文学史教程》，复旦大学出版社，1999，第288页。

外，在一定程度上整合了教与学的关系。这是《教程》文学艺术的整体性的要义所在。

3. 文本结构的整体性：意义开掘与文化板块

陈思和的文学史研究和写作充满了文学整体观的激情探索。有批评家说，陈思和不是一个躲在书斋里寻章摘句的学者，从1985年"20世纪文学"的提出到1988年"重写文学史"的倡导，再到1993年"人文精神"的讨论，陈思和都是积极的提出者、响应者和参与者，同时在这些学术热点所构成的"共名"中，他又始终站在独自的立场发表着自己的学术见解和思想成果，显示出一个当代思想者的严肃态度。1999年《教程》的写作也是如此，作为一个严肃而富有探索精神的学者，陈思和在《教程》的整体建构上进行了大胆的尝试，打破了传统的文学史写作模式（文学思潮、体裁的划分），从宏观文化的高度整合文学史，进而展开文本细部的分析，使其文学（或文化）的整体观进一步具体化。

第一，文本意义的经典阐释。这包括两方面的含义：一是对经典文本的解读；二是对某些文本的解读构成经典。

在《关于"重写文学史"》一文中，陈思和进一步阐明了"重写文学史"的意图：改变现代文学史这门学科的原有性质，使之从隶属于整个革命史传统教育的状态下摆脱出来，成为一门独立的、审美的文学史学科。《教程》是其重写文学史主张一系列文学研究实践后学术成就的集中体现，他选择一个易于为阅读主体所接受的却长期被忽视的视点——民间立场作为其文学史写作的突破点。

如果说"潜在写作"的出现补充和丰富了"十七年"文学与"文革"文学的写作，那么，"民间意识"则是对"十七年"文学与"文革"文学原有经典作品的重读。陈思和谈到自己的研究时说："我的文学史研究，譬如对'民间'因素的考察，对'潜在写作'研究的倡导，还有其他方面的努力，都不是企图建立一种新的'二元对立'，或者在既有的'二元对立'框架中，'把颠倒的东西重新颠倒过来'。

从提倡'重写文学史'到后来我所研究的课题，首先考虑的是如何走近文学的原生态，如何从二元对立的理论框架束缚中走出来，让文学史回归到丰富、复杂的历史现场，恢复文学固有的艺术实践和审美趣味的演变，展示出比较完整的文学的'历史'。"① 陈思和从恢复文学的原生态出发，重视文学表现对象的原生态。《教程》中对《红高粱》的分析可见其对民间的激情："民间是自由自在无法无天的所在，民间是生机盎然热情奔放的状态，民间是辉煌壮阔温柔淳厚的精神，这些都是人所憧憬的自由自在的魅力之源。叙述者以这样一种民间的理想状态来对比现实生活，却发现这种状态只是过去时态的存在，高密东北乡的英雄剧全都上演在已经逝去的时间中，这不能不令他感到遗憾，不能不令他屡屡发出文明进步隐含种性退化的感慨。这里显然引入了一种与政治意识形态及知识分子传统都全然无关的历史评判尺度：站在民间的立场上来看历史发展与社会现实境况，便暴露出某种生气流散与自由状态受到限制的趋向。而在《红高粱》中，这种遗憾与感慨反过来又强化了对曾经存在过的民间自在状态的理想化与赞美，从而使其呈现出了更为灿烂夺目的迷人色彩。"② 《红高粱》是对战争历史的民间审视，是民间生存理想的寄托。作者的这种分析更能突出文本的内在张力，丰富文本的意义。所以，"民间"在《教程》中既体现理论观念的整体性，又是文本结构的整体性的关键所在。

民间视角确实开拓了文学史研究的新局面。民间不仅仅是苍茫的大地，现代都市同样承载着丰富的民间文化内涵。陈思和从民间的角度对张爱玲的研究可以说是一个重要的突破。陈思和在《民间和现代都市文化——兼论张爱玲现象》一文中说："张爱玲对现代都市文学的贡献是她把虚拟的都市民间场景——衰败的旧家族、没落的贵族女人、小奸小坏的小市民日常生活，与新文学传统中作家对人性的深切

---

① 陈思和：《恢复文学史的原生态》，《南开学报》（哲学社会科学版）2005 年第 4 期。
② 陈思和主编《中国当代文学史教程》，复旦大学出版社，1999，第 318～319 页。

关注和对时代变动中道德精神的准确把握，成功地结合起来，再现出都市民间文化精神。因此她的作品在精神内涵和审美情趣上都是旧派小说不可望其肩项的。她不是直接描写都市市民的生活细节而是抓住了社会大变动给一部分市民阶层带来的精神惶恐，提升出一个时代的特征：乱世。那些乱世男女的故事，深深打动了都市动荡环境下的市民们。"① "若说傅雷评张时口味偏向古典、高雅，遮蔽了张爱玲的通俗性与现代性，否定了张爱玲的基本生命情调，柯灵评张时口味是政治化的，革命化的，遮蔽了张爱玲的个人性，只见张氏的模糊面影，不见张氏的心性灵智，那么，陈思和则对这些方面均有所纠正，对张爱玲的世俗性、现代性和个人性采取了承认与分析态度，这使他的评张进入一个新境界。"②《教程》中对《一地鸡毛》的分析正是从民间的角度切入，分析文本对城市与城市平民的观照的。当然，也有批评家对这种民间意识表示担忧，认为对民间意识的这种独立性的过分强调带来了新的危险，就是对民间意识与主流意识形态之间同构关系的忽略，以及因过分强调民间意识的稳定性而忽略了民间意识在近现代中国变化与发展的过程。③

　　由于文学史写作的基本定位和鲜明的对象意识，《教程》特别强调细腻的文本分析，讲究具体文本分析前的铺垫，先对作家创作历程进行描述或是对其文学观念进行分析。对于赵树理的当代文学创作，《教程》只选择了《锻炼锻炼》。在分析文本前，《教程》首先对赵树理"文摊文学家"的创作观念给予一定分析，然后勾勒了时代语境中的赵树理当代创作和现代创作的不同，顺其自然地过渡到对《锻炼锻

①　陈思和：《民间和现代都市文化——兼论张爱玲现象》，载《陈思和自选集》，广西师范大学出版社，1997，第 289 页。
②　刘锋杰：《民间概念也是遮蔽——读陈思和〈民间和现代都市文化——兼论张爱玲现象〉》，《文艺争鸣》2003 年第 2 期。
③　李杨：《当代文学史写作：原则、方法与可能性——从陈思和主编的〈中国当代文学史教程〉谈起》，《文学评论》2000 年第 3 期。

炼》主题深意和艺术真实的分析。文本分析前的铺垫没有统一的模式，而是视具体文本情况而定。陈村创作的纪念傅雷先生的小说《死》，《教程》交代了这篇小说的缘起，然后细致分析了其文本意蕴和艺术氛围。

《教程》中文本分析的独特性与深刻性往往构成一定意义上的经典性。传统的文学史版本中，王蒙《组织部新来的青年人》是"百花文学"中揭示官僚主义的代表。《教程》却从成长小说的角度切入文本内部，从心路历程的描述、成长的焦虑和困惑分析林震的形象。林震与刘世吾、赵慧文之间的关系是文本分析的重点。刘世吾的冷漠使林震迷惑、惶恐和感伤，而林震和赵慧文之间的相互理解、朦胧的爱以及理性的克制，使林震成长起来。这和以往单纯地分析林震作为一个反官僚主义者的形象相比，内涵要丰富得多、深刻得多。由此，《教程》从官僚与反官僚的题旨中抽离出去，把重心放在对林震内心世界的观照上，《组织部新来的青年人》就不单是一个揭示官僚主义的文本，更是一部成长小说。

文本分析的深刻性是《教程》写作成功的标志之一。"生存意识与文学创作"一章，把刘震云的《一地鸡毛》概括为"日常生活的诗性消解"。这种概括因精练、准确、创新而被经常引用，或可称之为"经典性"的评述。

第二，板块结构的内在逻辑。一般的文学史著作大多以体裁（或文类）建构总体章节，《教程》却以同一主题下不同的表现或同一创作原则下不同的形式结构章节，形成一个个的主题板块或形式板块，其中充溢内在的逻辑性。

首先是主题板块。第十二章的标题"为了人的尊严与权利"是一个总的主题，其中第一节"文学创作中人道主义思想的兴盛"是文化语境与理论的铺垫，第二节"苦难民间的情义：《邢老汉和狗的故事》"、第三节"美好理想的憧憬：《哦，香雪》"、第四节"女性激愤的呼声：《方舟》"分别是同一主题下作家不同的创作旨趣的体现。一般的文学史著作可能把这三个文本放在不同的章节进行论述，而《教程》在人道主义的主题之下把三个文本统一起来，显示了人道主义的不同侧面：《刑老汉和狗的故事》"展示了极左政治路线肆虐下小人物的精神生活的惨痛"，反思极左路线对人性的摧残；从农村少女对美好理想的憧憬切入《哦，香雪》，说明理想和现实的矛盾；从人道主义出发，分析《方舟》对女性的尊严和权利的"捍卫"。所以，政治、现实以及性别三个角度共同构成了《教程》人道主义的精神内涵和文本表现。

其次是形式板块。第十五章"新的美学原则的崛起"则是从现代主义的创作原则展开论述。在"新的美学原则"的旗帜下，作家开始对文学创作的现代性进行探索，如对朦胧诗、残雪的现代派小说、高行健的探索戏剧等的分析。

最后是小板块拼贴成大板块。《教程》对某些文学流派或文学现象的介绍和分析并没有在一个完整的章节集中进行，而是大体按照写作的时间顺序分散在各个章节里。但是综观《教程》，又可以清晰把握这些流派或现象的总体状况。如关于胡风，"本教材第一章《迎接新的时代到来》中，第一个就讲解胡风的政治抒情长诗《时间开始了》"，"本教材虽然不详细介绍胡风事件的历史过程，但以他热情歌颂性的艺术作品与后来所遭受的政治打击的命运相对照，启发并吸引学习者产生进一步了解探询文学史真相的愿望。然后在第五章《新的社会矛盾的探索》里，本教材又设计了对七月派诗人绿原和曾卓在蒙受政治冤案后创作的诗歌《又一个哥伦布》和《有赠》的分析，这些作品都表达了诗人们对命运的抗争和对美好情愫的歌颂，通过这些作品使学习者获得对胡风一派的创作及其历史悲剧命运的感性认识和美学理解。如果学习者能够掌握胡风《时间开始了》一诗的创作特点，背诵和欣赏《又一个哥伦布》和《有赠》，并且一般性地了解七月派诗人的创作以及张中晓的杂文集《无梦楼随笔》，也就可以说已经掌握了这一部分的教学内容"。① 再如，关于七月派的每一小节内容都是一个小板块，而所有的小板块拼在一起，就构成一个关于七月派当代创作总况的大板块，这种表面上分散的点的凝聚构成了对某一流派的总体认识。《教程》中关于"潜在写作"部分的写作也是如此。

陈思和将转型期知识分子的价值取向概括为三种意识：失落了的古典庙堂意识、虚拟的现代广场意识和正在形成中的知识分子的岗位意识。② 陈思和的教师岗位意识决定了其对教学以及教学对象的重视，所以，《教程》的对象意识非常明确。也就是说，《教程》作为一部探索性的文学史著作，并没有置接受主体于不顾，而是在理论观念的整体性、文学艺术的整体性以及文本结构的整体性等方面时刻坚持文学史初级教程的写作策略。

陈思和从"重写文学史"开始，就进行了文学整体观的激情探索，《教程》是这一探索的最好实践。虽然这部文学史著作在选取文本的规范性、论证某些文本的角度等方面还不能被一些批评家所认同，但是其文学整体观的探索性和创新性是其他任何一部文学史著作都无法比拟的。它向世人证明，文学史可以这样写，集体编写的文学史也可以体现主编个人的学术风格。

文学史的写作需要激情，没有激情不可能完成"枯燥"的文学史书写。这种激情可能是一种内敛的激情，也可能是一种张扬的激情。洪子诚进行《中国当代文学史》的写作靠的是内敛的激情，而陈思和则以张扬的激情进行《教程》的编写。《教程》是一部文学史著作，也是当代文学史史学中要考察的重要文本。虽然20多年的时间已经过去，但是人们不会忘记《教程》的激情探索激起了多少人的感触。

---

① 陈思和主编《中国当代文学史教程》，复旦大学出版社，1999，"前言"第7页。
② 参见陈思和《犬耕集》，上海远东出版社，1996，第91页。

第三节 图志式：文学史书写的互文与增值

——以贺绍俊、巫晓燕的《中国当代文学图志》为例

在中国现当代文学的发展历程中，文学史与文学作品占据了大半壁江山。随着现代传媒、互联网技术的迅猛发展，文学史的书写也呈现出新的态势，并且不断以新的样貌面向读者，文学史语图互文成为当下文学史书写的一种新形式。本节以贺绍俊、巫晓燕合著的《中国当代文学图志》为例，着重论述文学史为何插图、文学史插图类型、文学史插图的增值意义以及对文学史插图现象的看法，希望通过文学史著作中的插图让文学接受者更深入地了解这种不同于传统文学史书写的新书写形态。

1. 文学史为何插图

一般意义上的文学史著作通常是"纯文字"形式，文字在整部文学史著作中占据绝对的主导地位，比如洪子诚的《中国当代文学史》、董健等主编的《中国当代文学史新稿》、王庆生和王又平主编的《中国当代文学史》等就是典型的"纯文字"的文学史著作，全书只用语言记述，没有插入一幅与文学现象相关联的图片。还有一些文学史著作虽然插入了部分图片来辅助文字做进一步的阐释，但图片在整部文学史著作中所占的篇幅十分有限，只是对文字起到锦上添花的润色作用，比如朱栋霖、朱晓进、吴义勤主编的《中国现代文学史（1917—2013）》（上下册），陈思和主编的《中国当代文学史教程》，孟繁华、程光炜合著的《中国当代文学发展史》等就颇具代表性，作者只选取了他们认为最重要的图片插在文字旁边，插图的类型十分有限，对文学史的构成只起到点缀作用。这种以文字为主导，图像从属于文字的文学史著作注重的是研究成果由文字进行传播，让读者通过文字的叙述把握现当代文学发展的脉络，内容详细具体。相较而言，图志式文

学史更多地使用图像，更加注重图像这种信息载体在文学史书写中的功能和作用，改变了文学史书写中文字独大的现象。

（1）史中见趣

阅读《中国当代文学图志》一书，可以发现文字与图片在很大程度上居于同等地位，基本上每一页都有图片分布在文字两侧，这样的书写方式为文学史增添了些许趣味性，通过直观的图片可以更好地还原文学现场，加深对文字的理解，文学史书写是客观的、理性的、严肃的、学术的，图志式文学史与之前传统的文学史相比，内容上更加丰富，形式上更加新颖，审美上更具趣味性。郑振铎在《插图本中国文学史》中写道："作者以为插图的作用，一方面固在于把许多著名作家的面目，或把许多我们所爱读的书本的最原来的式样，或把各书里所写的动人心肺的人物或其行事显现在我们的面前；这当然是大足以增高读者的兴趣的。"① 但丰富的图片插入对文学史书写者的写作要求也会提高，大量的图片势必会侵占文字的篇幅，这就要求书写者的语言必须更加简练、更具概括性，并且文字与图片的配合要相得益彰。

在文学史著作中插入各种各样的图像，给读者以视觉上的直接冲击。大量的文字难免会令读者感到视觉疲劳，图像的插入在一定程度上缓解了读者阅读过程中的疲惫感。贺绍俊、巫晓燕的《中国当代文学图志》属于普及型文学史著作，重在按照历史线索对作家、作品进行全面系统的描绘和介绍。这类文学史著作的受众一般是两类：一类是处在入门阶段的文学爱好者（或非本专业学生），他们之中的相当一部分人，阅读文学史的诉求在于了解作家、作品，以便于从中找到自己喜爱的作家、作品，或者为文学阅读打下一定的理论基础，满足对文学的兴趣爱好；另一类是需要掌握文学史全貌以便为深度研究打基础的本专业的大学生或研究生。② 由于文学史著作所面对的受众需

① 郑振铎：《插图本中国文学史》（一），人民文学出版社，1957，"例言"第 2～3 页。
② 王慧：《中国文学史书写中的语图关系研究》，硕士学位论文，云南师范大学，2017。

求不同，普及型文学史著作的趣味性也就不可或缺，文学史插图有利于调动读者的阅读兴趣，通过图像可以加深读者对文学史知识的记忆。

（2）图中藏情

文学史著作中的插图与文字都是情感的载体，可以超越时空的界限传递情感，然而两者传递情感的方式和震撼程度却不同。文字通常以理性、客观的方式叙述文学史，透过文字，读者可以根据自己的理解勾勒出特定时代的作家与作品群像，在脑海中还原那段历史。但这种方式不太容易引起一般阅读者的共鸣，读者无法深刻地感知那段历史，其对读者心灵震撼的程度也会相对较低。图像与文字不同，它真实地还原了作家、作品、文学场景等，将其以具体可感的实像呈现在文学受众面前，透过这些鲜活的图像，读者可以更好地感受到书中人物的感情，通过文字与图像的相辅相成，深入了解特定时代的文学现象与隐藏在文学背后的日常生活。郑振铎在《插图本中国文学史》中写道："但他方面却更有一个重要的原因。使我们需要那些插图的，那便是，在那些可靠的来源的插图里，意外的可以使我们得见各时代的真实的社会的生活的情态。"① 图像来源的真实性和可靠性增强了情感的真挚性，"纯文字"形式的文学史在感情的抒发上明显要弱于图志式文学史。

《中国当代文学图志》在第三章"20 世纪 80 年代文学"第七节"市井风俗画"中介绍刘绍棠时插入了刘绍棠的一张生活照，图片下方配文"刘绍棠在家乡运河滩上"②，图片里的他坐在运河滩上，半侧身子微笑，身后是牛正在吃草的背景，呈现出岁月静好、人与大自然融为一体的和谐景象。不用任何文字的书写，单从照片看，就可以感受到刘绍棠此刻的愉悦与安逸，以及他对大运河和家乡的热爱，可谓一图胜千言。刘绍棠是"大运河乡土文学体系的创立者"，他用诗一

---

① 郑振铎：《插图本中国文学史》（一），人民文学出版社，1957，"例言"第 3 页。
② 贺绍俊、巫晓燕：《中国当代文学图志》，春风文艺出版社，2009，第 184 页。

样的笔调书写了大运河两岸田园牧歌一般的生活。"从自然环境、历史人物、历史事件、历史现象，到建筑、艺术、日常用品、衣冠制度，都是非图不明的。有了图，可以少说了多少的说明，少了图便使读者有茫然之感。"① 在这一章第十节"'朦胧'之美"中，贺绍俊和巫晓燕在介绍顾城时插入了一张顾城和妻子谢烨和谐地看向窗外的图片，图片中谢烨的手搭在丈夫顾城的肩膀上，面露微笑，顾城则坐在屋内窗旁，神情专注地看向窗外，呈现出和谐安谧的景象。这样的场景与后来发生的顾城杀妻惨案形成了鲜明的对比，给予读者内心强大的情感震撼，作者插入的是一幅美好的夫妻恩爱的图，可在现实中"童话诗人"顾城却亲手以残忍的手段杀害了妻子，自己随后自杀，留下他们唯一的孩子孤单地存活于世。顾城亲手毁灭了自己生活的温情与童话，走向了罪恶的渊薮。在这一节中，作者还论述了海子的文学创作，插入了一张海子的单人图，图中的海子笑得十分灿烂、温暖，眼睛里闪耀着清澈的光，充满了阳光朝气，十分具有感染力，仿佛能够带给大家快乐。可是海子在生活中对待生命的态度，却是与图像截然相反的另一端，1989 年 3 月 26 日他在生日这天在山海关附近卧轨自杀。图像中的美好与现实中的破碎形成了强烈的反差，用美好来映衬悲情，使读者在客观理性的文学史中捕捉到了隐藏于被书写者内心的感性情愫。

（3）图文并茂

图文并茂的中国现当代文学著作其实受到了图文互文法的导引，这些著作不仅充满趣味、蕴含情感，而且图像和文字形成了一种"水乳交融"的状态，把理智客观的文字和感性动人的图像相结合，增强了现当代文学史著作的历史还原性和现场存在感。所谓"互文性"，又称为"文本间性"，通常是指两个或两个以上文本间发生的互文关系，其具体意义包括两个方面：两个具体或特殊文本之间的关系；某

① 文明国编《郑振铎自述》，安徽文艺出版社，2013，第 97 页。

一文本通过记忆、重复、修正，向其他文本产生的扩散性影响。① 互文性的概念与瑞士语言学家索绪尔的语言符号理论有密切关系。索绪尔提出了"能指"和"所指"这一对重要的概念，认为符号本身并没有意义，只能通过与其他符号的相似性、相异性而在整个符号系统中获得意义。也就是说，文字（包括文学）的意义其实都不是必然的，而是取决于其在整个系统中的位置与作用。法国女权主义批评家和符号学家朱丽娅·克里斯蒂娃首先提出了"互文性"的概念，她说，"任何作品的文本都是像许多行文的镶嵌品那样构成的，任何文本都是其它文本的吸收和转化"②；"它们相互参照，彼此牵连，形成一个潜力无限的开放网络，以此构成文本过去、现在、将来的巨大开放体系和文学符号学的演变过程"③。图文并茂强调的是图像与文字达到一种和谐统一的状态，文字与图像相辅相成、互为补充。

《中国当代文学图志》第一章第八节"改革中的话剧"在论述老舍时就体现了图文并茂这一特点。在这一节中，对老舍创作的记载所占篇幅最大，而与之相对应的图像在这一节中所占的比重也较大，作者在第八节中插入了五幅与老舍相关的图。图文并茂的主要内容包括图文互相映衬与图文互相补充。而作者插入的有关老舍的两幅图就很好地说明了这一点，这两幅图下方的注释分别写着"叶浅予画老舍在花丛中"和"老舍在写作"。④ 这两幅图左侧正文的大意就是老舍写作的数量多，1950 年到 1966 年写作了 23 个剧本，堪称劳动模范，他有活到老学到老的精神，同时注重理论与实践相结合。"老舍在写作"这张图就诠释了正文的内容，做到了图文互相映衬，图中老舍一手握笔书写，双目注视纸面，端坐在书桌旁心无旁骛地进行创作，这张图

---

① 陈永国：《互文性》，《外国文学》2003 年第 1 期。
② 〔法〕朱丽娅·克里斯蒂娃：《符号学：意义分析研究》，转引自朱立元主编《现代西方美学史》，上海文艺出版社，1993，第 947 页。
③ 转引自龙其林《现当代文学研究中的图文互文法类型初探》，《中国文学研究》2009 年第 4 期。
④ 贺绍俊、巫晓燕：《中国当代文学图志》，春风文艺出版社，2009，第 89 页。

与正文中老舍努力勤奋的创作态度相互映衬。而另一张"叶浅予画老舍在花丛中"则做到了图文相互补充。汪曾祺的散文集中的《老舍先生》就讲述了这张照片，让人看到了生活中老舍的另一面。文中写道："老舍先生曾说：'花在人养。'老舍先生爱花，真是到了爱花成性的地步，不是可有可无的了。汤显祖曾说他的词曲'俊得江山助'。老舍先生的文章也可以说是'俊得花枝助'。叶浅予曾用白描为老舍先生画像，四面都是花，老舍先生坐在百花丛中的藤椅里，微仰着头，意态悠远。这张画不是写实，意思恰好。"① 图像内容是对正文的补充，使得老舍这一人物形象更具丰富性、真实性、立体性。

2. 文学史插图类型

图像在文本中的作用莫过于社会记忆的符号载体。图像自身就带有很明显的历史记号，反映了当时的社会风貌、文化心态和价值取向等。② 根据《中国当代文学图志》一书，可以将文本中的图像主要划分为以下几大类。

（1）人物图像类

人物图像包括个人图像和群体图像两个方面，个人图像又包括照片、漫画、速写、手画像等；群体图像包括作家和妻子同框、作家和学术界同行同框、作家和其他人同框等。这一类型的图像在全书中所占比例较大，文学史的主要构成内容就是作家、作品，因此插入相应的作家的图片可以更好地与文字内容相呼应。文学史写作者为了更好地让读者了解文学史内容，选择这种图文并茂的叙事方式诉说历史记忆，这些图像有助于我们更进一步地研究文学事件，更深入地洞察时代风貌。如第一章"建国后'十七年'文学"第一节"'十七年'文学语境与'社会主义现实主义'的确立"中插入了两张关于胡风的图，一张是个人图像，另一张是胡风与巴金、马思聪的合照。两张照

---

① 《汪曾祺散文》，浙江文艺出版社，2019，第157～158页。
② 唐琼琼：《图文互参——读图时代的中国现代文学史写作》，硕士学位论文，广西民族大学，2016。

片旁边的注释内容分别是"胡风在 1954 年"和"巴金、胡风、马思聪（从右至左）在全国第一次文代会上"①，两张图片展示的不仅是胡风个体的人生起伏，从他的身上也可以看到当时那一群体的境遇，反映了那个时代的真实情况。

（2）名人真迹类

名人真迹类包含手稿、手迹、签名等，这一类插图在书中所占的比重较小。这些宝贵的真迹不仅可以帮助文学受众更好地走近作家作品和那个真实的文学时代，而且也补充了文学史的书写，并保留了珍贵的图像资料。如在第一章第四节"英雄与传奇"中作者插入了"杜鹏程《保卫延安》封面"和"杜鹏程手稿"两张图②，加深了读者对杜鹏程《保卫延安》这本书的记忆，也提高了读者的阅读兴趣。从杜鹏程的手稿中可以清楚地看到涂改勾画的痕迹，这让读者明白好的作品需要无数次的修改才能够面世，从作者整洁的书写中也可以看到他严谨认真的写作态度；第一章第五节"在历史的视野中"，在介绍与徐懋庸相关的内容时，作者插入了"徐懋庸日记手稿"一图③，日记无疑是体现作家真实生活经历的第一手资料，可以帮助读者真实地了解作家本人，十分具有准确性、可信度，也可以从中体味到作家在写作之外的生活趣味，还原一个最真实的"人"。

（3）作品插图类

这一类包括作品、海报、期刊、报纸等的封面和与内容相关的插图，在全书中所占的比重较大。封面是文学作品的有机组成部分，它与文本一道进入读者的接受视野，并在一定程度上引导读者对作品内容、主旨、内涵的理解。④ 封面图像看似很简单，远没有作品内容重要，但其实封面图像的变迁在一定程度上体现了各个时代的读者以何

---

① 贺绍俊、巫晓燕：《中国当代文学图志》，春风文艺出版社，2009，第 27 页。
② 贺绍俊、巫晓燕：《中国当代文学图志》，春风文艺出版社，2009，第 54 页。
③ 贺绍俊、巫晓燕：《中国当代文学图志》，春风文艺出版社，2009，第 62 页。
④ 刘婷：《〈林海雪原〉的封面图像初探》，《武夷学院学报》2016 年第 4 期。

种方式和角度去理解封面之后的文本。[①] 在《中国当代文学图志》一书中，作者就插入了很多作品、期刊的封面。这些封面传达的是不同时代思想、审美的变迁，具有十分重要的价值。作品中的插图历来深受读者喜爱，插入与作品正文相关的图像可以加深读者对作品内容的理解，也可以起到作者、读者、作品三者对话的作用，这一对话过程主要通过作品中的人物、场景等插图满足读者的阅读想象这一方式来实现。总之文学史写作者精挑细选的作品类插图，可以极大地提升读者的阅读效果，也可以拉近读者与作家、作品的距离。

（4）地点场景类

这一类插图在书中所占的比例较小。其插入主要是为了更好地阐释历史事件、文学运动、文学现象等，起到辅助说明主要内容的作用。在《中国当代文学图志》绪论第一部分中作者插入了一张五四新文化运动纪念馆的图片，以此来呼应图片左侧的内容，也凸显了五四新文化运动在文学史进程中的重要作用。新文化运动标志着一个新的文学时代的诞生，此后发生的很多具有重要意义的文学事件都是在新文化运动的影响下出现的，这一张颇具年代感的图片将文学接受者的记忆瞬间拉回到了那个特定的时代，使文学接受者重温那一幕幕启发民智、唤醒国人的感人场景。由图片过渡到文字，用图片还原特定时代具体而又真实的历史场景，可以使读者加深对文学史内容的理解，多方位感知文学事件产生的背景、原因。

3. 文学史插图的增值意义

（1）个人历史公开化下的情感冲击

一般"纯文字"形式的文学史著作比较追求"规范性"的话语表述，个人经历很少会写入文学史，但《中国当代文学图志》则以图像的形式讲述了文学史上许多个体的经历，给人一种言有尽而意无穷之感，通过图像引发了读者无限的遐想，其中也充满了对一些文学人物

---

① 刘婷：《〈林海雪原〉的封面图像初探》，《武夷学院学报》2016 年第 4 期。

的同情与惋惜。"纯文字"形式的文学史著作很少会书写个人的情感经历、生活状态，而图志文学史则通过图像这一载体体现了文学人物日常生活中真实的一面。

在《中国当代文学图志》绪论第三部分"当代文学的组织性和合目的性"中，作者插入了一张丁玲的个人照片，图像下方写道，"新中国成立前夕，作家也频繁出席国际活动，图为1949年4月，丁玲在赴捷克斯洛伐克参加世界保卫和平大会前在哈尔滨留影"①。图像中的丁玲怀抱鲜花，笑容满面，充满了为国争光的自豪愉悦之情，可是这样的幸福却在1955年和1957年化为泡影，丁玲两次遭受极左路线的迫害，被错误地划成"右派分子"、划归"反党小集团"，下放劳动改造12年，身体和精神都受到了极大的创伤。通过照片中的幸福反衬个人在文坛的沉浮起落，这样的例子书中还有很多，比如前文提及的胡风亦是如此。作者通过插入图像完成了作家个人经历起伏的描写，产生了巨大的情感冲击，使读者更深入地走入作家的内心，更深刻地感知文学与政治的关系。有时候再多的文字也没有一张真实客观的图片带来的情感冲击大。文字带给读者的更多是文学想象和文学的二度创造，而图像带给读者的是真实可感的历史场景，带给人的情感震慑也更为强烈。

（2）历史建构需要插图

随着时间的推进，历史也在不断更新，历史建构也一直在进行之中，而建构手段中就包含了"插图"这一形式。程光炜在《当代文学的"历史化"》一书中写道："这些图书中出现的插图，不是'客观'、'一成不变'地停留在它们自己的'时代'，而实际有一个主动参与策划、制定21世纪初中国文化蓝图的勃勃野心。这正像查建英们'讲述'的并不是过去那个'80年代'，而是以他们重新建构的'80年

---

① 贺绍俊、巫晓燕：《中国当代文学图志》，春风文艺出版社，2009，第14页。

代'为标准，来审视、示范和检验今天人们的文化生活一样。"① 程光炜主要提出了自己对 80 年代历史建构中插图的看法，其实不只是 80 年代，90 年代也应做到这样，之后的每一时代都该如此。

一时代有一时代之文学，一时代有一时代之读者，一时代也有一时代之插图。文学史的书写应紧跟时代的进步潮流，插图也应该与之同步发展，以今人之视角进行历史建构，可以更好地顺应时代的要求，也可以更好地满足文学受众的需求。文学史著作中出现的插图需要顺应时代的发展而有所更新，但应始终秉承"回到历史现场"这一原则。程光炜在书中又说道："即使过去了 20 年，熟悉这段历史的人，都不免为这些老照片而激动。因为它们记述的不光是永远逝去的历史生活，同时还深深镌刻着我们每个人充满激情、矛盾、追求和痛苦的思想文化生活中的所有哪怕是最细致的印痕。我们看到这些老照片，会感觉自己还'活在'那部伟大的历史中。正像《八十年代访谈录》将它们以插图的特殊形式推到我们面前时，我们对今天生活的看法和观点，会不自觉地被这插图的目的所规范、所规训，我们好像就跟着这本书爬上了巴黎著名的埃菲尔铁塔，正在以严肃的表情来重新审视 80 年代，回到'历史现场'。"② 文学史插图的真实性与可靠性是图志式文学史书写的基础，在这一基础上进行文学史的历史建构是十分具有价值和意义的。

（3）抢救当代文学史料的重要手段

刘永春说："中国当代文学研究的史料化倾向甚至中国当代文学史料学的出现，是近年来中国当代文学研究学科领域的重要现象，标志着学科理论体系与学术范式的剧烈转型。其形成过程与二十世纪八十年代以来中国社会环境、学术环境密切相关，与中国现代文学史料学的兴起与发展密不可分。从学科发展进程来看，当代文学研究走向

① 程光炜：《当代文学的"历史化"》，北京大学出版社，2011，第 14 页。
② 程光炜：《当代文学的"历史化"》，北京大学出版社，2011，第 14 页。

史料化、当代文学史料学的建立有其必然性与迫切性，乃是本学科发展的短板与急需。"① 从这段论述中可以看出文学史料在文学史发展进程中的重要性，文学史中的插图就是一类具有代表性的史料，手稿、签名、报纸、书刊的封面等都是十分珍贵的史料，图志式文学史的书写难度和复杂程度比"纯文字"型文学史更大，因为文学史中的每个插图都需要文学史书写者精挑细选，既要与正文内容完美契合，又要确保插图的正确性、客观性和清晰度，其间文学史书写者要进行任务量很大的文学史料的搜寻与甄选工作，容不得一丝一毫的差错。文学史插图这一史料可以做到真实还原历史现场。"一图胜万言"，真实可信的清晰图像可以很好地说明文学史中存在的一些模棱两可的问题，是印证文字准确性、客观性的最佳手段。文字和图像都属于文学史料的范畴，只有最大限度地将两者相结合，才能更好地书写真正具有时代特色的文学史。

图文互文，增值文学史的意义生产。如若插图选用或对应不当，也会出现一些问题。

首先，文学史插图存在文字与图像不能很好对应的问题。比如《中国当代文学图志》第一章第二节"青春文学的特殊言说"第 32 页正文中没有与冯雪峰相关的内容，但这一页的插图却是冯雪峰的两张图片；第一章第七节"颂歌与战歌"第 85 页中所列举的郭小川的作品中没有《两都颂》，而这一页的插图是《两都颂》的图像。

其次，文学史插图存在的另一个问题是有的图片被引用得过于普遍，缺乏新意，不能满足读者的阅读期待。比如《中国当代文学图志》绪论第四部分"新世纪的文学新因素"第 18 页插入了一张韩寒和郭敬明的合影，图像下方注释写道，"'80 后'作家很多都是从新概念作文大赛走出来的，韩寒、郭敬明两位'80 后'的代表人物在新概

---

① 刘永春：《近年来中国当代文学研究中的史料化现象平议》，《百家评论》2021 年第 1 期。

念作文大赛十周年庆典活动上"①。这张图出现的频率很高,在百度上搜索关键词就会出现这张图,而且引用率也很高,这样的照片对读者来说太过熟悉,降低了读者的阅读期待。再比如第一章第七节"颂歌与战歌"第 82 页插入了一张"大跃进"时期的诗歌壁画,图像内容是一个很小的人骑在一头很大的猪上面,这张图同样有缺乏新意,不能调动读者兴趣的问题。同时,这幅图在历史书和一些与"大跃进"相关的报道中都曾出现过。文学史插图存在的这个问题值得引起重视,这些图片之所以被反复引用,说明其具有一定的代表性,在引入这些插图的同时,文学史书写者可以再引用一些新颖图片,这样可以将一般与特殊相结合,可能会使读者获得比较好的审美体验。

最后,一些名为图志的现当代文学史著,并未将图像与文字融合为不可分割的整体,而是图文依然可以剥离,文字叙述脱离图像之后并未实质缺损,即互文性较弱。② 而贺绍俊、巫晓燕的《中国当代文学图志》在互文性的意义增值方面可以为其他图志式文学史的写作提供某种参照。

虽然当下文学史图文结合的书写方式还存在一些问题,但随着多媒体技术的不断完善与发展,图像在人们的阅读生活中发挥的作用越来越显著,图文并茂的文学史书写形式已经成为当下文学史研究发展进程中的一种不可避免的趋势,将图像引入文学史研究著作,以互文性的方法和眼光还原文学现场语境,强化读者对文学历史变迁的直观感受,拓展文学史研究的想象性空间与审美维度,已成为许多文学史著编撰者的共同追求。③

---

① 贺绍俊、巫晓燕:《中国当代文学图志》,春风文艺出版社,2009,第 18 页。
② 龙其林:《从"插图"到"图志"——中国现当代文学史著中的图文互文类型、时空建构及问题》,《文学评论》2015 年第 4 期。
③ 龙其林:《从"插图"到"图志"——中国现当代文学史著中的图文互文类型、时空建构及问题》,《文学评论》2015 年第 4 期。

第四节　口述史：文学史记忆的声音与温度

当代文学一直处于建构与重构的过程中，文学史研究与写作也从未停止。20 世纪 80 年代起，口述史理论与研究方法被应用到文学史研究与写作中，从而生成了一种新的文学史书写形态——文学口述史。文学口述史是文学史研究与口述历史研究的跨学科实践，它将口述史料与口述史研究方法应用到文学史研究与写作中，对既有的文学史观念与文学史叙述模式造成了冲击，形成了不同于传统文学史写作的新型书写形态。文学口述史是访谈者与受访者双向互动的产物，借由两大主体的言语互动与情感互动重返文学现场，还原历史真实。对话性、真实性、情感性是其显著特征。它拓展了文学史的研究路径，展现了文学史写作的多种可能性，是以口述形式对中国文学风貌的独特书写，是个人口述记忆下当代文学史的重新建构。

1. 何谓文学口述史

口述方式由来已久，口口相传是早期传递信息、记录思想的方式。文字出现后，为了避免口头传播造成的信息流失等问题，口述内容开始以文字的形式被记录、整理并保存，如广为人们熟知的《论语》就是孔子及其弟子的语录集，《史记》中也引用了大量口述史料，口述史雏形初现。一般认为，具有现代意义的口述史正式产生于 20 世纪 40 年代。1948 年，美国哥伦比亚大学的艾伦·内文斯教授创立了口述史研究中心，以口述史的形式保存重要的私人回忆资料，这标志着口述史作为一门独立的学科出现在现代学术领域，口述史研究方法自此正式确立。随后，这一新兴的学术研究方法广泛流传至世界各地，受到学界的关注与认可。在"西学东渐"的背景下，我国学者取法于国际口述史理论与研究方法，结合我国文学现实，形成了具有中国特色的口述史研究的学术规范与方法。20 世纪 80 年代以来，我国将从国外引进的口述史理论与方法大规模应用到各个研究领域，口述史研究实践广泛展开。值得注意的是，口述史研究方法最初引进我国时主要应用于政治、历史研究领域，如写作个人政治回忆录等。随着口述史研究规范的逐步确立，口述史的理论和研究方法不断深入文学研究领域，应用到文学史研究中。新时期以来，有感于重写文学史热潮下文学史建构模式与叙事规范的变化，学者们尝试以口述史的方式重返文学现场，进行文学史重构，从而生成了一种新的文学史叙述模式——文学口述史。随着对口述史理论与研究方法认识的加深，以口述史研究方法解析当下文学生态渐成常态，口述史研究与文学史研究互为补充，文学口述史成为文学史的一种新型写作形态。

何谓文学口述史？按照字面解释即文学史研究与口述史研究的贯通融合。所以，界定文学口述史首先需要明确口述史的概念。路易斯·斯塔尔指出，"口述历史是通过有准备、以录音机为工具的采访，记述人们口述所得的具有保存价值和迄今尚未得到的原始资料"①；唐纳德·里奇认为，"口述历史是以录音访谈的方式搜集口传记忆以及具有历史意义的个人观点"②；保尔·汤普逊从"证据""记忆与自我""访谈""储存与筛选"等角度谈论口述史，指出口述史是对人们口头故事的问询与记录③。以上是关于口述史的权威界定，从中可以概括出口述史的核心特质，即借助录音等技术手段，以访谈、采访、调查等为获取信息的渠道，以收集、记录原始口述资料为目的，经访谈者整理形成的文字资料。依此来定义文学口述史，即是访谈者借助录音等技术手段，以访谈等方式记录受访者的"声音"，通过对受访者口述资料的收集、整合实现对一定时期的文学思潮、现象、事件等

---

① 转引自李向平、魏扬波《口述史研究方法》，上海人民出版社，2010，第2页。
② 〔美〕唐纳德·里奇：《大家来做口述历史》，王芝芝、姚力译，当代中国出版社，2006，第2页。
③ 〔英〕保尔·汤普逊：《过去的声音——口述史》，覃方明、渠东、张旅平译，辽宁教育出版社、牛津大学出版社，2000。

的再现与还原。实际上，由于口述史与文学史的学科属性不同，口述史的理论与研究方法不可能完全适用于文学史研究，需要在尊重学科独立性与差异性的基础上进行二者的有效融合。文学口述史是文学史研究与口述史研究的跨学科实践，口述史研究方法与口述史料在进入文学史研究的过程中对既有的文学史观念、文学史叙述模式与写作风格等形成了冲击与挑战，为文学史重构提供了新的可能性。

当前，国内文学口述史研究著作主要包括人物传记式、访谈对话式、事件评述式三种类型。

人物传记式口述史中，访谈者与受访者"缺席"，主要以口述人自述的方式展开叙说，口述人言说个人生平经历，形成类似人物传记、回忆录的表现形式，如《无路可逃》（冯骥才自我口述史）。

访谈对话式口述史是文学口述史最为常见的类型，访谈者与受访者构成了口述史的创造主体与对象主体，以受访者为谈话中心，二者双向互动，形成对话。这一类型的口述史著作主要以对话录或访谈录的形式呈现。王尧于 2002 年策划了"新人文对话录丛书"，连续出版了《莫言王尧对话录》《韩少功王尧对话录》《李锐王尧对话录》等，通过受访作家、亲历者口述的方式，重返历史现场。另外还有《胡适口述自传》（胡适口述，唐德刚译注）、《风雨平生——萧乾口述自传》（萧乾口述，傅光明采访整理）、《巫婆的红筷子——作家与文学博士对话录》（阎连科与梁鸿的对话录）、《陈骏涛口述历史》（陈骏涛口述，陈墨采编）、《假话全不说，真话不全说：季羡林口述史》（季羡林口述，蔡德贵整理）等。

事件评述式口述史主要以群体口述的形式展开，聚焦当代知识分子或重要文学事件，采访众多知情人，形成群体口述史料。相关著作如张英的《文学人生：作家访谈录》《文学的力量：当代著名作家访谈录》，查建英的《八十年代：访谈录》，郑实、傅光明的《太平湖的记忆——老舍之死》，傅光明、郑实的《老舍之死口述实录》，陈徒手的《人有病，天知否：1949 年后中国文坛纪实》，李辉的《摇荡的秋千——是是非非说周扬》，贺梨、杨健的《无罪流放：66 位知识分子"五·七"干校告白》等。另外，期刊、报纸上也开设专栏，发表口述史料，如《当代作家评论》开设的"文学口述史"专栏、《新文学史料》开设的"口述历史"专栏、《新京报》开设的"80 年代人物口述史"专栏、《文艺报》开设的"我们需要什么样的文学编辑——文学期刊主编访谈录"等。诸多口述史研究著作为考证文学史实提供了新的研究视角，拓展了文学史的研究路径，为文学史研究与写作提供了新的思考维度。

2. 文学口述史写作的多维特征

文学口述史的写作过程是一场关于文学的"对话之旅"①，每一次访谈都是访谈者与受访者双向互动的过程，访谈者与受访者基于双方平等的立场积极展开对话，在相互理解、相互配合的基础上展开思想碰撞与情感交流。借由访谈者与受访者的言语互动与情感互动，丰富客观的文学史实得以再现与还原，重返文学现场的目的得以达成。对话性、真实性、情感性是文学口述史的显著特征。

（1）访谈者的让渡与受访者的介入

文学口述史的"口述"特征具体表现在对口述史料与口述史研究方法的应用上。口述史料本身不能建构文学史，口述史研究方法也不能直接应用到文学史研究与写作之中，无论是口述史料的收集与整合，还是对口述史研究方法的借鉴与转化，都有赖于访谈者与受访者的共同努力。正如唐纳德·里奇所言，"访谈者和受访者共同参与口述历史，两者缺一不可"②。访谈者与受访者作为口述史研究的两大主体，对于口述史建构有至关重要的意义。那么，在文学口述史写作与编纂过程中，访谈者与受访者究竟处于何种关系中？两大主体在口述史建构过程中各自发挥了什么作用？

---

① 李向平、魏扬波：《口述史研究方法》，上海人民出版社，2010，第 41 页。
② 〔美〕唐纳德·里奇：《大家来做口述历史》，王芝芝、姚力译，当代中国出版社，2006，第 15 页。

在传统文学史研究和写作中，文学史是由治史主体单向建构的。从文献史料的选取梳理，到对历史事实的主次划分，再到编纂体例的设置，始终以治史主体的主观意愿为主导。治史主体依据个人所遵循的价值评析尺度选择合乎要求的史料，决定何种文学现象及文本符合进入文学史的标准，决定如何运用原始文献材料，决定文学史以何种形式出现在读者面前。如洪子诚在文学史论述中注重文学与社会政治环境的关系；陈思和以"民间"为中心，撰写个人化的文学史；董之林强调从人性审美层面展开文学史写作；等等。在传统文学史写作中，"文字权"和"历史诠释权"都归属于治史主体，他们对文献史料进行单向的搜集、整理与阐释，主导并支配着文学史写作与编纂的整个过程。作为研究对象的文献史料一直处于被记录、被解读的位置，作为文学史建构过程中的被动参与者而存在。文学口述史则不同。文学口述史颠覆了传统文学史写作中治史主体与文献史料书写与被书写、阐释与被阐释的话语等级，一改治史主体对文献史料单向主导与管理的模式，将单向主导转化为访谈者与受访者的双向互动。文学口述史是访谈者与受访者互动对话的产物，两大主体的互相成就与相互作用是文学口述史建构的基础，二者的合作性与对话性是文学口述史的显著特征。

文学口述史是由访谈者与受访者两大主体共同建构的，作为创造主体的访谈者与作为对象主体的受访者始终处于一种平等交流、互相成就的关系之中。在文学口述史写作与编纂的过程中，访谈者需要充分考虑受访者的意见，受访者也会尽可能地满足访谈者的访谈需求。访谈者的提问与受访者的讲述共同搭建了一个对话交流的平台，双方的声音不断交织激荡、生发阐释，历史的本来面貌借此得以还原。

文学口述史对受访者的声音予以全面的记录。纵观文学口述史写作与编纂的全过程，前期的筹划和准备阶段，访谈者首先需要取得受访者同意，精读受访者著作，查阅相关资料，列出采访提纲；正式采访阶段，访谈者提问，受访者作答，在这一过程中，如果受访者对访谈者的问题表现出回避或拒绝的姿态，访谈者需要根据具体情况对采访提纲做出调整，顺应受访者的个人需求，访谈者还需要根据录音录像整理出逐字稿，作为后期编纂的依据；编纂阶段，在将受访者口述回忆转换成文字史料的过程中，除了删除无意义的口语表述之外，需要在最大程度上保留口述内容的原貌，甚至对受访者的口语形态、口语习惯都要予以还原；审阅到最终定稿阶段由访谈者与受访者共同完成，这一阶段主要考虑受访者的意见，受访者有权决定文稿的整体风格与最终呈现内容。从前期准备到定稿完成，整个编纂过程看似由访谈者在引导口述方向，实际上始终受制于受访者的主观意愿。相比传统文学史中始终以被动参与者姿态出现的文献史料，文学口述史中的受访者不再仅仅作为被书写、被阐释的对象而存在。他们主动参与到口述史的建构过程中，既是研究中的对象主体，同时也与访谈者一样行使着创造主体的权利，甚至主导了整个口述史的写作过程。

访谈者应该以何种姿态、在何种程度上介入受访者的口述之中，这是口述史编纂过程中访谈者要审慎思考的问题。前文提到当前文学口述史主要包括人物传记式、访谈对话式、事件评述式三种类型，除去访谈者与受访者缺席的人物传记式口述史，其余两种类型的口述史在不同程度上渗透着访谈者的主观倾向，他们以注释或者采访杂记的方式发表自己对相关文学事件的看法，或出于抒发情感的需要对受访者口述内容展开评点论说，或依据文学史实对口述的不实内容进行审查修正。如在《陈骏涛口述历史》中，每一章节后都附有访谈者陈墨根据口述人陈骏涛口述内容所作的"采编杂记"以及"采编后记"，但杂记只是依据受访者口述内容所作的感想，不影响口述人的原意。文学口述史重视重返、再现文学现场，而不是对历史现场进行分析阐释，听受访者讲述、让事实说话是每一个访谈者的责任与本分。不同于传统文学史中治史主体单向主导叙述的模式，文学口述史中的访谈者在参与文学史的建构过程中实际上保持着一种"退出"的姿态。他们尽量规避自己的主观倾向，不以主观阐释代替受访者的口述内容，避免因对口述史料过度整理而造成信息流失和失真。受访者的口述内容始终是内容主体，而著作中所附的杂记或者注释更多的是作为辅助理解受访者口述内容的工具而存在。

访谈者的理性退出与受访者的主动介入之于文学口述史的建构意义重大，访谈者的声音适时消失，受访者的声音清晰呈现，在两大主体的互相成就中，历史的真实面貌得以再现。

（2）亲历者口述记忆下的历史真实

文学史以"信史"为治史追求，纪事客观真实、述史无所讳饰是文学史写作的价值标准。作为文学史的一种书写形态，文学口述史也遵从"信史"的原则。它以访谈者与受访者对话交流的方式探寻历史本质，还原历史本真，通过受访者的口述回忆触摸历史，再现历史的真实面貌。对真实性的追求贯穿文学口述史写作与编纂过程的始终，是文学口述史书写的最高准则。

文学口述史的真实性主要建立在亲历者口述的基础上，受访者关于个体人生和社会历史的口述实录是文学口述史建构的史实依据。传统文学史中，治史主体更多的是以"旁观者"的姿态对文献史料进行组织阐释。文学口述史中的受访者一般是相关文学运动与文学事件的亲历者，他们以在场者、见证者的身份重返文学现场，追忆自己所经历的历史事件。以查建英的《八十年代：访谈录》为例，该书选取了北岛、阿城、刘索拉、李陀、陈平原、甘阳等十一位80年代的作家、艺术家、批评家谈论80年代文学，他们站在个人角度，从各自的专业出发探讨80年代的热点话题。作为事件的亲历者，他们的回忆中流露着真情实感，对时代与自我的剖析真挚恳切、坦率客观。他们既讲述生动的故事，也做风趣的评论。亲历者口中的80年代是真实的、鲜活的，他们的讲述远比旁观者的主观阐释更加动人，更为接近历史真相。文学口述史正是在对亲历者本真状态的展示中、对历史细节的还原中建构了历史现场，具体细致地反映了历史的真实，展现了人物的真实。

尽管文学口述史始终以真实性为理想追求，亲历者的在场身份也使其在最大程度上接近历史本真，但关于文学口述史书写真实性的论辩始终存在，论辩的焦点在于文学口述史是个体记忆下的文学史，口述史的真实是带有个人主观性的历史真实，其有可能造成对历史的误读与遮蔽。在文学口述史的写作与编纂过程中，访谈者与受访者主体性的渗透影响了对历史事实的还原与再现。从访谈者的角度看，访谈者有自己的著史需求，如陈墨指出自己作《陈骏涛口述历史》主要有为公和为私两方面原因，为公出于陈骏涛的文学贡献与文学素养，为私出于二人的师生关系。当访谈者面对的采访对象是自己的长辈、上级、亲属时，他们的文学评价标准是否会发生变化？他们能否打破为尊者讳、为名者讳、为亲者讳的伦理传统，真实客观地呈现文学史实？带有个人情感体验的写史势必会在一定程度上影响访谈者对相关文学事实的陈述与判断。同时，访谈者在写史过程中需要充分考虑受访者的意愿，对文学史实的还原是基于受访者主观意愿的还原，个体经验超越了历史真实，建构了想象中的"历史真实"。从受访者的角度出发，受个人身体因素、心理压力、主流意识形态压力等多重因素的影响，受访者可能会出现记忆力减弱、遗忘、虚构、错位等记忆障碍，其口述记忆相比客观准确的文献史料表现出了更多的不稳定性与不确定性，口述内容的真实性也因此受到了损害。不可否认的是，访谈者写史的目的性与受访者记忆的不准确性影响了对历史的真实再现，但以亲历者重返历史现场的方式还原历史真实始终是文学口述史写作的初衷与目的之所在，受访者描绘出来的真实和文学史实本身统一于对历史真实的建构中，共同构成了文学现场的历史存在。

由于访谈者与受访者两大主体主观性的影响，文学口述史的真实性存疑，建立合理适用的评价标准是辨其真伪的关键所在。具体来说，可以通过文献史料鉴口述记忆之虚实，补口述史料之不足。如在《胡适口述自传》中，唐德刚依据文献史料对胡适的口述内容进行详细考证，注释多达 158 个；在《假话全不说，真话不全说：季羡林口述史》中，74 次口述附了 183 个注释，访谈者蔡德贵对季羡林记忆错误的内容进行订正，如在注释中指出，"此处先生记忆有误，《唐宋大曲考》为王国维撰……阴法鲁先生的是《唐宋大曲之来源及其组织》"①。研究者以注释的方式补充正文内容，订正历史事实，以征引文献史料的方式印证受访者口述内容的真实性，在文献史料与口述史料的互补互证中补偏救弊，还原出历史的真实面貌。

（3）有情感、有温度的史学叙述

传统文学史侧重于从宏观角度观照文学的发展演变，在历史的纵深中把握文学现实，对文献史料的记载与呈现趋于理论化、学理化与系统化。相比传统文学史写作，文学口述史不限于对历史事实进行客观理性的分析阐释，它将亲历者的个人记忆融入史学叙述中，学理性较弱，但其个人性、细节性、情感性是传统文学史所不能企及的。它是触及心灵的自述与自白，是带有个人情感体验的历史重述，是依托个体记忆生发出来的有情感、有温度、有生命力的文学史叙事。

文学口述史的情感性根源于受访者的亲历者身份。受访者作为相关历史事件的亲历者，身处文学现场与时代现场，深度参与、亲自见证了文学的历史演变，其讲述中不可避免地渗透了个体关于相关文学事件的情感体验与价值判断，对历史事实的还原是融合了个体经验的、带有个人情感取向的还原。在传统文学史著作中，研究者对"地下"文学创作做客观理性的概念界定，指出"它们不同程度具有'异端'因素，写作和'发表'处于秘密、半秘密的状态中。作品常见的传播方式，是以手抄本形式在一定范围传播。也有的以手稿形式保存，当时没有任何形式的'发表'"②。而作为"文革"亲历者的冯骥才在其自我口述史中直接以"墙缝里的文学"③命名这段历史，同时细致地记述了自己写作时的心态，他谈到这一时期的写作源于"一种从未有

---

① 季羡林口述，蔡德贵整理《假话全不说，真话不全说：季羡林口述史》，红旗出版社，2016，第572页。
② 洪子诚：《中国当代文学史》（修订版），北京大学出版社，2007，第181页。
③ 冯骥才：《无路可逃》，人民文学出版社，2016，第55页。

过的庄严感……一种初始的、朦胧的使命感"[1]，是"情感的宣泄与直述心臆"[2]，他在写作时"享受着一种自由——绝对的自由"[3]。可见，文学口述史注重以个体命运观照社会历史，注重从个体经验、情感、心态等角度再现历史真实，突出了个人与文学现场之间真实动人的情感联结。

文学口述史的情感性还源于它对历史细节与生活细节的全面展现，细节性的叙述增加了历史的丰富度，使抽象理性的文学史变得具体生动。文学口述史不仅走进历史的纵深，更注重对历史细节的呈现，"'质感'的，'细节化'叙述，有助于凸现历史的'现场感'，呈现被抽象概括遗漏、遮蔽的情景，包括具体的思绪、情感、氛围等因素"[4]，在对历史细节的深入挖掘中，个人的个性特点、心绪情感、思想状态等得以展现，历史生动性、丰富性、多样性与复杂性充分地显露出来。除了聚焦历史细节之外，文学口述史还对生活细节予以具体细致还原。它对受访者的成长经历、情感经历、家庭情况、工作经历等内容进行全方位、立体化的呈现，受访者被还原到日常生活中，人物形象更加真实鲜活、富有生气。

另外，除了受访者口述内容之外，日记、书信、杂记等也进入史学叙述中，成为文学口述史的重要组成部分。如在《陈骏涛口述历史》中，"'干校'后期的部分家书"一节以陈骏涛与夫人何立人的家书为主体内容，文中直接附上往来书信，长达二十余页。其余章节还附有详细的家庭开支、稿酬明细等内容。这些私人性的材料是解读受访者的一个重要窗口，展现了受访者的多个侧面。个人化、生活化的感性材料融入文学口述史的写作中，提升了著作的故事性、可读性与

---

① 冯骥才：《无路可逃》，人民文学出版社，2016，第64页。
② 冯骥才：《无路可逃》，人民文学出版社，2016，第68页。
③ 冯骥才：《无路可逃》，人民文学出版社，2016，第68页。
④ 洪子诚：《当代诗歌史的书写问题——以〈持灯的使者〉、〈沉沦的圣殿〉为例》，《郑州大学学报》（哲学社会科学版）2005年第5期。

文学性，形成了生动的文学表达。

3. 文学口述史的价值

长期以来，关于文学口述史价值定位的争议不断。一些学者从根本上否认了口述史的价值，如帕特里克·弗雷尔指出"口述历史正在步入想象、个体记忆和完全主观的世界——它将把研究者引向何处？那不是历史，而是神话"，芭芭拉·塔奇曼则认为口述史实际上保存了"一大堆废物"，这是对口述史价值的严重误读。[①] 绝大多数学者认为文学口述史有其存在的合理性，但多数学者强调文学口述史在文学史研究中的补充、从属地位，主张文学口述史研究是对传统史学研究的一种补充，这种观点同样低估了文学口述史的价值。文学口述史的价值绝不仅仅停留在补传统文学史之不足的层面，它作为一种新的文学史书写形态，与传统文学史互补互证，可与传统文学史等量齐观。

具体来说，文学口述史的价值表现在如下方面。首先，文学口述史将口述史研究方法与个人的口述记忆引入史学叙述中，其叙述历史的独特方式对以文献史料为依托的传统文学史写作形成了挑战。如王尧所言，"这样一种文学史的写作方法，显然包含了对常见的文学史模式、文学史观和文学史话语权的质疑"[②]。作为一种新的文学史书写形态，文学口述史对既有的文学史写作模式进行了颠覆，展现了文学史写作的多重可能性。其次，"任何历史都取决于其历史目的"[③]，无论是传统文学史，还是文学口述史，都意在达成一种历史目的，即让被遗忘、被忽略、被遮蔽的历史事实浮出地表。文字史料与口述史料只是承载历史目的的外在形态，剥去外壳后呈现的文学现实才是述史的关键所在。依托口述史料建构的文学口述史与以客观文献史料为基础的传统文学史互为补充，口述史料与文献史料相互印证，力求全面、

---

① 转引自李向平、魏扬波《口述史研究方法》，上海人民出版社，2010，第39~40页。
② 王尧：《文学口述史的理论、方法与实践初探》，《江海学刊》2005年第4期。
③ 〔英〕保尔·汤普逊：《过去的声音——口述史》，覃方明、渠东、张旅平译，辽宁教育出版社、牛津大学出版社，2000，第1页。

真实地反映历史的本来面貌。再次，文学口述史聚焦事件亲历者的个体人生与个人情感体验，口述史料的原初性、丰富性与情感性是文献史料所不及的。最后，"口述历史是活的史料，其他史料是死无对证，口述历史可以慢慢谈，慢慢问，可以加以补充改正，而其他的历史就不能如此"①，文学口述史因史料的"活人属性"而具有未完成性，可以不断地进行补充、修正，从而无限接近历史真相。

任何事物都是一体两面的存在，不可否认，文学口述史也有其内在的缺陷。一方面，不同于传统文学史著作从整体上书写中国文学的沿革嬗变，文学口述史多聚焦某一个人、某一文学事件或就文学发展的某一历史节点展开叙写，个人记忆无法反映历史全貌，个别文学事件也很难深入揭示文学的本质性、规律性特征。受制于研究对象的单一性，文学口述史的研究成果表现出一定的特殊性，它所呈现的历史广度和深度都较为有限，难以形成普遍性的、共识性的认同。另一方面，从文学生产的角度看，文学口述史无法做到"有言必录"，它经历了从声音到文字的转换过程，在这一过程中难免会出现信息流失或信息失真的情况。

文学史的建构过程是文学史家与客观史实、史料深切融合的过程。传统文学史写作指向文学本体，对象主体是文献史料、作家作品，是治史主体对文献史料单向管理、深度介入的结果。文学口述史则不同。文学口述史的创作主体和对象主体都具有"活人属性"，因二者的"活人属性"，口述史表现出了对话性、真实性、情感性等特质，形成了区别于传统文学史写作的新型书写形态。"口述"这一特性赋予了文学口述史特殊的意义，依托个体口述记忆生发出来的文学史叙事，既交织着访谈者与受访者多重对话的声音，又触发了直抵心灵深处的情感体验。融入了"对话"的声音与温度的文学口述史颠覆了既有的文学史观、文学史写作模式与文学史话语权威，为文学史研究与写作

---

① 〔美〕唐德刚：《史学与文学》，华东师范大学出版社，1999，第 2 页。

提供了新的思考维度，展现了文学史研究与写作的多种可能性。尽管受口述者个人记忆与见闻的限制，文学口述史的书写范围不似传统文学史宏阔，但从本质上看，它的研究方向与写作目的与传统文学史无异，它始终根植于现当代文学思潮与文学运动，力求依托个人口述记忆对一定时期的文学事件、文学现象与文学规律进行探索与总结。它与传统文学史书写互证互补，是以口述的形式对中国文学风貌的又一书写，是个人口述记忆下当代文学史的重新建构。

第五节　编辑体："一个人的文学史"景观

——以程永新的《一个人的文学史》为例

从常规的视角来看，中国当代文学史的书写是文学史家的任务。而实际上，随着其他文学主体（作家、批评家、理论家、编辑家等）文学史意识的增强，他们都希望通过自己的方式参与建构中国当代文学史，进而写出"一个人的文学史"。

《一个人的文学史》由《收获》杂志编辑程永新编著，于2009年由天津人民出版社初版，并于2018年由上海文艺出版社再版。由于"程永新""《收获》""当代文学"三者之间的密切联系，《一个人的文学史》一经问世便引发了学术界的广泛关注。作者程永新在"信件：作品问世的蛛丝马迹"部分袒露了编著这本"文学史"的意图："我将陆续把活跃于当今文坛的作家们赠予我的信函经挑选后奉献出来，让广大文学爱好者对作家们十多年的思考脉络有一个真实可靠的印象。""为文学史家提供一些实证，使他们不至于迷失在虚浮的哀叹声中。"[1] 作为一部新生的"中国当代文学史"，它呈现出与通常意义上的中国当代文学史著作迥然相异的特征。《一个人的文学史》辑录

---

[1]　程永新编著《一个人的文学史》（上），上海文艺出版社，2018，第9页。

了 80 年代以后一些作家与编辑程永新的往来信件、合影和对话录，以及作家的手稿、书法等，它们保留了当代文学产生之初的原始面貌，甚至展现了文学作品面世前的修改历程，这对于那些已逐步走向模式化的当代小说文本和逐渐趋于固化的文学批评观点具有较强的冲击力。《一个人的文学史》将活生生的、正在发生中的历史现场呈现出来，将当代作家们的个人气质和文学观念加以展现，为研究者们提供了一份丰富的、可靠的当代文学史料。

1. 《收获》杂志与中国当代文学史

提到作者程永新，他被文学界所熟知的身份是《收获》杂志的编辑。自 1982 年程永新到《收获》杂志社实习开始，他的名字便与《收获》紧密联系在一起。程永新几十年的编辑生涯和他的《一个人的文学史》都与《收获》杂志 80 年代以后的发展历程息息相关。

《收获》杂志自创刊以来，始终与作家保持唇齿相依的关系。正如《收获》编辑部主任钟红明所说："《收获》的贡献，是它以审美的敏锐和海纳百川的气度，打造了一个文学的平台，使许多作家许多优秀作品在这里诞生。实际上它是一个文学推手，但从不自以为是领袖。"[1] 从这个意义上说，是《收获》成就了当代作家，与此同时，作家的成功也推动了《收获》的繁荣发展。类似的表述在《一个人的文学史》中也有出现："优秀的作家依托文学杂志这块平台施展才华，在这片土壤上春耕秋收，成就梦想，同时，优秀作家的优秀作品也培育了文学杂志，它们是文学杂志的乳汁。"[2] 两位《收获》编辑都以相当谦逊的态度看待《收获》杂志的文学价值，然而《收获》杂志为中国当代文学做出的巨大贡献不该被忽视。

陈村曾评价《收获》是"中国当代文学的简写本"，这一说法并不夸张。1956 年，随着"双百"方针的提出，文学界开始讨论现实主

---

① 钟红明：《〈收获〉：品牌的生命力》，《编辑学刊》2008 年第 4 期。
② 程永新编著《一个人的文学史》（下），上海文艺出版社，2018，第 331 页。

义深化问题，写人情、写人性的问题成为讨论焦点，作家的创作也开始出现一定的新异色彩。正是在这一文学的"早春天气"的背景下，《收获》杂志开始筹办。《收获》杂志于 1957 年创刊，是一部大型文学双月刊，也是中国当代创刊时间最早的纯文学杂志，主要刊登中长篇小说和散文。《收获》编辑部设在上海，并由中国作家协会主管。由于上海在中国近现代文学时期便是文化重镇，再加上巴金、冰心、艾青、郑振铎等编委会成员的文学实力和威望，《收获》从创刊伊始便刊发了诸多当代文学经典，推动着《收获》成为一部具有全国性影响力的文学刊物。1957 年至 1959 年期间，《收获》刊发了老舍的《茶馆》、艾芜的《百炼成钢》、柳青的《创业史》、郭沫若的《蔡文姬》等。经历了 1960 年、1964 年和 1966 年三度停刊后，《收获》于 1979年 1 月复刊，改由上海市作家协会领导，并成为新时期"伤痕文学""反思文学""改革文学"的重镇，发表了张一弓的《犯人李铜钟的故事》、路遥的《人生》、张洁的《方舟》、冯骥才的《三寸金莲》等文学作品。

《收获》杂志在 80 年代的最大成就莫过于对先锋文学的策划与推动。"一大批探索小说从《收获》呈爆破之势涌现，《收获》成了先锋刊物中最成熟的平台，它直接推出了一批所谓先锋小说家。"① 1985年，编辑程永新以其敏锐的文学感知力察觉到了一批青年作家，从 1986 年起连续三年《收获》的第 5 期和第 6 期都集中刊发当时青年一代作家的作品。扎西达娃、马原、余华、苏童、格非、北村、孙甘露、皮皮等人的作品通过《收获》登上文坛，引起了批评界的广泛关注。正是《收获》对先锋性作家的偏爱与扶持，才使得先锋文学在文坛上蔚然成风，成为一股势不可当的文学力量。关于《收获》杂志与先锋文学之间的联系，孟繁华和程光炜合著的《中国当代文学发展史》中

---

① 程永新编著《一个人的文学史》（下），上海文艺出版社，2018，第 32 页。

提到了文学杂志对现代派文学作品的"鼓吹"与"倡导"①。而其他文学史著作则鲜少论及《收获》对先锋小说和现代派文学的推动，或是《收获》对先锋作家、现代派作家的推介。

叶兆言在致程永新的信件中写道："《收获》于我是有恩的刊物，一向放心中很重要的位置上，不敢怠慢，有好稿件，自然先给《收获》。"② 程永新也在答《人民日报》记者问中说："如果我们把近六十年的《收获》看作是一座长长的艺术长廊，这里面呈现的是尤为丰富尤为显赫的当代文学精品。"③ 可见《收获》以其独特的艺术品位创立了一个文学品牌。以《收获》为中心构建的《一个人的文学史》，凸显了《收获》在当代文学史上的重要价值。相较于其他传统意义上的学者撰写的文学史，《一个人的文学史》似乎更敢于标榜其"个人性"特征，它无意采用采百家之长的集体撰史的方式，也无意像个人撰史那般在文学史的叙述中竭力秉持客观立场，其背后支撑的刊物、编辑，乃至当代作家们，都使这部"中国当代文学史"带上了天然的可信性与权威性。

2. "一个人"：编辑个人的文学史

总览中国当代文学史著作的书名，大多都含有"中国"和"当代"这两个词语来框定文学史叙述的空间和时间界限。而"一个人的文学史"将"一个人"作为"文学史"的前缀，是前所未有的。程永新在"修订后记"中自述了"一个人的文学史"的含义："至于'一个人的文学史'的书名有点唬人，有点浮夸，有点大而无当，那也是出版的策略，十几年前的出版业好像就流行'一个人'的标签。以我自己的理解，'一个人的文学史'的含义就是一个人在文学史里前行、成长和变化，作家朋友们是我的良师益友，他们的智慧才华和文学理

---

① 孟繁华、程光炜：《中国当代文学发展史》（第二版），中国人民大学出版社，2009，第238页。

② 程永新编著《一个人的文学史》（上），上海文艺出版社，2018，第207页。

③ 程永新编著《一个人的文学史》（下），上海文艺出版社，2018，第306页。

想影响我照拂我，让我学到很多悟到很多。"①　他在与作家的书信中也曾多次强调他编著的更贴近于一部"与文学有关的个人史"。程永新通过《收获》杂志的编辑工作与中国当代作家建立起了紧密的联系，《一个人的文学史》中收录的作家来信也大多围绕《收获》杂志的投稿事宜和与程永新的人情往来展开。虽然程永新总是对自己的编辑身份秉持谦逊的态度，但作家的信件和"作家：文学活动的捕风捉影"这一部分能够从侧面反映出程永新曾在写作上给予他们很大帮助。诸多作家都在寄给程永新的书信中表达了对他本人的尊重与感激。韩东在 1991 年致信程永新，表示自己的作品《同窗共读》之所以在发表后受到好评，是因为有程永新和黄小初的帮助，他甚至称"是你们拯救了这篇东西"②。孙甘露更是将程永新视为自己在文学创作上的知音，他在 1987 年致"永新兄"的信中表示："倘若哪天还能写出点什么令自己满意的，还是想寄给你的，我不敢设想会有很多人像你那样接受这类作品的。"③　程永新将自己与作家之间的关系比喻为医生与病人之间的关系，认为编辑要用心灵感受作品，剖析其中的问题。

《一个人的文学史》既是程永新与当代作家们的深厚友情的纪念，也是程永新几十年的《收获》杂志编辑职业生涯的总结。在许多情况下，一部作品在被文学评论界、被读者认识之前，首先是被编辑认知的。从作品到编辑，再从编辑到作家——文学生产的这一幕后环节在大多数文学史著作的叙述中是不曾被提及的。中国当代文学研究会会长白烨在中国人民大学举办的程永新《一个人的文学史》研讨会上指出，在改革开放 40 年的历程中，"有两种人的作用通常会被忽略掉，即编辑家和文学翻译家。只有将他们对文学的推动与作家功劳结合起来看，才能见出新时期的文学整体发展"④。就 80 年代的先锋文学来

①　程永新编著《一个人的文学史》（下），上海文艺出版社，2018，第 340 页。
②　程永新编著《一个人的文学史》（上），上海文艺出版社，2018，第 39 页。
③　程永新编著《一个人的文学史》（上），上海文艺出版社，2018，第 138 页。
④　乔燕冰：《一个人的文学史，于文学史意义何在?》，《中国艺术报》2019 年 1 月 21 日。

说，倘若谈先锋文学而避谈编辑程永新，那么对先锋文学的把握将是不全面、不完整的。北村曾评价程永新为"先锋中的先锋，作家中的作家"，并认为他具有比先锋作家更加广阔的先锋意识，有更完整的成熟的力量来把握先锋文学潮流。北村还认为："批评家在书写文学史的时候遗漏这样优秀的编辑家是奇怪的事，他甚至比批评家更贴近那个时代的文学的胸膛。"①

作为一部"个人"文学史，除了表达程永新作为一名文学编辑的文学理想与文学信仰，《一个人的文学史》还展示了一个作为作家和批评家的程永新。格非曾这样评价程永新："程永新先生作为一名编辑的盛名也许部分地掩盖了他在小说和散文创作上的建树和追求。"②程永新曾写诗，写小说，写话剧。他的小说《穿旗袍的姨妈》《到处都在下雪》都获得了作家朋友们的高度评价。此外，程永新在其编选的《中国新潮小说选》的每篇作品后都附上一段编后语，即一段批评文字。他在编后语中将残雪的创作基调总结为"一个甚怕遭到别人伤害的患有狂想症的女人的梦呓"③。这一评价不无概括性，体现了程永新本人对文学的高度敏感和超强感知力，显示出其作为批评家的品质。程永新《一个人的文学史》中显露的文学理想与文学信仰是一种偏向个人化的表达。在他看来，文学创作应当是极其个性化的创造，文学创作"需要感性与直觉，更需要悟性与形而上"，也"需要惨淡经营，需要举着火把孤独前行的探索者"。④

虽然同是以"个人"为关键词，《一个人的文学史》并不同于以於可训《中国当代文学概论》和洪子诚《中国当代文学史》为代表的个人撰写的文学史。其一，后二者的撰写者以深厚的学识、鲜明的学术个性使文学史的个人撰写成为可能，而《一个人的文学史》相较于

① 程永新编著《一个人的文学史》（下），上海文艺出版社，2018，第33页。
② 程永新编著《一个人的文学史》（下），上海文艺出版社，2018，第11页。
③ 程永新编著《一个人的文学史》（下），上海文艺出版社，2018，第13页。
④ 程永新编著《一个人的文学史》（下），上海文艺出版社，2018，第92页。

个人撰史显得更加轻松。它不需要着力拉开与文学现象之间的历史距离，它所选录的文学史料本身便是其他文学史的研究对象，即文学发生的历史现场，因此它需要完成的任务恰恰是贴近文学发生的现场，记述文学发生的实况。然而，这也并不是说《一个人的文学史》缺乏对文学发展内在的、深刻的规律的总结。其中既有历史现场的实录，也有跳脱现场的审视。其二，个人撰写的文学史呈现出将客观性、全面性与个人经验相融合的特征。於可训和洪子诚都将个人经验无形地渗透进文学史的叙述中，而程永新在其著作中的所言所感大多没有刻意藏匿个人经验，反而处处彰显个人交际，乃至琐碎日常。由于程永新《收获》编辑的身份，他能够以亲身经历者的身份在《一个人的文学史》中将文学现象作为与自身联系紧密的事件进行记录并加以评述。从这个意义上说，《一个人的文学史》的优势是无可替代的。

3. "一个人"：作家个人的文学史

前文提到"'一个人的文学史'的含义就是一个人在文学史里前行、成长和变化"，这里的"一个人"不单单指作者程永新，也指当代作家们。《一个人的文学史》中收录的作家书信、手稿等材料也反映了马原、余华、苏童、毕飞宇等当代作家在文学路上的"前行、成长和变化"。

中国当代文学史书写多重视宏观视角和理论逻辑的探析，而较少有针对作家个人生平的具体研究，这是因为文学史料的缺乏。《一个人的文学史》因作者身份的特殊性具备相当充分的史料支撑。从撰史者个人的立场出发，能够更好地聚焦作家个人，充分尊重作家的主体性，挖掘作家于群体之外的创作个性。朱栋霖等主编的《中国现代文学史（1917～1997）》（下册）和董健等主编的《中国当代文学史新稿》等文学史著作都将当代分为几个阶段，并在各个阶段中分文学思潮、诗歌、小说、散文、戏剧与电影这五大部分，在各个部分内又按创作特征进行分类，最后在每个分类中对作家个人及其代表作品进行一定篇幅的介绍。上述这种条目清晰的文学史著作的结构优势在于能够使读者宏观把握文学史发展的概况，对文学发生的时代背景形成一个总括性的认识。然而在这类著作中，作家及其代表作品总是作为某一文学思潮的例证出现，作家的创作个性在其中并未得到充分的论述。这种注重"大时代"的文学史著作缺失了一种毛茸茸的"现场感"。《一个人的文学史》没有使用一个显在的一以贯之的纵向时间线来串联当代文学思潮和文学现象，也没有按文学体裁划分章节，因此它不具备上述文学史著作的优势，然而，《一个人的文学史》没有将作家的名字放在某一个文学思潮或某一个作家群体中去考量，而是直接把作家的姓名呈现在目录中，显示出对作家个体的重视。王瑶在《中国现代文学史论集》的"后记"中指出："作为历史科学的文学史，就要讲文学的历史发展过程，讲重要文学现象的上下左右的联系，讲文学发展的规律性。"① 就这一定义来说，《一个人的文学史》不算是一种"文学史"，因为其中缺乏线性的历史发展过程，缺少文学现象与文学现象之间的连续性。《一个人的文学史》展示的更像是一个个零散的历史场景，在场景与场景之间作者没有设置"转场"，不同场景之间的关联性只能靠读者阅读来发现。

《一个人的文学史》秉持作家本位，文中对作家性格、经历的叙述篇幅明显大于对作家作品的评述。从程永新的文字中仿佛能够看到作家其人，如马原的自信、扎西达娃的淡泊、毕飞宇对"当下"生活的"正视"等。书中关于日常生活和人情往来的书写使我们看到作家在文学创作之外也是一个个活生生的"人"，这个"人"不是"古人"，也不是"圣人"，而是亲切真实的"友人"。由于《一个人的文学史》对作家个人的关注，作家经典之作问世前的创作过程、创作转向与修改过程也进入了这部作品中，这些内容曾是一种不被载入文学正史的"前历史"。在史铁生的信件中，他记录下了对《务虚笔记》所做的删改。史铁生将自己删改稿件比作一个老财迷不得不扔掉钱袋

---

① 转引自钱理群《返观与重构——文学史的研究与写作》，上海教育出版社，2000，第4页。

里的假币，并期望自己钱袋里剩下的都是"可以保存的'真币'"。这样逐字逐句的删改，显示了史铁生对文学创作的精心打磨和编辑在文学作品发表前的默默付出。程永新和作家们结下了深厚友谊，这使他更加了解作家个人特质，也就使他更能够发现作家的创作个性。比如，论及马原，大多数文学史著作都聚焦于马原小说的"叙述圈套"和小说形式，而程永新则认为："尤为重要的是，马原的小说中出现了神（信仰）。而这一点几乎被所有的批评家所忽略。人类优秀的文学作品，不外乎表现人与人，人与自然宇宙，人与神（信仰）的关系。"①

《一个人的文学史》对作家个人的关注还体现在大量照片、手稿的编入。在如今这样"一个网络时代、信息时代，在纸质媒体上保留作家的手迹，有不同凡响的意义"②。中国当代文学史著作中有插图的不在少数，陈思和主编的《中国当代文学史教程》便将作家照片、会议合影或作品封面插入文字叙述中，图文并茂，比纯文字叙述更加直观。然而，似乎再找不到一部像《一个人的文学史》这样以图集方式大量呈现照片的文学史著作。照片是新媒体时代非常重要的史料，大量图片的展示则更加具有一种视觉冲击力，使读者联想作家的生平经历，并且私人照片的公共化对打捞被遮蔽的历史具有重要意义。在以往的文学史书写中，作家进入文学史要通过批评家对其创作特色和代表作品的评述来实现，而《一个人的文学史》创新性地加入了作家个人的声音。一个有意思的现象是，一些本身被批评界公认为先锋作家的作家也曾对先锋文学发表过一些看法，或是一些作家在信中也曾对自己作品中的人物形象和艺术手法进行过评述。这些文字被程永新辑录进来，成为补充或佐证文学批评界观点的声音。贾平凹在1996年寄给《收获》编辑部的信中对修改后的作品《土门》做出了自我评价，从人物形象到小说的结构、手法和语言均有论及，这些自评或许会为

---

① 程永新编著《一个人的文学史》（下），上海文艺出版社，2018，第19页。
② 程永新编著《一个人的文学史》（下），上海文艺出版社，2018，第324页。

文学研究提供一定的帮助。余华在 1989 年的信中指出："我担心刚刚出现的先锋小说会在一批庸俗的批评家和一些不成熟的先锋作家努力下走向一个莫名其妙的地方。"① 这表达了一个先锋小说家对先锋文学的忧虑。作家声音的加入为看似已成既定事实的中国当代文学史撬开了一角，使原本下定论式的文学史观点变得松动起来，为未来中国当代文学史的多样阐释提供了可能性。

4. 《一个人的文学史》与中国当代文学史

《一个人的文学史》的出发点固然是"个人"，然而其价值和意义已远远超出"个人"。由于程永新身份的特殊性和私人信件的公开出版，以其个人为中心构织的这部文学史著作已远远超出独语的界限，而加入了中国当代文学的发展与研究的众声喧哗中。

《一个人的文学史》中的"一个人"代表着整个《收获》杂志编辑部，是主编巴金、靳以、李小林、钟红明、程永新等一众编辑共同努力的缩影。不仅是《收获》杂志，《一个人的文学史》也提及了《钟山》《作家》等文学刊物对文学理想的坚守。正如程永新所说："倘若今天我们回望新时期文学繁荣的景象，不难发现，那些年除了语境剧变，阅读对象对文本充满热忱之外，遍布全国各省市林林总总的文学期刊对推动文学运动起到了不可或缺的作用。一个国度里拥有那么多的文学刊物，堪称空前绝后的世界奇观。有句话叫做作家选择刊物，刊物选择作家。连接作家与刊物之间的中介就是编辑。编辑是作品的首轮读者，好的编辑应该是作家的知音，而优秀的刊物无疑是作家的摇篮。"② 《一个人的文学史》彰显了文学刊物和编辑在当代作家创作过程中起到的重要作用，而今他的这部著作也将对当代文学研究者的研究工作起到"提衣人"的作用，成为文学史研究的宝贵材料。

在《收获》编辑部这"一群人"对文学的坚守背后，隐藏着的是

---

① 程永新编著《一个人的文学史》（上），上海文艺出版社，2018，第 146 页。
② 程永新编著《一个人的文学史》（上），上海文艺出版社，2018，第 36～37 页。

更为宏大的中国当代文学史。"一本好的文学杂志是一个民族的精神标高，是一个时代的记录。"① 或许《一个人的文学史》选择在 2018 年再版是颇具深意的。这部著作既是程永新四十余年编辑工作的总结，也是改革开放四十周年的献礼。作为作家眼中的"当代文学的护卫队长"，程永新的个人交际如同一个巨大的网络，将以《收获》杂志为阵地聚集起来的作家集合起来。程永新不仅仅是作为个体的他自己，他还同《收获》编辑同人们一道成为 80 年代以来文学发展的参与者和见证者，甚至是创造者。《一个人的文学史》以"个人"一词替代"当代"，无意追求"当代文学"命名下的意识形态内涵，也无意书写一部面面俱到的文学通史。它看似摒弃了一种力求宏大的、全面的文学史图景的努力，实则已超越"个人"，使读者能够在个人话语的缝隙中窥见时代文学变迁的暗流。从一个人到一群人，再从一群人到一个时代，《一个人的文学史》不仅仅是程永新作为编辑的成果，也是中国当代文学史上每一位作家的成果。它也不仅仅是编辑程永新一个人的四十年，更是中国当代文学发展的四十年。

《一个人的文学史》以文学编辑撰史的方式展现了文学史叙述视角多元化的可能，将"当代"本该拥有的"开放性"归还给"当代文学"。其提供给我们的文学史景观不是已成定式的文学史，而是拥有更多可供解读的角度的开放型文学史。其中有关文学的蛛丝马迹好像散落在当代文学史角落处的线索，待文学研究者串联起更为丰富、更为完整的当代文学图景。

---

① 程永新编著《一个人的文学史》（下），上海文艺出版社，2018，第 325 页。

第三章

中国当代文学史话语的比较视域

中国当代文学史具有历史的动态性，这一方面源于当代文学本身的流动暂无下限，时间的延展性要求文学史增新；另一方面源于文学史观与经典观的不同，文学史不断"吐故纳新"，作家作品"进进出出"。随着时代的发展，有的文学史家针对自己书写的文学史会做相应的补充、调整，以求跟上时代的脚步，满足当代文学的当下性，或不断完善，以精益求精，达成文学史的经典化，因而出现了文学史的版本修订与更迭。我们通过同一文学史不同版本的话语比对，努力发现文学史在策略、材料、内容、语言等方面"精雕细刻"走向经典化的密码，以为未来的文学史写作提供某种参照。

中国当代文学史著作 200 余部，成果丰富。中国文学史家为文学史的经典化做出了切实努力，有的版本，比如朱栋霖等主编的文学史更新 4 版，一直被教育部确定为国家级规划教材、面向 21 世纪课程教材、国家精品资源共享课配套教材；洪子诚的《中国当代文学史》初版与修订版在世界范围内产生很大影响。中国当代文学也得到国外专家的关注。进入 21 世纪之后，德国汉学家顾彬的《20 世纪中国文学史》（2008）和美国学者王德威主编的《哈佛新编中国现代文学史》（2021）的中文版面世，展现了文学史书写的不同面向，在学界产生了较大影响。我们通过国内学者文学史著作版本更迭的比对以及与国外文学史著作的文学史观、叙述话语的比较，为中国当代文学史书写提供多重视野，借此观照自身，谋求创新动力，推动文学史发展与研究。

第一节　修订版：信史的渴求与客观的苛求

——以洪子诚的《中国当代文学史》为例

洪子诚的《中国当代文学史》于 1999 年 8 月由北京大学出版社初版，后经过增补、修订，于 2007 年 6 月再版；2010 年，著者编纂个人学术作品集，在收录该著时用了 2007 年的修订版本。至此，洪子诚的《中国当代文学史》已发行三次，有两种版本，并经过多次印刷，是普及范围甚广的文学史著作。该著作注重对文学外部现象的研究和史料收集，从社会学和意识形态角度，梳理当代文学"一体化"成形与溃散的历史轨迹，在当代文学的史学建构中占据着重要地位。这一部文学史著作的写作、修订和再出版，是一种对当代文学历史事实进行逻辑梳理的努力，是文学事件历史化、文学作品经典化不可缺少的必要工作。本节选取《中国当代文学史》1999 年初版本与 2010 年作品集收录本为对象，收集部分具有代表性的差异表征，就该著作在修订中发生的版本演变进行分析，并试图解读造成版本差异的原因。

全书叙述当代文学历史事实的思路和整体编纂结构并没有发生大的变化，但作者在修订版序中坦诚相告"修订版也有不少改动"，主要是"调整了若干章节的设计""各章节（包括年表）在材料处理、具体论述等方面，也有或多或少的变更""订正初版本在史实、资料引述上的差错"，以及章后注一律改为页下注。本节主要以上篇中的材料为依据，思考两版《中国当代文学史》在语言运用、叙述策略上的不同；再以下篇"80～90 年代"文学史中醒目的文本变动为依据，思考著史者对当代文学史材料是如何处理的。

1. 在语言运用层面上的不同

《中国当代文学史》的修订工作从 2006 年春天开始进行，几乎无一页无变动，作者对展开具体论述时使用的语言、语序的修改遍布全书。以"前言"为例，著者对"当代文学"这一概念进行历史溯源，"虽然同时也一直存在着对这一概念和分期方法的质疑和批评。70年代末以后，这个概念得到更广泛的运用"①，修订后变更为"'文革'结束的70年代末以后，这个概念得到更广泛的运用，并在教育部文学学科设定中取得'制度性'的保证；虽然对这一概念（连同它的分期方法）的质疑、批评也从未中断过"。由于这两句表述在时间上具有确定性和连续性，著者进行了更符合实际情况的顺序调整，将其前后顺序进行调换；同时，著者为"70年代末以后"补充了历史背景，以"'文革'结束"标记语境，为论述设置了必要的前提条件，使逻辑关系变得更加完整，话语也晓畅自然。

比较修订前后的"前言"，还能够发现更多的细节变动，如删去了"题材、主题、语言、文学观念上发生的重要变革与更替"② 中发生语义重复的词语"更替"；"1949年以后，中国社会的'整个性质'已转变为'社会主义'的，文学也必然发生'根本性质'上的变化"③ 一句在表述时使用了绝对化的字样，在新版本中，"也必然发生"便被删去了。

除了斟酌行文中的措辞，洪子诚对《中国当代文学史》的细节修改也覆盖了注释中的内容，变动的形态包括对正文追加注释、将正文转入注释或将原先的注释内容移入正文，以及对原有注释进行细节上的增减和勘误。对此依次举例。第三章第一节，修订版对周扬的演讲《我们必须战斗》进行了注解（第39页注释3），而注释信息在初版中是没有呈现的；同章节正文中关于《武训传》的详细信息被移入脚注，而初版注释17、18则在修订版中成为正文内容；同章节修订版将初版注释4"（《武训历史调查》）刊于1950年8月23—28日《人民

①　洪子诚：《中国当代文学史》，北京大学出版社，1999，"前言"第1页。
②　洪子诚：《中国当代文学史》，北京大学出版社，1999，"前言"第2页。
③　洪子诚：《中国当代文学史》，北京大学出版社，1999，"前言"第2页。

日报》"中的时间信息更正为"1951 年 7 月",且增补了"调查组有江青、钟惦棐等参加"这一历史细节。

这些细枝末节的修改覆盖了整部《中国当代文学史》,这不仅仅意味着个别文字、符号发生了变动,也不仅仅来源于洪子诚个人对写作的精益求精,其还有更深层次的内涵。

其一,它透露着著史者对文学史的文体观念。洪子诚本人曾表示,"文学史写作的文体当然有多种方式,我偏爱的是那种简明的叙述体,不让过多的材料和论证来阻断'文气'",但"我又是重视材料、根据的人"。[①] 出于这样的文体理念,为了保证"文气"流利晓畅、文学史叙述逻辑缜密,著者在修订时对初版文本进行了精细的修改,调整注释和正文的内容,更有针对性地分配了提供论据、论证细节的职能。

其二,这种修改方式似乎与著者本人对《中国当代文学史》的定位也有一定关系。洪子诚"在把这部文学史定位于教科书,还是个人专著上,一直都犹豫不决。当初写这本书时,是为了解决教学的需要,是按教科书体制的要求来构思的。但在写作过程中,并不愿意只遵从教科书式的规范(评述的作家、文本的全面;适合教学需要;表达学界基本认可的观点;等等),有许多不平静的想法要讲出来。为了兼顾两方面的并不总是能取得协调的要求,结果是顾此失彼,有点两头不讨好"[②]。也就是说,虽然作者本人主要表达的是《中国当代文学史》并不能完全承担"教科书"或"个人专著"的功能,但是这也同样意味着,《中国当代文学史》确实有承担这两种功能的意识。在修订版"前言"中,著者表示"在总体框架和评述方式上,修订版和初版本并没有大的变化"。换句话来说,便是在修订过程中,修书人也在尽量保持这部文学史最初设置的教科书的定位,使论述表达清晰、重点鲜明、逻辑通顺,足够明白易懂,能够在实际的教学活动中产生

---

① 洪子诚、李静:《朝向现实与未来的文学史——洪子诚教授访谈录》,《当代文坛》2019 年第 4 期。

② 李杨、洪子诚:《当代文学史写作及相关问题的通信》,《文学评论》2002 年第 3 期。

有效的应用性。

2. 在叙述策略层面上的不同

修订版对初版进行了多处删减，比如：初版第四章第一节，有"在这一时期，在诗歌理论和实践上，诗歌界最关心的不是诗的'本体'问题，不是诗的语言问题——在这方面，没有出现值得重视的理论成果"一句，在修订版中，"不是诗的'本体'问题，不是诗的语言问题——在这方面，没有出现值得重视的理论成果"这句语气绝对的价值判断被删去了；初版第四章第三节，有"这些诗人，连同冯至等在这期间的努力，有可能形成中国新诗道路上的另一重要的转折点"一句，是文学史叙述者的个人推测，带有明显的主观色彩，在修订版中也被删去了；初版第五章第一节，有"这近百部的长篇叙事诗的思想艺术价值虽说不可一概而论，但以诗的体式去承担小说、戏剧的体裁的'任务'，和不从各文学样式的形态特征上去考虑艺术方法，这种情况，在当年就已有批评家提出质疑"一句，在叙述中对"批评家的质疑"有所侧重，在修订版中就仅仅保留了"近百部的长篇叙事诗的成绩不可一概而论"这一分句，且批判色彩十分浓厚的"思想艺术价值"也被感情色彩相对温和、价值立场不偏不倚的"成绩"一词替换。

此外还有尤其值得注意的一类删改，在这里以第一章第二节最后一个自然段为例。在初版中，作者指出："左翼文学界对文学力量的描述和划分，还在左翼文学内部进行。这关系到无产阶级文学的'纯洁性'的问题。"在修订版中，这一历史情境被改写成更为详细的叙述，并且删去了作者的述评（"胡风等的文学观，被指认为是'小资产阶级的文艺思想'，而实际上已被看作是左翼文学的'异己力量'"）。

在两版的取样比对中发现，这一类删改在叙述策略层面表现出的差异不在少数，从中足够看出，这种删改具有很明显的针对性，基本以感情色彩强烈、主观态度鲜明的措辞为修正对象，甚至像"但是""甚至"一类力度相对较大的转折词，在著者认为有必要的时候，也会将其直接删去（这在修订版"前言"第 1 页的关联词变动中便有所体现）。

这是著史者对初版文本进行的叙述策略层面上的修正。在修订版中，作者就文学史事件发表评论的文字被有意地剪裁成更加简明扼要的表述，历史叙述者的主观立场和个人价值倾向大幅度地减弱，其在文学史叙述中的存在感被尽量降低。客观的叙述语言使文学历史也呈现出客体化的姿态，极大地减少乃至使读者注意不到叙述者本身对文学史客体的介入。通过这种策略，修订版打造了一种笔法冷静、评价客观的文学史叙述文体，最大限度地缩小了叙述话语造成的历史事实偏差，最终呈现出不同寻常的"历史感"。

会产生这样的版本差异，原因也并不难理解。

其一，洪子诚曾经在与李杨就当代文学史写作及相关问题进行的通信中说："每个人都生活在特定的语境中，并形成相异的认知模式和情感结构。因此，在历史研究中，提倡一种'靠近历史情境'的书写，其前提不是让个人的盲目的情感和残破的经验膨胀，而是具有对自身限度的自觉。"① 从这段话里能够看出洪子诚作为当代文学史写作者对文学史书写的一种提倡，这也是他的一种自我要求：力图将当代文学历史事实史学化，尽量接近客观的立场，打造客观化的叙述文体、全知叙述者超离现场的语气，把写作的侧重点放置在历史事件内部逻辑的发现、合理构建和对其进行客观冷静的叙述上，努力实现"靠近历史情境"的写作，保持真实历史作为研究对象的客观姿态和独立地位，避免掺杂明显的感情色彩，避免主观价值判断等叙述者个人因素介入文学史与读者，造成对真实历史情境的扭曲，也避免影响读者对文学史的阅读与接纳。

"全知叙述者站在迷信与偏见之上，平心静气地查看着过去的场景，说出的事实真相是任何看过同样证据、运用同样方式的其他研究

① 李杨、洪子诚：《当代文学史写作及相关问题的通信》，《文学评论》2002 年第 3 期。

者都能接受的。"①《中国当代文学史》会产生这样的版本差异，原因之一正是修订时对使用客观化的阐释语言"靠近历史情境"的追求。

其二，《中国当代文学史》的教科书定位也是文学史叙述策略发生改变的原因之一。修订版更为严格地追求客观冷静的叙述笔法，尽可能不去使用一些"过分刺激的语言"和"在思想上过分苛责的语言"，因为"我们写的是一本教科书，我们要力求使我们的语言是教科书的语言，而不是一般评论文章的语言"。② 教科书的职责和功能要求文学史写作维护历史真实性，避免学生在学习文学史的过程中产生认知混乱。运用客观化的语言风格，令"客观化的语言使阐释（叙述）的结构看起来就是事实的结构"。在写作中对文学史事实发表见解与评论，确实能够表现出作者本人的批判立场，但也会使得文学史叙述因此损失一部分的知识权威性，有可能对学生的理解和价值判断产生干扰。

此外，出于类似的原因，修订版相较于初版补充了一系列文学史事实，使历史情景细节更加翔实、语言更加生动。比如，初版第九章第一节提及了"'雅'、'俗'的两条小说路线，在其相对独立的发展过程中也存在着相互渗透、吸收、转化等复杂的状况"这一历史现象，但并没有展开更具体的论述，修订版则在这一内容页下追加了一条长达 7 行的注释（修订版第 138 页脚注），对新文学阵营与通俗小说家在抗战前后的关系进行了扼要的介绍；在同一章节中，初版还提及文学界对张恨水等的通俗小说"作了有保留的重新肯定"，"通俗文艺出版社 1956 年仍印行了《啼笑因缘》等的新版"，在修订版中，著史者将其改为"但通俗文艺出版社在 1956 年对《啼笑因缘》《八十一梦》等作品进行删改、增添等处理之后，还是印行了它们的新版"，对这一历史事实进行了细节上的补充，更具体地展示了通俗小说面对

---

① 张军：《关于中国当代文学史编撰发生期的一些思考》，《中国现代文学研究丛刊》2012 年第 4 期。

② 张军：《个人化述史情节与中国当代文学史著》，《贵州社会科学》2012 年第 8 期。

的历史情境：它们是在何等尺度上被有所保留地肯定、是在什么样的条件下获得印行新版的机会。文本在修订中发生的更新，是著史者对"靠近历史情境"这一追求的贯彻，令读者可以更好地透视当时特定的文学环境以及文学事件的发展历程，对文学史的学习和研究都有重大的意义。

3. 在处理（新）材料层面上的不同

前文提到的版本演变，其产生原因主要是著史者个人的文学史观念、审美标准。随着时间的推移，"当下"不断被新的"当下"替代，新的文学景观也不断地出现在当代文学的地平线上。从《中国当代文学史》发行初版的 1999 年到修订再版的 2007 年，正是中国自世纪之交开始飞速发展变化的几年，文学也随着变动不居的时代变得丰富起来。对一系列复杂的文学史资源进行处理，也在文学史修订的过程中留下了版本差异的表征。

时间流动带来的最直接的变化，便是产生了新的作家作品、文学潮流，以及学术界所获得的新的研究成果等一系列新的文学现象，而著史者在对已有文学史著作进行修改润色时，又将这些新的文学现象纳入观察、研究的视野中，并将其呈现在修订后的文本中。

比如说，在修订版第二十三章第二节，作者对王安忆的小说创作进行简评，并对《长恨歌》进行了较为详细的介绍，但是在 1999 年的初版中，当时已经出版三年的《长恨歌》在这一部分内容里却一字不曾提及。这显然与《长恨歌》在 2000 年获得第五届茅盾文学奖、于"二十世纪九十年代最有影响小说作品"榜上有名不无关系。修订版第二十四章第三节，在对艺术、抒情散文作品进行考察时，著史者将北岛、钟鸣、柏桦等的作品纳入了"80 年代后期以来，比较有影响力的诗人散文随笔集"。根据页脚注释，北岛、钟鸣、柏桦的散文随笔曾在 20 世纪 90 年代的报刊上发表，结集为《失败之书》《旁观者》《左边——毛泽东时代的抒情诗人》出版则是 2000 年以后的事了。更明显的是，修订版第二十六章、第二十七章对 90 年代的诗歌和小说进行了篇幅不小的阐释，而这一部分是 1999 年初版中不曾出现的新内容。

此外，在修订版的脚注中，诸学者进入 21 世纪之后发表的学术研究成果，也频频作为新的援引资料出现。在修订版第二十三章第三节，著史者对女作家陈染的小说创作进行点评，在初版简评内容基本不变的情况下，增加了一条对陈晓明《守望私人生活：陈染的意义》的引证，这篇文章发表于初版发行将近五年之后的 2004 年 6 月 30 日，而且不同于传统的参考资料，它的来源是一串网络主页地址（修订版第 395 页注释 1），这是 1999 年初版中不曾出现过的现象，会产生这种不同，显然受益于日渐发达的互联网。

不过，值得注意的是，这些新的学术成果所阐释的立场与观点，并不总是与著史者的相同，比如修订版第二十三章第一节，洪子诚在论述了"女性文学"这一常用概念的种种不足和限制之后，在该页脚注中引述戴锦华的观点——"更倾向于以'女性写作'的提法，取代歧义丛生的'女性文学'的概念"（修订版第 386 页注释 1），补充了一种定义女性作家写作的不同方式。洪子诚曾经就注释在自己的学术作品中承担的功能进行介绍，其中一项便是"可供扩展思考的线索，包括与我的评述不同或相异的看法的线索，不是无视或遮蔽不同见解，而是呈现它们作为参照，留下与我构成对话甚至辩驳的东西，让读者明白书里的叙述只是各种讲法中的一种，不是唯一，更不是'真理'。就是建立起'对话'，对话的前提在于尊重、容忍与你不同的意见"①。

从上述这段话可见，著史者在修订时也有意保留质疑的空间、持续构建的活力。前文曾经提到，著者在进行修订时，有意地保持客观冷静的叙述语气，尽量呈现一种接近历史事实真相的文学史叙述，避免接受者对文学史产生认知混乱。但是在修订版中，并不是只有一个以知识权威自居的叙述者在说话，它也并不提供"唯一的"历史真

---

① 洪子诚、李静：《朝向现实与未来的文学史——洪子诚教授访谈录》，《当代文坛》2019 年第 4 期。

实。读者在接受了多种观点之后，通过主动思考，对文本中来自不同作家、评论家的诸多一手、二手材料进行内化吸收或者质疑批判，有选择性地参照文学史著作提供的信息，进行个人的文学史认知建构。在洪子诚《中国当代文学史》的"赵树理的'评价史'"和"柳青的《创业史》"等节，可以很明显地见到不同时代评论者在相互对话，作家自己的观点、史家的观点并存于文本之中。这造成了一个看似混乱的多声部局面，但其实也是著史者力求客观公正的一种努力。

时间流动造成的版本差异，还有研究视域的扩展以及研究重点的转移。时间的推移使著史者与曾经的文学事件拉开距离，将前者带到一个足够对后者进行反思和重新审视的位置上，再加上著史者积累了更多处理文学史的经验，在新修订的版本中，著史者便得以从整体上把握历史事件的发生发展、作家作品的优点和缺陷、文学形态变迁等种种文学现象。比如昌耀诗歌的价值在 20 世纪 90 年代后期获得了诗歌界的重视，于是在对《中国当代文学史》进行修订时，作者增添了一整页新的内容（修订版第 283 页），扩展了对昌耀诗歌的研究，对其个人经历、写作资源、风格特征和诗歌观念进行了较为细致的介绍和评论。当然，这种研究层面发生拓展和深化造成的不同，和著史者本人处理文学史的经验更加丰富成熟也有很大关系。

此外，当某一章节中的研究内容发生或多或少的变化时，作者有时也会因为对文本主题的重新确定而将章节更名，如初版第二章第一节标题为"50 至 70 年代的文学环境"，修订版中则依据更准确的内容概括更改为"'遗产'的审定和重评"。

在时间的演进中，"新"出现的文学史资源不仅仅包括在时间顺序上新产生的现象、新浮现的作家作品，也会有在过去未曾被发掘的历史事实浮出地表。史料是构建历史的基础，丰富而具体的历史细节，能够使研究者更加细致地触摸曾经客观存在过的历史，增添在形成认知和生发评判时的客观性、历史公正性。

每当新的史料被发掘，当代文学史写作就会出现新的契机：著史者获得了对历史事实的新认识，在宏观层面更加完整、在微观层面更加细致，借此亦能根据补充完善后的历史面貌，建立起更接近历史真相的叙述逻辑。相应地，当文学史中的事实面貌发生改变时，史家、批评家对其做出的评价便会改变，研究维度和重点也会进行调整。例如，地下诗歌的历史资料浮出地表，被压抑的诗歌被发掘出来，因此出现了廖亦武主编的《沉沦的圣殿——中国 20 世纪 70 年代地下诗歌遗照》、李润霞编选的"潜在写作文丛"、杨健的《文化大革命中的地下文学》《中国知青文学史》等著作成果，"地下的文学创作"有了更具代表性的材料依据，诗人食指的重要性得到肯定，"白洋淀诗群"的面貌渐渐浮现。于是，《中国当代文学史》初版上篇第十五章"分裂的文学世界"中的内容，便在修订版中发生了醒目的结构改变，初版专节论述的"穆旦最后的诗"从"在这一时期不能公开发表"的内容中剔除，归入九叶诗人群体及诗歌流派中。而这些新材料的出现，更是直接地改变了叙述者对"朦胧诗"及诗歌流变的认识，使其调整了对朦胧诗阵营的谱系建构。

在初版中，作者用整个第二十章论述"新诗潮"，北岛在朦胧诗代表诗人的序列中，放在舒婷、顾城、江河和杨炼之后；而修订版对这一排序进行了改动，顾城在这一诗人序列中的位置排在舒婷前面，北岛则被列在朦胧诗代表诗人之首。较之初版，作者在修订版中对新诗潮展开的阐述和评论也更加详尽。

另外值得注意的是，作为诗歌流派的主要阵地，《今天》对于朦胧诗具有重要的理论意义和现实意义。然而，根据政务院 1951 年的法令"刊物未经注册，不得出版"，《今天》杂志于 1980 年 9 月被要求停刊，申请复刊亦不被允许，最终于当年 12 月被通知停止一切活动。也许正是因为被取缔的民办未注册刊物所面临的这种身份合法性问题，在 1999 年初版中，《今天》只是以朦胧诗载体的姿态出现。然而在修订版中，"《今天》与朦胧诗"作为讨论新诗潮的重点内容，在全章第一节展开。

朦胧诗人的作品于 1979～1980 年广泛流传，曾引领不断发展的诗歌潮流，《今天》在文学史上的重要性是研究者不能视而不见的历史事实。在经历了时间更迭后，文学研究视域变得更加开阔，历史细节更加客观地进入文学史之中。

第二节　多版本：时间的延展与内容的凝练

——以朱栋霖等主编的《中国现代文学史》（下册）为例

1999 年 8 月，高等教育出版社出版了朱栋霖、丁帆、朱晓进主编的《中国现代文学史（1917～1997）》（下册）（第一版），随后分别于 2012 年 5 月、2014 年 10 月和 2020 年 1 月出版了《中国现代文学史》（下册，1949～1997）（第二版），《中国现代文学史（1917—2013）》（下册）（第三版）和《中国现代文学史（1915—2018）》（下册）（第四版），从第三版开始，主编是朱栋霖、朱晓进、吴义勤。四个版本不断更新，从时间的延展到内容的凝练，都给我们留下思考的空间。

从四版文学史的封面信息和内容提要可以看到它逐渐经典化的过程。一、二版的封面信息是"面向 21 世纪课程教材"，三、四版的封面信息增加了"普通高等教育'十五'国家级规划教材"和"国家精品资源共享课配套教材"。封面信息的增加反映的是对这本教材的高度认可，体现了课程改革的最新进展。一、二版的内容提要说，"本书是教育部'高等教育面向 21 世纪教学内容和课程体系改革计划'的研究成果，是面向 21 世纪课程教材"，三、四版中改为"是中国现当代文学课程最具全国性影响的教材之一"；适用范围也有了扩展，一、二版中说"本书可作为高等学校中文专业的教材及考研参考教材，也可供社会读者阅读"，到三、四版改为"本书作为高校中文、新闻、文秘等专业的教材，也可供文学爱好者阅读"。可以看出，三、四版的适用范围有了很大扩展，其对中国现当代文学进行新的筛选和整合，这是对当代的经典性作家和作品的最新解读，为读者提供了适用的新教材。

1. 结构的调整

四个版本中结构的调整主要是采用增删并用、重组等方法。

（1）50 年代、60 年代部分

一是小说。一版虽然写了历史题材和现实题材，却并未明确区分，二版对此未做修改，三、四版中提到"关于这类文学，一个比较通行的限定语是农村题材"，将现实题材改为农村题材，与一、二版相比，将农村题材放在历史题材前面，分节叙述。一版中，小说重点叙述的是小说题材，如历史题材中提到四部反映解放战争的长篇小说——杜鹏程的《保卫延安》、吴强的《红日》、曲波的《林海雪原》和罗广斌与杨益言的《红岩》，二版与此相同，三版对这些小说进行分类阐述，写作方式是，在叙述完小说类型后，对杜鹏程、吴强、梁斌、茹志鹃进行了专门、详细的介绍和分析。三版在第二节根据《创业史》《青春之歌》作品的分析论述进而对作者柳青和杨沫进行了介绍，而在一版和二版的第二节中，则是对柳青、梁斌、杨沫及其作品的叙述。对作者的直接叙述和对作品的叙述，两者的侧重点自然不同，三版更侧重经典作品的论述。而通过梁斌在标题中的淡出、隐含在正文中的一般论述，也可以看出文学史家经典观的变化带来的作家在这本文学史著作中地位的变化。

二是诗歌、戏剧和散文。一版分章详细叙述了诗歌、戏剧和散文，二版也是如此，三版和四版则将这时期的诗歌、戏剧和散文合为一章，对郭小川、贺敬之、闻捷三位作家的专节叙述也削减为仅对郭小川进行专节介绍。戏剧作品也只剩《茶馆》，并开辟了"50 年代、60 年代戏剧概述 《茶馆》"（三版）、"《茶馆》：当代话剧经典"（四版）这一专节，体现了对《茶馆》的重视。一版和二版在这个时期的散文方面，叙述杨朔和秦牧的观点与思想，并未区分二人的散文类型，这点在三版和四版中有了改变，秦牧的散文归属为知识性散文，杨朔的归属为诗化散文。这是对新中国成立后散文写作模式的分类，并把类的角度延展到其他散文作家作品的分析中，可以看出这是把诗化散文和知识性散文作为现象而不是作为个案进行的研究。由此，触动阅读者从社会文化层面去审视出现这种现象的原因，进而思考其价值、意义与局限。

三是台港文学。一、二版的台港文学内容在最后两章，分别是台湾文学和香港文学，三版和四版在第四章就叙述了50～70年代台港文学的内容。首先，小节标题上，小说类作者由白先勇、陈若曦、王文兴缩减为只留下白先勇，内容上也仅对其他两位作家进行简单介绍。其次，台港文学中小说有概述，诗歌、戏剧、散文并没有概述。最后，"诗歌　余光中等"与"戏剧""散文"并列，突出余光中在诗歌中的重要地位，余光中也因而成为台湾文学最重要的代表。

（2）80年代、90年代部分

一是小说。一、二版有八节，三、四版均缩为五节，80年代小说部分保留的作家有王蒙、陆文夫、高晓声、谌容、张贤亮、汪曾祺、莫言七位，王安忆、贾平凹被移到90年代小说部分，刘心武、蒋子龙、张洁、林斤澜、邓友梅、韩少功、徐怀中等作家被删除了。在新写实小说概述中增添了施蛰存这位在创作上运用弗氏学说最经典也最自觉的作家。实际上，从标题上就可以看出这四个版本对作家和作品的增删情况和重视度的变化，这是文学史版本更替中非常常见的变化，随着时间的变化和文学史观的改变，有的作品逐渐淡出文学史的关注视野，而有的作品却因一直在文学史中存在而成为经典作品。文学史是文学作品经典化重要的路径之一，这也是文学史存在的意义。

二是诗歌和散文。一版新诗第二节是"艾青等"，第三节是"舒婷、顾城、杨炼"，二版将一版的第三节作为第二节，删除了"艾青等"，三、四版重组了80、90年代诗歌，删除了杨炼，新增了北岛，并在"朦胧诗"节下详细介绍了北岛、舒婷、顾城。这可以看出北岛的诗在诗歌中地位越来越突出，越来越具有经典性。散文章节中，三版分两节分别概述了80年代和90年代的散文，四版在第一节就对80、90年代的散文概述进行重组，第二节是代表性散文作家"巴金，余秋雨"，可见，四版倾向于对重点作家的介绍与论述。

三是台港文学。三、四版同样重组了80年代、90年代两部分的内容，但只有小说、戏剧、散文，缺少诗歌部分的叙述。台港文学是中国文学不可分割的一部分，得到了文学史家的高度重视。文学史家在书写实践中一直努力把台港文学更好地融入文学史之中，不同的版本有不同的尝试。在这方面，还有很多值得探索和开掘的空间。

四是现当代少数民族文学。这是前三版都没有的内容，是第四版新增的内容，叙述了现当代少数民族的诗歌、小说、散文和戏剧。文学史家突破了以往文学史书写的限制，把少数民族文学纳入文学史的写作范畴，这对于推动文学史观念的更新和文学史书写的发展无疑具有十分重要的意义。

（3）21世纪部分

三版的第十三、十四章是"2000—2013年小说"，四版的时间下限延长到2018年，两版的小节标题并没有不同，但内容上有了一定延伸，如三版中"'80后'文学集体爆发"，改写为四版的"'80后'文学集体爆发与写作转型"。同时，四版的诗歌、戏剧、散文叙述也相应地延长到2018年。

总的来说，三、四版相对于一、二版来说结构上增添了许多之前没有的内容，尤其是80、90年代台港文学中对赖声川等的叙述，填补了这段文学史研究的空白。作家或者作品的增删或重点描述的程度，都是编写者对其评价的变化的表现，且这种变化也体现了当代研究界总体评价的变化。三、四版在每一章的最后都留有"研习导引"，这是一、二版中没有的，四版与三版相比，也增添了二维码链接专家学者相关专题学术讲座的视频，更加突出了"互联网＋"的新形态特征。

2. 内容的改写

一版章节从"第二十三章"到"第三十七章"，共15章，二版章节没有变化，三版变为"第一章"到"第十五章"，四版变为"第一章"到"第十六章"，增添1章。字数上也发生了变化，一版有30万字，二版没有很大变化，三版增加到39万字，四版有40万字。

从版本的更替中最明显看到的就是研究思路和许多观念的变化。从章节标题上就能很明显看出，一、二版标题大多以作者命名，以作品命名的较少，三、四版有了改变，减少了对作者的提出，更多的是精心筛选出的作品，如一版中"50年代、60年代小说"的第二节标题为"柳青　梁斌　杨沫"，到第四版就变为具体的作品"《创业史》《青春之歌》"。关于作者的介绍，一版更详细地介绍了柳青的生平和作品，包括"他悉心体验现实生活，细致观察、研究各类人物，积累了丰富的创作素材……"；四版则省略了这部分内容，并删除了他代表作中的《皇甫村的三年》《狠透铁》两部作品，主要对《创业史》进行分析与评价。

一、二版"50年代、60年代戏剧"在章节上安排了《茶馆》《关汉卿》，三、四版只保留了《茶馆》，这是对老舍及其作品在话剧史上地位的确定和尊重，四版不像一版对老舍这部作品进行大篇幅叙述，但从小标题"《茶馆》：当代话剧经典"就可以更直观地看出作者和作品的地位与重要性。四版也增加了老舍的其他作品，如《方珍珠》《一家代表》《红大院》等，并分段简洁精练地叙述了《茶馆》这部作品的独特艺术构思、小人物的塑造、话剧民族化的典范、悲喜剧意味等。一版虽用了约4页来叙述，但四版与之相比更加直观地体现出文学史对其的重视和其经典化的力量。

三、四版对一些有争议的内容叙述得更加温和。如对于90年代的女性小说，一版写道："对于整个新时期的中国文学来说，女性写作的价值和贡献是有目共睹的。"其中提到的价值和贡献很清晰。四版改为"女性意识是当代文学最为沉重而又最为轻盈的话题"，用"沉重"和"轻盈"带出下文的内容。此外，一版写道："以陈染、林白为代表的具有典型女性主义特征的私语化倾向。这也是90年代中国女性文学最引人瞩目、遭非议最多的一脉。"四版则改为："90年代，伴随女性意识的充分凸显……她们回归女性的经验领域，并借此来挑战和颠覆男性话语中心。"四版强调女性意识、经验领域及其话语力量，更突出90年代女性小说的特点。

内容的改写主要与编写者的变化有关，编写者不变，内容也大体不变，一般是通过重组、扩写的方法进行修改；编写者有变化，内容也相应地需要重写。一版和二版差别不大，三版和四版差别也不大，但一、二版与三、四版几乎所有章节都有差别。无论是重写，还是修改，都是对中国现代文学史的进一步梳理和解读。

三、四版在叙述中也存在严谨性的问题。在80年代的小说中写了莫言，"他们的创作都表现出对小说形势探索和语言创新的自觉意识和刻意追求，是探索小说成功的内在动因"。在一、二版的章节安排中，80年代的小说先写了"徐怀中 莫言"，之后写了"马原等人的先锋小说"。而三版和四版都删除了先锋小说一节，以"探索小说 莫言"为一节，关于马原的内容置放在莫言之后。相对于四版该章其他几节以1~3位作家作为一节标题，"探索小说 莫言"似乎不是很和谐，而马原的小说被放在探索小说里，好像也不太合适。

三、四版与一、二版相比，总体设计有所创新，配合重要人物和事件插入了图片，每幅图都有相应的名人名言或说明。对作者和作品的介绍更加简洁。一版介绍王蒙"出生于北京沙滩一个知识分子家庭"，三版直接是"生于北京"；一版介绍其人生历程和作品足足用了近3页，三版缩减为约1页。作家信息的介绍顺序也发生了变化。一版介绍谌容："谌容，原名谌德容，祖籍四川巫山县，1936年10月3日出生于湖北汉口。"三版中变为"谌容（1936—　），祖籍重庆巫山县，生于湖北汉口，原名谌德容"，显然更加简洁，且巫山县的归属也有了更新。从三版和四版对作家信息的介绍顺序来看，大多是作家名、生卒年、籍贯、原名或笔名，如刚刚提到的谌容，还有"陆文夫（1928—2005），江苏泰兴人""汪曾祺（1920—1997），江苏高邮人"。

有的也没按照这一顺序，如"贾平凹（1952—　），原名贾平娃，陕西丹凤人""北岛（1949—　），原名赵振开，祖籍浙江湖州，生于北京"。也有的将作者的籍贯放到了括号中，如"路遥（1949—1992，陕西清涧人）"。对作者的介绍更为简洁，但顺序的不统一却显得有些杂乱。总体来说，内容的改写使四版更加精练，只是有的地方不够统一严谨。

3. 文字的校订

文字的校订是版本更替过程中很重要的一项工作，该著的校订体现出全面而细致的特点，如一、二版中的《组织部新来的青年人》，改为三、四版中的《组织部来了个年轻人》，这是从发表时的篇名改为作家自己寄给刊物时的篇名，体现了对作家的认同与尊重。在评价郭小川时用"战士诗人"代替了"技术革新的能手"，注释中增加了萧三对郭小川《望星空》的评价，显示了战士诗人身份在诗歌创作中的矛盾呈现。再如对莫言《透明的红萝卜》的介绍，三版和四版改为"《透明的红萝卜》（《中国作家》1985 年第 2 期）"，对《红高粱》的介绍改为"《红高粱》（《人民文学》1986 年第 3 期）"，明确发表刊物和发表时间，可以看出作家在 80 年代中期的影响力。

4. 后记的对比

大体上看，一、二版的后记大多记录的是编撰的始末，如交代了编撰的缘由，"教育部实施这一计划是为了贯彻落实第一次全国普通高等学校教学工作会议精神……"，"1998 年 8 月在长春召开的教育部中文学科教学指导委员会会议……将原先的中国现代文学、中国当代文学两门课合为一门核心课程：中国现当代文学"。三、四版的后记删除了这些内容，只提到"吸收本学科近十年来的研究成果……重新阐述'十七年'文学"。在介绍执笔者时，一、二版说"执笔者均是有专长的各高校中青年专家、教授"，三、四版直接列出了高校和机构的名字，"清华大学、武汉大学、南京大学……和中国现代文学馆的专家合力撰写了本书稿"。在第四版的"新版补记"中，更是强调了新版是"互联网＋"新形态教材，如"每章后加设二维码，链接专家学者相关专题学术讲座的视频"，内容多是有关史料、文献或围绕文学现象、学术观点的文章或代表性评论。

朱栋霖等主编的《中国现代文学史》（下册）从一版、二版到三版、四版的变化，不是仅仅将文学史的时间范围下限由 1997 年延伸到 2018 年，也不是仅仅在重点内容安排上对近半数的作家进行了调整，更重要的是，从一版到四版对中国当代文学史研究界长期以来新的研究思路、观念和成果的更新和吸收，融入了编写者对这段文学史的更新的认识和理解。这也为我们通过比较来观察中国当代文学史的更新提供了很好的路径，在将来，文学史书写必然会通过更深更新的研究，形成更有史学特点和文学特点的中国当代文学史著作。

第三节　文本与维度：内部结构性的回归与审视

国内通行的当代文学史著作普遍追求学理性与客观性，相对而言，德国的汉学家顾彬《20 世纪中国文学史》（以下称"顾著"）中当代文学部分的叙述显然更加亲切和灵活。顾彬以回到文学本身的理念切入，研究视野向更广的时间与空间延展，在文学史叙述中融入了个人的主观情感，建构了生动、丰富、鲜活的中国当代文学史。本节试图从顾著与国内文学史著作的比较中发现顾著的特质与创新，为个人文学史的书写提供一种新的可能性。

1. 文本内部结构性的回归

顾著从作品文本出发，对作品的内容、主题、写作手法等因素进行分析，将作品与政治、文化、时代语境联系起来，试图找到作品内部潜藏的文学脉络，是先归纳现象再提升至理论高度的考察路径。顾著较少系统集中地阐述文学史理论，而是围绕具体作品，将理论分散在对文学作品的解读中，理论是围绕着具体作品生发出来的。在当代文学史的写作中，国内学者往往是率先进行理论阐释和思潮总括，预设研究观点和体系框架，按照理论和思潮的特点归纳相应的作品，进行史料的填充，再对作品进行阐释以论证观点的正确性，是先提出观点再进行论证的研究思路和过程。

国内学者编著的文学史的写作重心往往是文学作品与外界的联系。洪子诚的《中国当代文学史》关注文学的生产体制，涉及具体的作家和作品时惜墨如金。朱栋霖等主编的《中国现代文学史（1917—2012）》（下）力求全面有条理地概括史实，考察不同历史和社会背景影响下的思潮和作家创作。在孟繁华、程光炜和陈晓明合著的《中国当代文学六十年》中，孟繁华以"民族心史"为主题，将文学作品视为人的精神外化的具体实践，关注文学所代表的民族心理和精神的变化；程光炜采用"在政治史框架里描述当代文学的传统方法"[①]，看重的是文学与政治的关系；陈晓明将当代文学视为中国"现代性"历史进程中的产物，在文学的"历史化"进程中寻找其"历史化"的缘由和嬗变。於可训、李遇春主编的《中国文学编年史·当代卷》采用编年史的体例，将具有影响力的文学事件，如会议、作品发行、作家创作和经历等连缀成史，不进行具体的评判。贺绍俊、巫晓燕合著的《中国当代文学图志》从文学现场出发，加入图片史料，强调"从当代文学的独特性上去发现中国现代汉语文学的价值和意义"。这些文学史著作大多将当代文学与政治、社会、历史、文化环境等因素联系起来，文学或者是体制的产物，或者是心灵的外化，或者是历史进程中的必然反映，都从社会历史变迁中文学所扮演的角色出发来书写文学的历史，围绕着文学史家试图论证的或预设的观点展开叙述。

顾彬则将目光集中在文学作品本身，不甚关注思潮、历史、社会机制等施加的影响。顾著分析作品的主题、意象与内蕴，从作品内容中归纳出作家的思想倾向和写作主旨，将此视为得以窥见中国社会风

[①]　孟繁华、程光炜、陈晓明：《中国当代文学六十年》，北京大学出版社，2015，第84页。

貌的窗口。将作品作为叙述的出发点，顾著呈现出不同于国内文学史著作的样貌。

一是重内涵轻体裁。顾著不按体裁划分作品，综合考察作品内涵与思想的关联性。国内惯常的做法是将作品划分为小说、戏剧、散文和诗歌四种体裁，每种体裁都要挑选出具有代表性的作品，如不划分体裁，则多侧重小说。这种做法是出于国内文学史中普遍存在的信史性的考虑，小说能够容纳大量的社会生活和时代精神，以小说为研究对象能够最大限度地展现编著者的历史眼光。顾著则打破了体裁的界限，将一个时期之内的文学作品汇集在一起，按照作品的内容分类，并且将注意力较多地投向诗歌，将当代诗歌创作与中国诗学传统接续起来，这固然与顾彬对中国古代诗歌的热爱相关，但也显示出其注重文学作品内涵而非体裁的倾向。

二是重转向轻归类。顾著并未像国内文学史著作一般将作家划分到某一类别当中，而是纵观作家创作的发展和转向，在文学发展的相应阶段给予描述。如在 80 年代初期的"反思文学"中提及了王蒙的作品，在 80 年代末的散文中通过"用爱惜而又嘲讽的视角看待当代"① 发现王蒙作为作家的意义，这是将作家的创作视为动态的过程加以研究。这样能够避免出现将作家分类而其创作发生转向后超出原有类别的棘手情况。如张洁在国内文学史著作划分时常被归类到女性作家中，然而她的作品往往超出女性作家所指向的写作范畴，《沉重的翅膀》可归为改革文学，《方舟》可归为女性主义文学，将作家简单划分到某一类别忽略了作家的创作个性和写作转向的可能。

三是重结果轻成因。国内文学史著作通常从民族精神史、生产体制、政治影响等因素出发分析文学样态的成因。顾著视文学史为文学的历史，而不是政治史或民族精神史等其他。顾著以结果为导向，通过分析文学的样态，得出对当代文学特点的深刻认知。这在顾著对作

---

① 〔德〕顾彬：《20 世纪中国文学史》，范劲等译，华东师范大学出版社，2008，第365 页。

品的分类和选择上有所体现。宗璞的《红豆》本身是包含"革命与爱情的冲突的故事"①，"革命""爱情"让它在文学史中被划入不同的题材类型。顾彬认为宗璞的《红豆》包含两个层次，"首先从党的观点，然后是潜藏的失败爱情"②。在此基础上，顾彬因其反映了"党的观点"将它划分为历史小说，同时认为它能出现在文学史中的理由便是它反映了爱情这种私人情感，这与当时普遍反映"党的观点"的作品不同。国内文学史普遍将《红豆》划入"百花文学"，不仅因为它创作发表的时间，更因为它触碰了题材的禁区，表现了"爱情"这一人性、人道主义的内容。《红豆》因阐释者看重的内容不同出现类型划分的不同，国内文学史因它对主流话语的反叛而将其纳入"百花文学"，看重的是文学作品的创作目的和意义指向；顾著因为作品的内涵与思想将其划入历史小说，偏重的是文学作品最终呈现的样态。

顾著专注于对文学作品本身的研究，探讨文学作品的思想内涵，考察作家实际创作过程中的转向，研究文学作品最终呈现的样态，从中可以看出顾著从作品出发，重视文学自身的逻辑。而国内同期的文学史著作将文学作品视为意识形态或其他社会历史因素的反映物，将文学与其他因素联系起来发掘其间的规律，偏向于历史性。顾著与国内文学史的不同显示了文学史编纂中由来已久的"文史之争"，即文学史到底应向"文学"还是"历史"靠拢。"历史"要求注重文学史的可验性、真实性，强调文学与其他因素的联系；"文学"要求关注作品本身的意蕴和阐释，强调文学自身的逻辑。顾彬面对"文""史"的选择时走向了"文"，从作品出发展开作品的分析阐释，将总体的倾向进行归纳，也在一定程度上避免了"变成作家作品评论的'流水账'"③。

① 洪子诚：《中国当代文学史》，北京大学出版社，1999，第143页。
② 〔德〕顾彬：《20世纪中国文学史》，范劲等译，华东师范大学出版社，2008，第273页。
③ 洪子诚：《问题与方法：中国当代文学史研究讲稿》（增订本），生活·读书·新知三联书店，2018，第46页。

文学作品首先应当是作者思想的表达，这可以给读者带来审美的愉悦。顾著回到了文学的最初，循着作品本身回到个人阅读体验与审美感受，这是个人文学史叙述的基本途径。建立在阅读体验和审美感受上的文学史著作，能够真切地反映出文学在历史长河中的发展与演变，是生动的文学史书写。

2. 共时性与历时性的维度

相较于其他文学史著作就"中国当代文学"论"中国当代文学"的做法，顾著研究视野的延展体现在共时性和历时性两个维度。从共时性维度来看，顾彬站在世界范围内来审视中国文学；从历时性维度来看，顾彬立足当下来观察中国文学。

从共时性维度来看，顾著凸显了中国文学与世界文学之间的联系。一方面，时刻注意世界文学对中国作家创作的影响。顾彬置身于世界多民族文学的比较视野中，认为朦胧诗人效仿海德格尔，高行健受到卡尔维诺的影响，这体现了中国文学与世界文学的联系与接续。他注意到1949年之后作品中军事化词汇的使用，同时注意到在欧洲文学中也出现了类似的现象，由此探究中国战争美学的独特成因和样态，从中欧文学样态的差异入手寻找中国当代文学自身的特点。另一方面，细致整理海外汉学对中国文学的研究成果。顾著纳入了瓦格纳对"百花文学"和《海瑞罢官》的评价，在观点论述、文献引述时多引用海外汉学研究者的成果。

中国文学与世界文学的联系，意味着中国知识分子与世界知识分子的联系。中国知识分子对自身的反思、对民族前途的忧虑、面对社会转型时关于文学未来出路的思索，都是顾彬所关注的，可以说顾彬试图以中国知识分子面对社会转型时的姿态为参照，为世界知识分子提供参考。涉及20世纪90年代的文学商业化转型时，国内文学史会或多或少地流露出悲观的情绪，"市场的冲击""文学边缘化"是文学史中常见的表达，其将文学或某种"纯文学"当作观察对象，将市场所代表的商业文明视为某种强劲的、外来的、不受控的力量。市场的出现瓦解了"50至70年代确立起来的文学规范"①（洪子诚语），"文学面临着商业法则对自身的侵袭和大众传媒的冲击、震荡"②（朱栋霖等语），"市场文化使'一体化'的文化霸权在无意中被分解"③（孟繁华语）。诸多表述中，市场如同洪水猛兽，破坏了人的精神世界里的最后一块净土，知识分子面对市场经济这一新生事物时的畏惧和无所适从可见一斑。

社会转型伴随着知识分子精英立场的失落，文学不再具有轰动效应，影视媒体强势崛起，文学与商业结合似乎是无奈之举。顾著对文学商业化的态度并不明确，与国内文学史著作不同的是它并没有将文学置于易受冲击、需要被保护的地位，而是将文学商业化视为一种"社会性转向"。顾著观察中国知识分子面对社会转型时采取的应对措施，当作家由共名走向"无名"的状态，不再有需要普遍遵守的主题时，知识分子面对社会转向产生的反思和质疑、构建新的精神模范的尝试，都纳入顾著的叙述中。"可是在经济高速发展的情况下，对于伟大土地母亲的歌颂……是否就是中国文学未来之路，必须要将来才能做出回答。也许出路恰在于回想中国文人——他懂得将知识、幽默和责任感集于一身，能经受住市场的任何诱惑——的良好传统。"④ 中国知识分子探寻文学未来之路的举动被视为一种示范，这种示范的最终完成是向中国传统知识分子精神的回归。尽管顾彬并未将商业化视为冲击或不良影响的施加方，但他仍然在一定程度上认同了知识分子的焦虑，肯定他们为文学寻找出路的努力。金庸、三毛、王朔、余秋雨等创作文学商品的尝试代表了在社会性转向中当代知识分子的转变与抉择，对此顾著予以肯定性的评价。也就是说，在纯文学与文学商

---

① 洪子诚：《中国当代文学史》，北京大学出版社，1999，第387页。
② 朱栋霖等主编《中国现代文学史（1917—2012）》（下），北京大学出版社，2014，第259页。
③ 孟繁华、程光炜、陈晓明：《中国当代文学六十年》，北京大学出版社，2015，第60页。
④ 〔德〕顾彬：《20世纪中国文学史》，范劲等译，华东师范大学出版社，2008，第368页。

业化的交锋中，作家的主观能动性在顾著中占有相当重要的地位，作家的转向虽然是"被迫"的，但也是为了适应社会环境做出的积极调整。

顾著与国内文学史著作面对文学商业化时的不同态度，既是由于顾彬并非当代中国知识分子中的一员，不必承担他们的使命，缺少面对社会转型时内心的矛盾与困惑，保持了相对的客观性，也是因为他身处西方发达的资本主义社会，亲近和熟悉商业文明，没有将商业化视为新生事物。因而顾著关注的重点在于知识分子的应对行动，而非文学商业化本身，顾著对中国商业化文学前景的展望更为乐观，从积极的方向肯定了知识分子创作的调整和转变。

从历时性角度来看，顾著以历史的眼光看待当代文学的产生、发展和嬗变。顾彬将当代文学视为中国古代文学和近现代文学传统的延续，这种延续集中体现在诗歌上。其以中国传统的佛教和道教思想解读郑愁予的《偈》，认为诗歌中反映出古老的佛教命题和道家观点。解读余光中的《等你，在雨中》时认为作品使用了 20 世纪 30 年代流行一时的重叠手法。顾著以历史的眼光突破学科界限，将 20 世纪的中国文学作为研究对象，梳理出古代、近现代和当代文学的相连贯之处。不同历史阶段的文学精神和样态，在当代文学独特的生产机制下表现出内在一致的传承性，文学的内部依然是相通的。

"什么是中国作家的作品中所特有的，什么不是；什么是要紧的，什么又不是。"① 顾著试图在比较中发现中国当代文学的独特性，在与世界的比较中发现中国，与古代、近现代的比较中发现当代，进而发现中国当代文学受到了世界文学的滋养和影响，也继承和发展了古代与近现代的文学传统。这样的叙述能够让读者清晰地认识到中国当代文学与他者的不同之处，让"中国""当代"两个关键词显露出来，这与顾彬广阔的学术研究视野是分不开的。个人学术视野的延展会带

① 〔德〕顾彬：《20 世纪中国文学史》，范劲等译，华东师范大学出版社，2008，第 351 页。

来文学史内涵的深化与外延的扩张，形成叙述内容丰富的文学史。

顾著"序言"中提到德国汉学界的中国文学史研究成果颇丰，顾著的创新之处在于"方法和选择"，提出三个"w"问题——什么、为什么和怎么会这样，不再是简单地介绍作品，而是分析作品。由此可以看出顾著写作目的是面向汉学界的个人研究成果的总结公开，属于个人的著书立说，缺少学科化建制的要求和动力，因而其文学史叙述更为任意随性，研究视野更为开阔。国内文学史书写大多是因为"中国当代文学"学科化的内在要求，势必要完成关于中国当代文学学科的合理性论证，文学史的不断重写让当代文学从批评转向理论，进入学术研究范畴。使当代文学拥有合理的现代学科身份是国内文学史写作者们的内在驱动力，将研究视野限定在学科框架内写作当代文学史无可厚非。

3. 主体情感的介入与判断

顾彬在文学史的"前言"中便表明了自己对于中国文学的热爱，这种个体感情成为他写作文学史的动力。与国内文学史著作追求克制、客观的叙述姿态不同，顾著中洋溢着鲜活生动的个体情感，不仅在作品评价中存在个人的偏好与拒绝，也更认可表达个体情感的作品。

顾著在"前言"中指出，评价作品的标准是"语言驾驭力、形式塑造力和个体性精神的穿透力"[①]。顾著对当代作家的评判中夹杂了阐释主体的个人感情。如对王安忆、苏童、高行健等作家的评价，与国内文学史学界的共识性评价存在分歧，对北岛、王家新等在创作上较少受到外界力量干扰的作家给予高度赞誉。顾彬明显表现出对诗歌的偏爱，北岛、郑愁予、朦胧诗派等诗人的作品大量呈现，并给予大篇幅的分析。诗歌侧重表现情感，偏重个人性，语言相较于小说作品更为隐秘，情感的表达和解读更具个人化和个体性特征，而这恰好与顾

---

① 〔德〕顾彬:《20世纪中国文学史》，范劲等译，华东师范大学出版社，2008，"前言"第2页。

彬的情感融入理念相契合。选择经典作品时顾著规避了意识形态的影响，放弃宏大叙事作品，选取从个人视角出发，着重表现个人情感的作品。以"十七年"时期为例，以"三红一创"为代表的红色经典没有纳入其中。在一众描写革命英雄事迹的作品中选取了极具情感性的茹志鹃的《百合花》，顾彬显然有意地选择了与国内主流文学史"经典"相比更具有异质性的作品。

顾著以兴趣为主导，表现出明显的情感倾向。情感的呈现和相对主观的选择和判断，让文学史变得鲜活，透过文本拉近了编纂者与阅读者的距离。国内文学史编纂追求学理性，力求全面、平衡，需要保持情感上的冷静和克制，形成严肃的叙述姿态。但是，在尽量追求客观的背后，仍然存在力不能及的地方。洪子诚认为，文学的精英意识，对模式化、通俗化文学在心理上的排斥意念和潜在的西方文学、现代文学在心理上的参考框架，都会妨碍客观的学术立场。① 从这个角度来看，顾著的意义在于为阐释主体的情感介入文学史叙述提供了一种可参考的路径。

顾著在研究路径上以文学作品为出发点，在比较研究视野中发掘中国当代文学的特色，并以阐释主体的情感介入文学史叙述，展开个人性的评价，使文学史形成了生动、丰富和鲜活的特点。通过比较顾著与国内文学史著作的差异，可以看出国内文学史在作品分析、研究视野和情感介入上有可开拓的空间。这种差异的成因之一是海外汉学传统与中国史学传统的分野。夏志清的《中国现代小说史》和司马长风的《中国新文学史》对海外中国现当代文学史的研究和写作产生了深远的影响，"淡化文学思潮与论争的文学史结构模式"和"'世界向度'与文学性的作家作品评价取向"② 成为海外中国现当代文学史研究方法的重要构成和参照。顾著便是对夏志清和司马长风开创的文学

---

① 李杨、洪子诚：《当代文学史写作及相关问题的通信》，《文学评论》2002 年第 3 期。
② 曾令存：《从夏志清到司马长风：作为海外中国当代文学史写作资源》，《学术研究》2017 年第 9 期。

史观念和写作结构的继承和化用。中国史学素有"究天人之际，通古今之变"的传统追求。史学家在记录史实的同时，要追踪事件的来龙去脉和变化趋势。中国当代文学史的书写，便是采取"文学"角度按照"历史"顺序描述当代文学的产生和发展，它并非文学观念的陈述或史料的堆叠，需要在观念和史实中取得平衡，让文学与历史相互融合。原因之二是世界文学的观察者与民族文学的建构者的区别。在"世界文学"观念存在的前提下，"中国当代文学"才会存在。歌德最早提出了"世界文学"的概念，他认为经过历史的发展，世界各民族的文学最终都将成为"世界文学"①，每个民族都能从世界文学中汲取营养，也能为世界文学做出贡献。顾彬作为汉学家，正是在"世界文学"观念的指导下以总体研究的眼光观察中国当代文学的。国内文学史编纂者将文学与社会历史发展和主流意识形态联系起来，是知识分子建构民族精神时的必然选择和必要努力。"文学总是与一个有着地域边界的民族的主权国家联系在一起，文学也一贯忠实于国家的命运，这样，文学史就不单单是一种国家意识形态的表达，文学史的编写，往往也变成对民族精神和国家形象的一种塑造。"② 文学史承担着构建民族国家认同的任务，民族国家认同通过文学史内化为国家成员的心理和情感结构，国内文学史写作承担着塑造民族精神和激发爱国热情的重任。因此国内文学史对作品的选择和评价事关对民族精神和国家理想的建构，是从文学发展逻辑上为民族共同体确认合理性。

顾著的出现让我们意识到，文学史的书写在庄重严肃之外可以生动、丰富、鲜活。文学史的叙述，是在个人的阅读感受和评价基础上产生的具有共识性的审美感受，在时代、历史、社会和个人因素共同影响下可以呈现出多种风貌。顾彬极具个人色彩的文学史拓展了个人文学史的书写可能，即以个人的见解、想法和价值取向为评判标准，

---

① 〔德〕爱克曼辑录《歌德谈话录》，朱光潜译，人民文学出版社，1978，第113页。
② 戴燕：《世界·国家·文学史》，《文史知识》2003年第1期。

编写一部可触摸、有温度、重感受的"私人"文学史。然而脱离历史与现实语境，过分强调个人解读会令文学史的写作成为"一家之言"，有损文学史的经典性与可信度，顾著的一些解读忽略了历史事实，脱离了中国当代的文学语境，结论未免过于勉强和随意。

正如夏志清重新发现了张爱玲、王德威重新发现了晚清文学与五四文学的联系，海外汉学家的异域视野让中国学界重新认识了许多曾被遮蔽的作家作品。这种"再发现""再解读"作为个人见解，在当时与国内主流文学史的评价和论述并不一致。个人见解能够成为共识的前提是作家创作或作品本身具备审美价值和艺术内涵，即评价标准是美学的标准。将个人标准与美学标准结合展开多姿多彩的个人文学史写作，顾彬的文学史著作在某种意义上实现了这一目的。

第四章

当代文学史话语表述中的分类选择

面对同一文学现象、文学思潮、文学群体、文学地域，不同的文学史著作由于文学史观不同而呈现出不同的书写面貌。反之，通过这些不同的面貌可以看出不同著作的文学史观及其对文学史的影响，从而确定其在文学史上的地位。我们选择潜在写作、先锋写作、女性写作、青春写作以及地域文学，集中观测文学史话语表述中的分类选择，探求它们何时进入文学史、怎样进入文学史、在文学史上有何意义与价值，以及文学史家态度如何。

第一节　文学史话语表述中的潜在写作

1. "潜在写作"进入当代文学史编写

1949～1976年，主流文学界倡导文艺是阶级斗争的工具，文学作品呈现出概念化、公式化倾向。在思想内容上，突出阶级斗争，强化外部矛盾冲突，而人物缺少自身的灵魂搏斗，这使文学创作主体始终处于一种失落状态；而在艺术上，遵循社会主义现实主义、"两结合"创作方法，以及"三突出"创作原则，单一僵化的文学创作方法大大窄化了文学作品的审美艺术空间。思想与艺术标准的失衡，无可避免地导致了50～70年代文学的简单化倾向。文学史研究者把更多的精力和更大的篇幅留给了新时期以来的文学，而对"十七年"文学和"文革"文学则较少关注。

这似乎成为中国当代文学史研究的一种共识，也是一种局限，而这种局限的后果便是加剧了人们对于"十七年"文学和"文革"文学的不客观认识。

在这种情况下，无论是20世纪90年代"潜在写作"史料的引入，还是"潜在写作"作为一个关键词进入文学史叙述，都无疑为中国当代文学史的研究注入了生机与活力。它揭开了中国当代文学50～70年代那段被遮蔽的历史的真相，让我们重返历史现场，还原历史原初景观，构建起对"十七年"文学和"文革"文学全面而公正的历史认知，对重写当代文学史和刷新传统文学史观，具有重大而深远的意义。

"潜在写作"在不同文学史中呈现不同样貌。20世纪80年代前后，夏志清的《中国现代小说史》传入中国，其全新的文学史观和写作范式，尤其是对张爱玲、沈从文、钱锺书等人的推崇，带给当代文学史研究界巨大的冲击和震撼。1985年，陈平原、钱理群、黄子平提出了"20世纪中国文学"的理论构想。1988年，陈思和、王晓明掀起了"重写文学史"的大讨论，在此思潮的推动下，很多学者开始进行"重写"的实践。1999年可谓重写当代文学史的丰收之年，洪子诚的《中国当代文学史》（以下称"洪著"）和陈思和主编的《中国当代文学史教程》（以下简称《教程》）先后问世。前者重回历史现场，以全新的叙史模式将中国当代文学的演进轨迹呈现出来，为当代文学史的生成找到了一条主线。后者则以全新的文学史观，以试图打破以往一元史观的勇气，将"潜在写作"和"民间立场"引入文学史叙写，重构当代文学史面貌。此外，这一年还有王庆生主编的《中国当代文学》、朱栋霖等主编的《中国现代文学史（1917～1997）》等问世。进入21世纪，引起较大反响的文学史著作则有孟繁华、程光炜合著的《中国当代文学发展史》（2004）和董健、丁帆、王彬彬三人主编的《中国当代文学史新稿》（2005）（以下简称"董编"）。

这几本文学史著作以新颖的写作范式展现了 90 年代以来当代文学史的研究与编写所取得的进展与突破，包括客观化、个性化的编写倾向和多元的叙史方式等。其中也包括对 1966~1976 年文学的处理方式。以往的文学史研究对这个阶段的文学大都持批判和否定的态度，甚至以"空白说"一笔带过。而 90 年代末以来的文学史研究与编写虽然也没有完全克服这一局限，但仍然取得了长足的进步。其中最为突出的便是注意到了"潜在写作"现象，并将其引入文学史编写中，把这一时期的文学分为"显流文学"和"潜流文学"予以评说，对它们的思想价值和艺术价值分别进行分析。但是不同的文学史著作对于这一时期的潜在写作又有不同的书写方式和处理原则。

2. 洪著：谨慎处理与搁置争议

洪著以三章十二节 28 页的篇幅论述了"文革"文学，其中又以一节的内容论述了"文革"期间的"地下"文学创作。洪著将其定义为："它们不同程度具有异端因素，写作和'发表'处于秘密、半秘密的状态中。作品常见的传播方式，是以手抄本形式在一定范围传播。也有的以手稿形式保存，当时没有任何形式的'发表'。这种文学现象，'文革'后有研究者使用了'地下文学'的概念。它们与公开的文学世界构成了对比的关系，并联结了 80 年代出现的重要文学现象。"[1]著者将其分为诗歌和手抄本小说两部分予以评说。

在诗歌部分，著者认为诗歌是最具有异质因素的。而这一时期地下诗歌的创作者又分为两类。一类是失去写作权利的诗人，如牛汉、绿原、曾卓等；另一类则产生于上山下乡的知识青年中，他们包括后来朦胧诗派中的中坚诗人和"白洋淀诗群"中的诗人。在这一部分内容中，著者并没有列举和分析具体的诗歌代表作，而是主要分析了这些诗歌产生的内外部因素以及其与 80 年代出现的某些重要文学现象的关联。

---

① 洪子诚：《中国当代文学史》（修订版），北京大学出版社，2007，第 181 页。

在手抄本小说部分，著者则着重关注张扬的长篇小说《第二次握手》，介绍其文本内容并分析小说受到"忌恨"的原因。但是著者并未因小说在当时所受到的追捧而对其给予过高的评价，反而认为其并没有脱离"十七年"文学的基本形态，思想、艺术追求都不够深刻，而《波动》《公开的情书》《晚霞消失的时候》等中篇小说则在这些方面有不同程度的超越。这体现了洪著客观、公正的叙史特点。

然而，尽管洪子诚对"文革"时期的"地下"文学创作现象予以记录和说明，同时也意识到了50～70年代文学丰富而复杂的面貌，在文学史的编写和叙述中，引入了"隐在的文学"和"非主流文学"用语，用于指称那些偏离主流文学轨迹的创作现象，但是他并没有将其作为真正的史料融入文学史叙述，而是采取一种十分谨慎的态度搁置争议，不予置评。

第一，他在叙述中一再强调处于"文革"期间的"地下"文学由于没有公开发表，有些作品甚至只能采取默记的形式进行保留，所以在严格意义上并未构成当时的文学事实，只能算作文学事件或者文学现象。简而言之，这些作品没有在当时产生影响，因此不具备发生学意义，也就不足以进入史学叙述范畴。而对于这些诗歌在文学分期上的归属，他则认为："这些诗，大都公开发表于'文化大革命'之后，如果考虑到它们成为一种真正的'文学事实'的时间，它们其实应属于'新时期文学'范围。"①

第二，以《第二次握手》为代表的手抄本小说，在"文革"后公开发表时都已经作者修改或重写，"无论其内容，还是发表方式，事实上已不再是'文革'中的那些'手抄本'，后者的原来面貌已无法重现"②。在这里洪子诚对这些"潜在写作"史料的真实性提出了质疑，倘若不能确保这些史料的真实性，就不足以建构可信的文学史，

① 洪子诚：《当代文学概说》，广西教育出版社，2000，第134页。
② 洪子诚：《中国当代文学史》（修订版），北京大学出版社，2007，第183页。

毕竟确定史料的创作、发表时间，是文学史编纂中的一项基础性工程。综合以上两方面原因，我们就不难理解洪著会出现这样的处理方式，即将史料引入文学史却不予置评，这其实也充分彰显了洪子诚的创作主张：重返历史现场，呈现历史原初景观复杂而丰富的面貌，以"增加靠近历史的可能性"。

3.《教程》：大胆融合与高度评价

相比于洪著的严谨深邃，《教程》则在文学史研究的独创性上显示出澎湃的激情和卓越的勇气。"重写文学史"的口号提出后，陈思和于1999年在《文学评论》上发表《试论当代文学史（1949—1976）的"潜在写作"》，用四部分内容系统地阐述了"潜在写作"的概念。

首先，与洪子诚重视作品的发表时间不同，陈思和以作品正式出版时所标注的创作时间来认定其文学史意义。陈思和认为，"文革"时期"潜在写作"现象普遍存在，它们在主流文学的简单化倾向之外，展现了盎然的生机图景。"潜在写作"不仅填补了"文革"文学在当代文学史上的空白，而且也有力证明了五四知识分子文化传统并未因权力话语的高压而中断，相反，它以一种更隐秘、更曲折的方式顽强存在着。这就为中国当代文学史的生成与发展找到了一个重要的精神源头和一条主线。

其次，在抒情言志、虚构叙事的基础上，《教程》引进了具有文学因素的非虚构文类，如书信、日记、读书眉批与札记、思想随笔等私人性的文字档案。关于这一点陈思和接受了相关学者的建议，由"创作"到"写作"，不仅拓宽了潜在写作现象的范围，而且也能更加直接、更加原生态地折射出知识分子写作时的思想状态，如陈思和特别强调以《从文家书》为代表的文字档案"真实地反映了作家个人彼时彼地的精神状态，也真实地反映了大变化中极为复杂的时代精神现象"[1]。

---

① 陈思和：《试论当代文学史（1949—1976）的"潜在写作"》，《文学评论》1999年第6期。

　　再次，陈思和区分了"潜在写作"与"地下文学"的概念，也即谨慎处理了"潜在写作"与政治的关系。"由于'地下文学'这个词比较流行，很可能使人们对当代文学史上的'潜在写作'作出望文生义的理解，即认为凡是不公开的写作，尤其是被剥夺了写作权利的知识分子的秘密写作，那么，其一定是与现实政治处于对抗性的立场，使用'地下文学'一词正是包含了这样的理解。"① 进而，他从以无名氏为代表的"隐居者"、以胡风为代表的"捍卫者"、以曾卓为代表的"艺术个性追求者"和以食指与干校时期的郭小川为代表的"深入思考者"四类人的写作方面详细分析了潜在写作的四种基本形态，得出结论："不管哪一种潜在写作，在 50 至 70 年代的特殊环境里都不可能走上与前苏联相似的'地下文学'。"② 因此，从这篇文章的相关论述以及《教程》的写作情况来看，陈思和并没有把"潜在写作"放在与现实政治对立的位置上，相反他一再强调两者之间不是对抗关系，而是一种超越关系，即"潜在写作"以一种超越现实政治的精神思想，在共名时代发出最真实、最个性的声音。

　　最后，陈思和将"潜在写作"与"民间意识"两个全新的文学史概念引入文学史写作，在精英文化立场之外，把文学史的研究视线转向五四以来的知识分子战斗传统和更为广阔的民间文学场域。他没有像洪子诚一样仅仅把存在于 50～70 年代的潜在写作当成一种文学现象去处理，而是把潜在写作史料真正融合到文学史的叙述中，重新整合"十七年"文学与"文革"文学，完成对当代文学史基本构架的重构。他也没有像洪子诚一样对潜在写作现象不予评判，而是融入了更多的主观话语和个人理解，提供了一种新的价值倾向。

　　《教程》用一章四节的篇幅叙述了"文革"时期的文学，除第一节用一半的内容介绍了"文革"的政治背景、"文革"对文学的摧残

---

① 陈思和：《试论当代文学史（1949—1976）的"潜在写作"》，《文学评论》1999 年第 6 期。
② 陈思和：《试论当代文学史（1949—1976）的"潜在写作"》，《文学评论》1999 年第 6 期。

和对作家的迫害，以及以"革命样板戏"一统天下的主流文学的创作方法与弊端外，其余部分都在论述潜在写作，将其摆在了十分突出的位置。《教程》通过区分创作群体将潜在写作分为两部分：一是以老作家为代表的秘密创作，散文部分以一节的内容论述了丰子恺的《缘缘堂续笔》，诗歌部分则以一节重点赏析了牛汉的《半棵树》和穆旦的《神的变形》；二是以年轻一代为代表的潜在创作，将食指的诗歌《这是四点零八分的北京》与赵振开的小说《波动》作为这一节的重点评述对象。与洪著简洁、严谨的叙史风格不同，《教程》引入了大量的潜在写作史料，并进行了较为详细的文本分析，融入了更多的主观理解和个人话语，给予这些作品充分的文学史评价。陈思和认为，以老作家为代表的秘密创作使得五四新文化传统得以延续，而年轻一代的觉醒与老作家在艺术上的探索具有一致性。他们的创作展现了对人性的执着坚守与强烈呼唤，折射了人的主体性的复归。同时，以"白洋淀诗群"为代表的年轻一代的创作，以及其在精神思想上与艺术探索上的努力，为新时期文学的复苏奠定了基础，在这一点上，《教程》与洪著不谋而合。

《教程》以全新的文学史观和写作范式突破了传统文学史研究的局限。然而它所引发的争议和质疑也是不容小觑的。尤为突出的争议就是潜在写作史料的真实性，比如，李润霞通过对潜在写作中的史料的翔实考证，认为作品的真实创作时间与作品正式出版时所标示的创作时间存在一定的时差；李杨也认为"《教程》按照'作品的创作时间而不是作品的发表时间'来进行认定，也就是说按照这些作品正式出版时标示的创作时间来确定其文学史意义，显然过于简略地处理了这个对文学史写作而言非常重要的问题"[①]。简言之，在相当一部分学者看来，真实性问题导致潜在写作缺乏真正的文学史意义。这就直接

---

① 李杨：《当代文学史写作：原则、方法与可能性——从陈思和主编的〈中国当代文学史教程〉谈起》，《文学评论》2000 年第 3 期。

引发了关于潜在写作的另一争议，那就是：潜在写作史料能否进入当代文学史？倘若进入当代文学史，又该以何种标准认定其文学史分期？又该怎样处理它与公开文学的关系？也许，这些复杂的问题与现象，不是能够在短时间内理清的。对于潜在写作史料的真实性，可能还需要更多努力、更多时间来做进一步的讨论和界定。然而，无论怎样，我们都不能否认《教程》对潜在写作的引入与融合，让我们看到了不一样的文学史观与历史图景，为重写当代文学史提供了新的可能性。

4. 董编：标新立异与学理化风格

董编是 21 世纪以来个性比较鲜明的文学史研究著作。该著在很多方面呈现出文学史研究的新特点，比如，对于文学史各阶段做了更细致的划分；将港澳台文学纳入当代文学史编撰，从而突破"社会主义一元化"的思路，以"人心"和"时代精神"变化的角度切入和观察当代文学史、穿插进同期世界文学概况的叙写，使文学史叙写的进程更为立体、格局更为开阔等。而董编最独出心裁的地方在于对中国当代文学史性质的理解，即"'当代文学'这一文学时段，是'五四'启蒙精神与'五四'新文化传统从消解到复归、文学现代化进程从被阻断到续接的一个文学时段。文学史走了一条'之'字形的路"，这种曲折的文学道路或许仍会延续。① 这样的性质认知和评判标尺也会毫无疑问地影响到董编对"文革"文学的书写。

在众多的文学史研究著作里，对于"文革"文学的解读，董编应算是比较透彻深入的，体现了一种学理化的研究风格。它以"显流文学"和"潜流文学"两部分比较公正、客观、细致、均衡地展现了"文革"文学的整体面貌，突破了以往文学史叙述中忽视"文革"期间"显流文学"的局限，对它的叙述模式和情感模式进行了详细分析。在"潜流文学"部分，又以两节的内容分别叙述了散文诗歌的潜在写作现象和手抄本小说的流传。和大多数文学史著作相同，董编也

---

① 董健、丁帆、王彬彬主编《中国当代文学史新稿》，人民文学出版社，2005，第 11 页。

认同两个创作群体的存在。然而相对于老作家群体，它的叙述更偏向于年轻作家群体；相比散文，它更倾向于诗歌。因此它用比较多的笔墨叙写和赏析了食指、黄翔、多多、芒克、根子、哑默等属于"白洋淀诗群"和"贵州诗人群"的诗人及其作品，认为他们的诗歌以或激进或隐晦的方式展现了对"文革"创作规范的疏离甚至对立，同时他们的创作取向却又深深植根于时代。

在手抄本小说部分，董编则又有创新之处，它介绍了三种手抄本小说：其一，以启蒙主义为精神特征类，如《第二次握手》《波动》等；其二，娱乐猎奇类，如《一只绣花鞋》等；其三，生理、性心理探秘类，如《曼娜回忆录》等。但仍以第一类小说的介绍为主。这在以往的文学史著作对手抄本小说的介绍中，是很难见到的。董编对以《第二次握手》为代表的启蒙类小说从人物形象、情节模式、创作方法等方面进行学理化分析，认为这是对"文革"文学创作规范的最大突破，具有重大意义。然而董编又清醒地看到，这些创作与"显流文学"的规范又有重叠之处，特殊的时代局限使它们不能也不可能实现完全的背离与超越，只能成为一种耐人寻味的文化现象。

综上，董编对"潜流文学"的研究与叙写，无论是研究态度还是叙写方式都有较大的创新与进步，它一改洪著谨慎简洁的处理方式，也突破了《教程》重在介绍作品内容和评判过于主观化的局限，使编入文学史中的"潜流文学"研究走上更加学理化的道路，这是董编最为突出的贡献。

对于潜在写作，其他文学史著作中同样能找到相关论述。比如孟繁华、程光炜合著的《中国当代文学发展史》将"文革"时期的潜在写作现象称为"隐秘文学"。其编写的顺序与对潜在写作的认知颇类似于洪著，都将其作为与主流文学相对立的一种异质力量、一种特殊的文学现象。该著着重分析了"白洋淀诗群"诗歌趣味的"形上"倾向和蕴藏其中的现代性意味，认为其与80年代朦胧诗的产生存在重要关联。该著对手抄本小说的论述，强调艺术探索上的不足，认为其无法摆脱主流文学规范的局限。而朱栋霖等主编的《中国现代文学史（1917～1997）》（下册）对于1949～1976年的文学与80年代后的文学在篇幅的处理方式上，呈现出一略一详的状态，仅用三分之一的篇幅书写1949～1976年的文学，在一定程度上折射出编者的文学史观，即对80年代之后文学的重视与强调。在这种观念的影响下，"文革"文学的内容自然被大大压缩，"潜在写作"现象则被概括为"地下文艺思潮"，仅对其进行极简短的论述。

将"潜在写作"引入文学史具有重要意义。当前已出版的当代文学史著作，普遍引入了"潜在写作"史料的研究，然而其研究又呈现出不同的程度、不同的特点，这与编者的文学史观、叙史风格、评判标准直接相关，但是我们不能因个人倾向和喜好做出绝对的"好"与"坏"的判断，我们必须承认每一个编者都有权利对史料进行筛选与取舍，而每部文学史著作都有自己的预期和任务，著者会对某些文学现象或者某段文学分期做出十分精彩的论述，当然也会有做得并不完善的地方，这是文学史书写的本然存在，毕竟有关当代文学史的研究与书写永远都是进行时。

无论是被称为"潜在写作"，还是"地下文学""潜流文学""隐秘文学""非主流文学"，都让我们有幸看到了当代文学发展进程中的一种十分复杂、十分特殊的现象，一段被遮蔽、被掩盖的历史，一个时代明明令人刻骨铭心却又悄然无声的记忆。对于"潜在写作"，尽管存在这样那样的争议，但是谁都无法否认它为重写文学史带来了新的可能性。它为什么出现？又为什么被遮蔽？对于它所处的时代，它意味着什么？对于现在乃至将来，它该以何种姿态进入有字的历史？我们又该如何去寻觅它的踪迹，对它做出全面公正的裁决？这是"潜在写作"留给当代文学史的疑问，也许我们现在还不能给出最完满的答案，但时间和坚持终将证明，让有关它的真相浮出历史地表，不是一个乌托邦式的幻想。

第二节　文学史话语表述中的先锋写作

提到先锋写作，人们最先想起的是马原，"那个叫马原的写小说的汉人"是读者对先锋作家最深刻的印象。这里，我们从马原入手，并比对莫言和余华，探寻不同的文学史话语表述中的先锋写作。

马原同他超前的写作理念一直为评论家所争议。他将故事结构分解成看似不相干的多个片段，时空转变，背景模糊，叙述视角在第一、第二、第三人称之间任意转换，以此造成阅读的陌生化，打破读者长期以来的思维惯性，增加读者阅读障碍。

如何书写马原，是当代文学史书写中的重要问题，也是文学史家无法回避的关键问题，以先锋文学的广义定义为基础，以开放的文学史视域对马原及其作品进行合理的文学史定位更是一个考验。我们选取三种具有代表性的文学史教材——洪子诚的《中国当代文学史》、陈思和主编的《中国当代文学史教程》和朱栋霖等主编的《中国现代文学史（1917—2013）》（下册）（以下称"朱编"）——进行对比分析，试图找到不同文学史家书写马原的不同态度。

通过个案分析和横向对比两条支线来考察当代文学史书写中的马原，力求做到全面细致地复原三部文学史著作中的马原和先锋文学，比较其异同之处。站在新的角度上，反思当代文学史教材编写过程中的优缺点，取长补短、破旧立新，并针对文学史书写和先锋写作提出新的看法。

1. 洪著：客观态度

（1）洪著的马原书写

洪著的马原书写共有四处，其中有三处在"80年代后期的小说（二）"一章中。第一处是在"文学探索和'先锋小说'"一节中，马原和残雪几乎同时出现。大部分批评家只认可马原开了先锋小说的先河，洪子诚则认为其实先锋写作应该是马原和残雪共同开启的，包括马原的叙述自觉和残雪的非现实意象。如在残雪的《山上的小屋》中，母亲把"我"抽屉中的死蜻蜓、死蛾子扔到地上，禁止"我"思考，残雪利用这些意象揭示母亲施加的精神暴力。第二处是写马原的《拉萨河女神》"是大陆当代第一部将叙述置于重要地位的小说"，同时也提到《康巴人营地》和《大师》。在《康巴人营地》中，马原写"我"逆时针进入八角街去康巴人营地，目睹康巴汉子杀死独眼青年的惨案，小说没有任何主题意义。洪峰也依循马原的写作路线，但他不像马原，他积极探索"叙述"与"意义"之间的联系。洪峰小说中有对死亡、性爱等主题的剖析，如《东八时区》中，每个人物的婚姻性爱生活都融入洪峰对这两大主题的个人体会。第三处是讨论马原小说的编造以及他的写作。第四处是在"中国当代文学年表"中，提到1985年2月5日马原《冈底斯的诱惑》发表在《上海文学》第2期。①

通过这四处描写，可以看出洪子诚对马原的评价。首先，他将马原定位在"新"，并将这种"新"称为风景，肯定了马原等先锋作家在文学史中的位置。接着，他纠正了以往批评家只把马原的作品当作先锋小说起点的错误，认为是残雪和马原共同开启了先锋写作，提高了残雪的地位，比其他评论家更为客观。他着重提到《拉萨河女神》的叙述，认为这篇小说突出了马原写作虚构性的特点。马原的这篇小说直接让读者假设这一天是夏至后第二个十天，是适合度假的好日子；故事人物用1~13的数字来代替，按年龄顺序排列；此外，给读者补充叙述了拉萨的自然地理常识，包括拉萨的经纬度、与北京的时差、高海拔造成空气稀薄、游客会有高原反应、气候变化快。这一天的活动如选营地、野餐、游泳等，完全由马原虚构，野餐时都吃了什么罐头、大家下去游泳的先后顺序、2号给其他人讲西藏野人的故事、4号爱干净总是在洗衣服等细节都是作者随机安排的。这种完全编造出来

---

① 洪子诚：《中国当代文学史》，北京大学出版社，1999，第420页。

的小说对文学界冲击巨大，改变了读者对小说属性的认识及普遍的阅读观念，塑造了作者、叙述者与小说人物三者之间模糊不清的关系，在虚构与真实之间来回跳跃，最后毫无逻辑地将故事拼接在一起。[①] 洪著清醒地指出了先锋小说的局限性，其形式、内容都会遇到瓶颈，马原带来的是一种新的小说视点，但是没有新的世界观，这便不可避免地产生了问题。的确，随着先锋热潮的消退，直到 2012 年《牛鬼蛇神》发表，马原才算重回文坛。在"中国当代文学年表"中，洪著选择收录了马原的《冈底斯的诱惑》，这是马原最典型最受关注的一部作品。

（2）洪著的莫言和余华书写

洪子诚对莫言的书写较少，只在介绍 80 年代小说概况时提及。虽然莫言的《红高粱》作为寻根小说与先锋小说的探索性有一定关系，但余占鳌与戴凤莲等高密人民身上具有顽强的生命力、无法预测的爆发力，与土匪搏斗、参加抗日，这些设定更偏向寻根文学，不能完全看作先锋文学。他将莫言的作品定位在 80 年代中后期小说，而对于莫言在 90 年代的成就关注较少，他的文学史书写在整体上弱化了 90 年代。

相对而言，他对余华的重视度则要高很多，洪子诚着重介绍的先锋小说作家有三位，分别是残雪、苏童和余华。在余华书写中，洪子诚总结了余华 80 年代先锋小说的叙述特点，包括余华对现实的探索和对日常经验的挣脱。他对余华 90 年代转型后的成就做了肯定，认为余华从对现实冷漠转变到超然与同情。洪子诚对在国际上有深远影响的小说《活着》保持客观冷静的态度，没有刻意赞赏，只是将其作为余华转型后的重要作品、文学史不可缺少的一部分来书写。徐福贵、家珍一家人的遭遇过于悲惨，在巨大的变迁面前，亲人们由于各种非自然因素惨死，一个接一个死亡，一次又一次生离死别，余华通过这些苦难表现活着是最艰难的事情，可活着也是最有意义的事。这部小说

---

① 吴亮：《马原的叙述圈套》，《当代作家评论》1987 年第 3 期。

因为这样的主题一直饱受争议，洪著中规中矩的处理方式则反映出洪子诚之深沉平稳。

（3）洪著的编写特点

在分析了洪子诚对马原、莫言和余华三人的书写之后，不难看出洪子诚在编写文学史教材过程中所倡导的是客观的态度。在文学史研究过程中，他认为要把握好对历史的处理，历史在前、文学在后，文学只有与历史相联系，才是有价值的文学。钱理群曾说，洪子诚对历史的态度，既有对彼时彼地的历史情境的理解，又不回避历史的严峻方面。① 对作家作品的处理可以反映出作者的价值尺度，洪子诚在书写过程中做到了钱理群所主张的"设身处地"和"正视后果"的原则。

洪著不仅是一本教科书，更是一本学术著作，其拓宽了当代文学研究的眼界，把历史放在第一位，强调史的作用，对作家作品分析讨论较少。把文学创作看成文学史发展中的某一个事件，这使洪著具有浓郁的史学色彩。因此在分析洪子诚对马原的书写时，我们不可忽略这种史学色彩，他将马原与残雪并排在先锋文学的前列是对那段历史的确切重现。他认为，残雪作为先锋女作家的代表，地位相当重要，她笔下的人物在死中求活，始终有生的希冀，这一叙述方向也是早期先锋文学的方向之一。同时洪子诚没有用过多的笔墨描写马原的"叙述圈套"，因为在其看来这部分只是文学史中的一个小事件，应该从整体历史进程的宏观角度来考察马原及其文学创作。洪著时刻遵循着者的编写原则，追求独创性，评论对象占比重多少与该对象在文学思潮中的重要程度直接相关，例如莫言在 80 年代先锋文学中的影响小于马原和余华，因此对莫言没有过多评论。

把文学现象放到当时的历史情境去描述，也是洪子诚的编写原则之一，马原叙述的特点与当时的社会情境是不可分割的，马原的创作

---

① 钱理群：《读洪子诚〈当代文学史〉后》，《文学评论》2000 年第 1 期。

不能说与"文革"的记忆无涉，他只是用独特的方式去找寻社会、人性的真实面。洪子诚也表明了自己对一体化走向多元化的态度。20世纪80年代是单一文学格局转变到多元文学格局的演化时期，在这个解体与重建的年代，旧的文学形态瓦解，新的发展方向得以确立，洪子诚坚持点到为止，不掺杂个人情感，只是沉着地描绘这段历史，对马原的文学陌生化追求，抑或对余华90年代的自我转型，洪著仅是不动声色地持客观态度来写作。

洪子诚对马原的书写与他自身经历和个人观点有重要关联。这本文学史著作完全由洪子诚个人编写，而他本人一直研究当代文学史，对历史了解透彻，全书反复强调历史大事件的产生与发展，对时期划分细致，附录"中国当代文学年表"也证明了他对历史的重视。追求史学化的书写本身就会减少作者个人情感与思想的流露，要求作者以旁观者的角度和去繁就简的语言来阐释，即使先锋文学所处的历史环境动荡不安，洪子诚也依然冷静地还原马原这一作家。他坚持原创精神和独立思考，经过几十年研究的沉淀，才有从容不迫的马原书写。

2.《教程》：民间理念

（1）《教程》的马原书写

《教程》的马原书写共有五处，均在第十七章"先锋精神与小说创作"。第一处是写马原、莫言、残雪等人是80年代先锋文学的开山鼻祖，马原是这场形式改革中的佼佼者，独创了很多令人眼前一亮的小说。其中提到了洪子诚未提的《涂满古怪图案的墙壁》。在这篇小说中，马原直接将主人公姚亮写死了，姚亮与尼泊尔少女的艳遇也完全是凭空编造的，有图案的墙壁也与重要内容没有任何关系，单纯就是为了起一个高深莫测的题目而已。这就是"马原的叙事圈套"。第二处是对比格非与马原的叙写方式，马原的叙写方式是将并列的故事凑成小说，如《冈底斯的诱惑》是由几个完全没有因果关系的故事拼凑在一起的。第三处是写先锋文学受到西方文学熏陶，如马原等人受到博尔赫斯的影响，但他们又不完全像博尔赫斯那样对专一假想世界非常狂热。马原可能受到西藏宗教文化的影响，他的很多小说的背景都是内陆人民在西藏，讲述的也是西藏地区的神秘故事。第四处是马原的叙事革命，他主观臆想情节、用片段组合小说、不确定主题、避免宏大叙事，极力展现个人主义和主观思想。第五处是第二节中详细分析《冈底斯的诱惑》，主要讨论了他的"元叙事"写作达到似真非真的境界。①

这五处描写可以看出陈思和与洪子诚对马原有不同的评价。陈思和提到马原的同时肯定了残雪在先锋小说写作中的地位，不过随后补充马原是代表人物，特别强调了马原创作的一系列先锋小说。在分析莫言和格非的写作特点时也都与马原进行对比，比如马原将毫无关联的故事任意拼接成文章，格非则希望表现人物内心的无序性，同样是追求陌生化、揭示事物的本真状态，两人有不同的手法。② 如格非的《褐色鸟群》，"我"与少女棋到底是否认识，又是否相遇，穿栗树色靴子的女人和她丈夫又与"我"有怎样的交集，整篇小说前后有多重矛盾，格非意在讨论存在的本体论问题，一层一层剥开人物内心。陈思和将马原等人与博尔赫斯进行比较，认为他们不仅仅探寻幻想，还重视现象、融合东方文化自身的传统，其中特别提到马原受到西藏宗教的启发。陈思和还写道，80年代初期因先锋文学的发展，共名情境进入无名状态，这对马原的叙述圈套有直接推动作用。与洪著不同，《教程》对于这种转变是欣然接受并认可的。在第二节中，陈思和围绕"元叙事写作"以《冈底斯的诱惑》为代表讨论先锋小说叙事美学：结构上的连贯性被打破，倒叙、预叙的使用让时间重新整合；人物上第一叙述者"我"的故意混淆（既不是"老作家"，也不是陆高、姚亮、穷布，就连是不是作家马原也不确定）使作者真实身份与小说人物相互依存。

---

① 陈思和主编《中国当代文学史教程》，复旦大学出版社，1999，第295页。
② 陈思和主编《中国当代文学史教程》，复旦大学出版社，1999，第292页。

（2）《教程》的莫言和余华书写

《教程》也花了大量笔墨来写莫言和余华，对这两位作家不同时期的取舍也不同。第一处提到莫言是将其与马原一起作为先锋小说最具代表性的作家，并将莫言与马原进行对比，认为莫言重在追求自我感觉方式中形式上的先锋性。在第十八章"生存意识与文学创作"中，把莫言归到新历史小说作家，以《红高粱》为例评价莫言写作的民间立场和价值取向：情节上以民间暴力和性爱为主，人物上以正反相对、鲜明刻画英雄为主，形式上以魔幻现实色彩、大胆运用词汇为主。同洪著一样，《教程》中也没有更多提及莫言在90年代后的写作，仅在附录二"当代作家小资料"中有所涉及。

与莫言相同，余华也被列入先锋作家行列，他继残雪以后对人的生存进行更深入的探索。《教程》在第十七章中用一节分析余华的《现实一种》。余华通过零度叙事细致描绘人性的丑恶，利用山岗、山峰两人的对称性铺叙看似滑稽的暴力美学。从儿子们的无意伤害到家长们的恶意报复，无论是偶然还是本能的犯罪都像一场游戏，最后山岗的生殖器官移植成功仿佛暗示这荒谬的游戏还会继续。但余华这种"虚伪的形式"趋于定型化，必然要面对改变的结局。在第二十章中，陈思和又写了余华的重要转型，认为《许三观卖血记》是向现实社会分享自己的思想的表达。在第二十二章中，陈思和再次提及《活着》和《许三观卖血记》，认为这两部转型后的作品反映出中国人承受苦难的乐观态度，是始终坚持民间理想的文学创作。许三观靠着卖血一次次帮助家人、朋友渡过难关，他的善良、热心、乐观让读者看到了社会底层的温暖，不再像早期作品中人物一样冰冷毫无人性。可见，陈思和对余华前后期的创作都做了全面的分析。

（3）《教程》的编写特点

从陈思和对马原、余华、莫言三人的书写中，可以发现《教程》积极关注和特别强调了先锋写作。陈思和在"前言"中写道，《教程》是以文学作品为主的文学史教程。与洪著相反，《教程》的文学史知识较少。根据 20 世纪文学史构成的三个层面，陈思和倡导学生先去读作品，揣摩现代汉语的美感，再去考察它背后的文学运动、创作思潮，站在一定高度上品味这段梦想、奋斗、血泪融为一体的历史，最后要能够了解当代文学的产生不是孤立的，而是精神凝结所致。因此，陈思和引入马原的《冈底斯的诱惑》、莫言的《红高粱》、余华的《现实一种》《活着》《许三观卖血记》等先锋作品，并深刻分析作家的写作特点。这些就是所谓的第一个层面的优秀作品。《教程》中阐释的几个关键词也显示了其个性化的文学史观。如"民间文化形态"。在 80 年代及以后，"民间"一词有更广泛的审美价值，它希冀表达人类最单纯的欲望、最渴求的幻觉，是人性挣脱束缚、达到极度自由的状态，先锋小说中变态、绝望、孤独等一系列主题都是民间文化形态在 80 年代的折射。再如"共名与无名"。马原、余华、莫言所处的时代正是文学从共名走向无名的时期。共名指可以统一概括时代主题的文化状态，而从改革开放开始，多层面的写作、多元化的文学追求成为显性特征，《教程》以"无名"指涉这一时期。共名与无名的提出也影响到对马原的评价，与客观冷静的洪著不同，《教程》格外注重这种看似"异端"的作家，并且详细探讨他们在无名时期的发展与转型。由此可以看出，《教程》对 80 年代的文学给予很大的认可，从马原的陌生化写作到余华的冷漠叙述再到莫言的民间理想，都符合《教程》无名状态的表述，同时 90 年代的个性化写作更是得到《教程》的关注。

《教程》特别突出作家作品，重视评论。与洪子诚独立完成文学史的写作不同，《教程》是陈思和主编、多人共同完成的文学史。陈思和负责"前言"和第一章的写作，其他参编人员按照陈思和的编写思路，抓住"民间的理想主义""共名与无名""潜在写作"等关键词，完成后面的章节。正是这种集体写作，无形间让《教程》呈现出自由开放、包罗万象、百花齐放的形态，给我们展现出一个更加开放、更加个性化的文学史图景。不过我们也不得不承认，《教程》主观色彩浓重，对一些作家作品的分析不够客观，并且有的内容忽略了特定时代背景等社会因素。这些也经常被一些批评家所提及。

3. 朱编：合二为一

（1）朱编的马原书写

朱编的马原书写共有两处，均在第七章"80年代小说"部分。第一处是写马原的两部作品可为先锋小说的先声，小说的形式被进行大胆的革新，莫言、马原以及余华等作家的作品都表现出对小说模式的探索和对语言创新的渴求。第二处是在第五节的探索小说中详细描写了马原小说的特点和理念。[①]

朱编对马原的书写比较清晰，第一处在80年代小说概述中，第二处是第五节对马原的整体评述。第一处提到马原是由先锋小说展开的。在80年代中后期，当代作家开始多元化探索，成果之一就是先锋小说，其中有马原的《拉萨河女神》和《冈底斯的诱惑》，它们是注重形式改革的小说的先声。朱栋霖等也认可马原开创了小说结构和语言游戏的先河，紧随其后的才是洪峰、格非、叶兆言等人。接下来，朱编以文学观念的转型、传统文化的重构、思想价值的找寻等社会语境下先锋作家的自我探索为主体内容讨论马原。朱编将莫言和马原放在一节中，都归类为探索小说作家，他们的创作都自觉追求叙事新颖。与洪著不同，朱编中对马原个人事迹有详细介绍。与《教程》又不同，朱编没有选择马原有代表性的小说作品进行解读，而是从不同层面对马原写作特点进行分析。首先，马原的小说疏离意义，满足于叙事，带有游戏性质。《虚构》中"我"在都是麻风病人的玛曲村的经历，如生病时受到有麻风病的女人的照顾，去老哑巴家的事，从五月三日开始算好像待了五天但从村子出去才五月四日等，这种安排使整篇文章都像虚构的游戏。其次，马原的"元小说"叙事把读者也拉进完全虚构的小说中，情节中会出现对结构、线索、人物的探讨。《虚

---

① 朱栋霖、朱晓进、吴义勤主编《中国现代文学史（1917—2013）》（第三版）（下册），高等教育出版社，2014，第120~121页。

构》结尾，马原为了不让大家指责，明确告诉读者他是故意杜撰的，写麻风村是因为他妻子采访过，同时又看了法国人和英国人的书，在拉萨遇到的司机又提起过麻风村。再次，马原叙事之间没有联系，无论是情感关系还是逻辑关系，只是片段拼凑，其中列举了《冈底斯的诱惑》中几个故事并列，分别为老作家来西藏写剧本、穷布打猎遇到野人、顿珠突然学会《格萨尔王传》并同顿月的妻子尼姆一起生活。最后，朱栋霖等对马原做出客观的评价，既没有洪子诚的个人情感抑制，也没有像陈思和那样大加赞扬，而是认同马原对汉语写作的开发及他的文字功底，但也指出这种写作存在问题，即对意义彻底放弃的危机性和沉迷"游戏"迷宫的危险性。

（2）朱编的莫言和余华书写

朱编也用较大篇幅写了莫言和余华，其将莫言放在80年代而将余华放在90年代。同马原一样，莫言小说也以先锋写作为主，朱编选了《透明的红萝卜》和《红高粱》这两部围绕莫言的乡村世界进行书写的小说。对于前一部，在简单介绍小说梗概后，讨论了黑孩的形象，突出莫言写作的非现实色彩。对于后一部，先明确了故事的两条线索，接着对其题材处理的反叛与传统抗日题材大相径庭做了阐述，又由浅入深解释了《红高粱》陌生化的体现，分别为"非故事"方式，一、三人称并用，大胆随性的语言运用等。

而从朱编对余华的书写中可以看出其更重视转型后的余华。在余华前期创作中，朱编选择了《十八岁出门远行》作为代表。其中的"我"一直在寻找旅店具有象征意味，旅店代表初入社会后精神归属的一个憩所，破旧的汽车可以是旅店，因为可以安放十八岁少年的心灵；旅店还预示着教育的不全面，一路上遇到的问题没有人给"我"答案，痛苦必须由"我"承受。朱编也提到了《现实一种》，并总结了三个主要特点——寓言性、象征性、冷漠性叙述，还提到了《世事如烟》的抽象化、形式化。余华让先锋小说的叛逆达到巅峰。对其转型后的小说，朱编主要以《兄弟》为例来看回归传统开始讲故事的余华：一方面，他转向民间，贴近日常社会；另一方面，他重新解释现实，使用暖色调，将善恶对立，重塑人与生活。在《兄弟》中，李光头与宋钢两人的一生起起落落，最后宋钢失业，李光头一夜暴富并拐走了宋钢的妻子，对亲情彻底绝望的宋钢卧轨自杀，在遗书中他原谅了李光头，认为他们还是兄弟。这种构思一反早期兄弟反目成仇的设定，更多地加入人间大爱。因此，朱编对马原、余华、莫言三人都是尽可能地做到公正详细的真实还原。

（3）朱编的编写特点

朱编吸取洪著和《教程》的长处，基本做到了"合二为一"，既有广阔的史学视野，又兼顾文学作品的文学价值。在对马原、莫言、余华的书写中，朱编非常有条理地列举出马原小说的叙述特点，让初学者一目了然，同时对一些名词进行解释以方便读者理解，如对马原的"元小说"叙事，以脚注形式解释"元小说"意为关于小说的小说，既沿用小说这种体裁的种种原则，同时又竭力破坏这些原则，对小说的表现形式提出质疑。另外朱编的研究性、学术性词语较少，不像洪著既像教材又像个人学术专著，学术性强，要初学者花时间仔细品读。朱编用最简单的词汇书写最通俗易懂的文学史。朱编还选择以作家作品为主的写作方法，阐述各个时期的文学思潮及文学成就，按照小说、诗歌、戏剧及散文等体裁分类，不同体裁之下详细介绍代表作家，将文学史知识贯穿其中，每章最开始都是概述，导入各时期的社会大背景，大篇幅描写文体变化、大家名著的赏析，将风格相似或处在同一思潮影响下的作家列在一起，精简了一些在书写者看来不太重要的历史，既巩固其作为教材的历史地位又能很好地体现文学特色。

同《教程》一样，朱编也采取了集体创作方式，由朱栋霖与朱晓进、吴义勤共同主编，还有其他作者共同完成写作，因此朱编在处理马原等先锋作家的问题上也持较开放的态度，客观冷静地写透他的特点，并描述这种文化观念的新与旧的碰撞。集体写作易发挥每个人的优势，同时亦有统一标准和统一风格的难度。尽管如此，朱编基本上做到了"合二为一",即文学性占主体、历史性为辅助。朱编也不断吸取学术界新的研究成果和研究方法,每一章后面都有"研习导引",如讨论莫言的《红高粱》与"民间",引入莫言的一段回忆,总结出民间即是作家以个人经历为内容来构思作品,民间写作则是充分发挥自我特性的写作;除此之外还引入陈思和在《教程》中的观点来讨论民间文学与精英文学。朱编还站在世界文学的高度应用比较文学的方法进行书写,比如写马原受到西方现代文学及后现代文学的启发;余华受到外国现代作家引导,其叙述方式中可以看到卡夫卡、福克纳、博尔赫斯等人的影子。在卡夫卡的《乡村医生》中,病人不想被救治,只求一死,医生失去了原本的职业价值,引发了人的生存究竟为了什么这一问题。余华在作品中也反复提出类似的问题,或消极放弃生存,或陷入无边的绝望。

4. 求同存异:重写文学史

经过以上对比,可以看出洪著、《教程》和朱编有一些共通之处,也各有特点。

三部文学史著作的共通之处,主要表现在两个方面。

第一,三部文学史著作都认可马原在先锋小说中的关键性地位。在洪著中,马原和残雪共同带动先锋文学;在《教程》中,马原是叙述方式变革中的典型作家;在朱编中,马原的小说作为先声,发起小说形式变革的第一枪。三部文学史著作从不同角度论证马原对先锋文学的贡献,并且在相关章节也以先锋趣味、先锋意识为中心,完成马原书写。随着80年代城乡改革发展,先锋小说不断升温,评论家对隐喻也开始关注,在解读马原的背后,也要看到80年代社会各阶层思想观念的转变,此外文学消费也是催生当代文学转型的一部分原因。[①]那个年代西藏在大众视野中很神秘,西藏"旅游热"也没有兴起,而马原小说中的拉萨满足了大家的想象。

---

① 程光炜:《文学史二十讲》,东方出版中心,2016,第163页。

第二，三部文学史著作都讨论了马原的叙述圈套。洪著以《拉萨河女神》为例引出马原的虚构性，《教程》以《涂满古怪图案的墙壁》为例引出马原的语言实验，朱编以《虚构》和《冈底斯的诱惑》为例引出马原的探索小说。三部著作通过马原不同的作品，谈及他的陌生化写作、"元小说"叙事、多元视角的使用，他追求阅读陌生化，打破读者以往思维的连贯性，不重视事物的意义，而注重表达自我的真实想法。在这些文学史书写中，都可以看到马原独一无二的创新。确实如此，马原小说解构意义、崇尚形式，徘徊于真实与虚构之间，比如，《西海无帆船》中的时间混乱，马原解释为山上和山下时间流逝的速度不同；在故事中还穿插着零散的日记；每个章节的长度也随心所欲，第十三节就故意短一点；到最后又辩解此文为虚构作品，以人称变化来干扰读者，双线并进跳过不明确的情节，还用性爱吸引读者阅读；等等。

但不同的文学史书写者会根据自己的文学史观选择材料、增减内容，同时对马原及先锋文学的态度也会影响到文学史的书写。相比之下，洪著偏冷静，没有过多涉及；而《教程》较为看重马原及他的先锋精神；朱编则介于两者之间，保持客观态度，不偏不倚，既有肯定的地方，也有质疑的问题。洪著强调史实、史识，突出历史时间，具体年限频繁出现，一些书籍的出版时间或某一文学论争的时间段会在括号中明确标注出来。洪著想要无限接近历史真实，更像一部史书，这也决定了它不会用华丽的辞藻去赞扬作家，也不会过多叙述作品的中心内容，只是聚焦推动文学思潮的部分，用高度凝练的话语书写，对马原等先锋作家保持谨慎客观的态度。《教程》由集体编写完成，集思广益，有主观倾向，欣赏马原的先锋文学，不惜花大篇幅结合具体作品透视马原"真实幻觉"的手法。其对一些学术名词还在章节后面进行注释，如"形式主义""能指所指"等，便于学生理解。《教程》认为，这些先锋作家虽然在90年代将步伐放缓，但在文学领域的探索却没有停下来。《教程》是以文学作品为主的教材，用单独一章论述进行先锋写作的三个作家的三部作品，用其中一节分析《冈底斯的诱惑》，整部文学史著作融入了陈思和的"民间文化形态"和"共名与无名"理念。《教程》认为从一元走向多元是文学创作必经之路，马原的作品意味着新的文学时代的到来。朱编较为客观，其以作家为主线编写文学史，交代作家创作经历、分析作家写作特点。朱编认可形式各异的先锋小说为当代文学注入新的活力，但同时也认为这类小说受到诸多限制，其推翻一种体系后留下的是虚无，引申到马原创作中也是如此。这三种态度基本涵盖了学界对马原的观点和看法，其余的文学史书写也都努力还原马原的真实面目，反映当时文学的真正状态。求同存异是重写文学史的主要特征。

三部文学史著作的三种文学史写法各有利弊。洪著偏史书的写法在学术界影响深远，史识的宽和史料的厚让诸多写史者望尘莫及。但它对先锋文学"创新性"的态度有所"保留"。《教程》以文学作品为轴心整合文学史，同时它对"民间的理想主义"、"潜在写作"和"个人立场"的表述为文学史写作提供了新思路，这种乐观包容的态度有利于先锋文学的传播，但仍有不足，其在某种程度上忽略了民间意识同主流文化导向的趋同性，过于抒发民间情怀，同时潜在写作因无法确认写作的真实年代而缺乏史学意义。[①]朱编以作家为主线架构文学史，按照小说、诗歌、戏剧、散文等类别来划分，有利于文学史的完整体现，这种分门别类的方式有很强的条理性，使初学者也可以一目了然，通俗易懂、中规中矩，没有什么致命的问题。[②]

20世纪80年代末，学术界提出"重写文学史"的口号，陈思和、王晓明指出，写文学史，是为了"冲击那些似乎已经定论的文学史结论"[③]。90年代之后，上百种文学史教材出版，但在具体实践过程中仍

---

① 李杨：《当代文学史写作：原则、方法与可能性——从陈思和主编的〈中国当代文学史教程〉谈起》，《文学评论》2000年第3期。

② 贺桂梅：《文学性与当代性——洪子诚的当代文学史研究》，《文艺争鸣》2010年第9期。

③ 陈思和、王晓明：《主持人的话》，《上海文论》1988年第4期。

然有许多问题有待探索。首先，文学史书写方式要探索，有的书写者还停留在单纯地增加或删减入史的作家作品层面，对文学史的敞开重建仍不够深入，从本质论转移到建构论的方法尚在初期。其次，对当代文学的前景要有重新认知，目前当代文学史的时间段已经是现代文学史两倍还多，未来的文学史该如何命名、如何书写？洪子诚认为当代文学史已经终结了，那么以后的文学史可能会是具体到某一个类别、某一个流派的历史，不再是这样百科全书式的文学史。如按照类别划分，写先锋文学史。最后，新型史观要确立，一体化走向多元化，由建构到解体再到重建的步伐要加快。通过对马原及其先锋文学的书写可以看出，"重写文学史"需要勇气、学养和责任。同时也要考虑文学史的定位，如是教材还是专著。作为教材，文学史首先面对的群体是本科生，如果写得过于晦涩难懂则不利于教师教学、学生理解，在一定程度上会减弱学生的热情；但写得过于浅显，又无法满足学生的知识期待。洪子诚的《中国当代文学史》、陈思和主编的《中国当代文学史教程》、朱栋霖等主编的《中国现代文学史（1917—2013）》（下册）为我们提供了三种不同的文学史认知，从中我们可以看到当代文学史中马原及其他先锋作家的文学史地位以及"重写文学史"的真正价值。

第三节　文学史话语表述中的女性写作

在人类文明发展史上，自从父系社会成为人类社会的基本形态，父权宗法制逐步确立其坚不可摧的统治地位，造就了以男性话语为主导的文化形态。男性始终掌握最高话语权力，男性意识和男性视角通过社会化途径被树立为唯一标准，否认两性主体地位，实现话语霸权。在漫长的中国文学发展历程中，相对于男性视角、男性话语的普遍性存在，受制于男权统治下的宗法礼教、社会秩序和家庭秩序，女性声音、女性观点、女性视角被封禁、被压抑、被遮蔽，成为特殊性存在。

20世纪初，辛亥革命、五四新文化运动的激荡首次撼动了中国千百年来的父系社会秩序。新时期以来，西方女性主义理论开始被大规模译介进入中国，这迅速更新并颠覆了妇女对自身主体地位的认知。短短一个世纪，女性的命运发生了翻天覆地的变化，一直处于被压抑、被遮蔽状态的女性之声开始"浮出历史地表"，女性作为人格意义上独立的个体开始吟唱自己的声音。无论是第一次真正具有"女性写作"意义的五四女作家群，还是在80年代迅速崛起的女作家群，抑或是在90年代蔚然成风并引起文坛争议的新生代女作家，中国当代女性写作历经半个多世纪，从艰难曲折中走来，终于摆脱文学史书写的"空白之页"，迎来21世纪的艺术春天。

"女性写作"概念主要来自著名女性主义文学批评家戴锦华教授的观点："我自己更愿意用'女性写作'这个概念来谈所有关于女性的文化事件、文学事件。女性写作中，我非常强调实践的意义。女性写作是一种包含了很多可能性的、具有无限空间的文化的尝试，可以叫做一种文化的探险。这种探险的意义在于，把长期以来没有机会得到表达的女性的经验、视点、对社会的加入、对生活的观察，书写出来。而且我相信这种女性写作还能包含某些传统男性写作所不能达到的空间，具有更多样的可能性。"① 中国当代女性写作是20世纪中国文学的重要组成部分，特别是进入90年代以后，社会转型带来个性的进一步张扬，西方女权主义理论引进，女性意识崛起，这些都为女性作家创作创造了得天独厚的条件，女性写作也成为八九十年代以来频繁引起讨论的重要文学现象。

随着历史转型、社会变革，女性自身个体意识觉醒和呐喊反抗，中国女性地位确实在短短一百年间发生了翻天覆地的变化，女性写作

---

① 谢冕、戴锦华、郑敏：《诗歌的女性视野：关于〈中国女性诗歌文库〉的多边对话》，《中华读书报》1997年第17期。

及相关文化研究也浮出地表，由无声变为高歌，由从属走向独立，从文学史之外走进文学史之中。这样的改变在带给我们欣喜的同时，还让我们不得不思考一个问题，即女性写作在中国当代文学史话语之中的文学表述及其所呈现状态的得与失。

1. 女性写作在文学中的不同景观

20世纪八九十年代是中国当代文学史研究的高潮期。"80年代之前，中国当代文学史屈指可数（仅有5部，平均每4年出版1部）；80年代之后的中国当代文学史研究出现了高潮（共计75部，每年平均几乎3部），尤其是1990年至1999年，每年出版9部、10部。"① 这在很大程度上得益于学界在80年代中后期对陈思和、王晓明提出的"重写文学史"这一概念的热烈讨论。时至今日，中国当代文学已经有70多年的历史，产生了大量的文学史文本，截至2018年10月，收藏于国家图书馆的以"当代文学史""二十世纪中国文学史""共和国文学史""新中国文学史"等名称出现的当代文学史教材有81种。② 翻阅几部较具权威性的通行文学史著作，如陈思和主编的《中国当代文学史教程》，孟繁华、程光炜的《中国当代文学发展史》，董健、丁帆、王彬彬主编的《中国当代文学史新稿》，朱栋霖、朱晓进、吴义勤主编《中国现代文学史（1917—2013）》（下册），洪子诚的《中国当代文学史》，顾彬的《20世纪中国文学史》，王庆生主编的《中国当代文学史》等，其中男性作家及其作品占据当代文学史所选史料的绝大多数，而女性作家及其创作所占篇幅相对较小。

以上述所列当代文学史著作为例进行统计，陈思和主编的《中国当代文学史教程》共计二十二章八十八节，章节名称中关涉到的女性作家有茹志鹃、宗璞、戴厚英、铁凝、张洁、舒婷、残雪、王安忆、翟永明、严歌苓；孟繁华、程光炜的《中国当代文学发展史》共计二

---

① 吴玉杰：《多元文学史观与"个人撰史"现象》，《文艺争鸣》2007年第12期。
② 张均：《当代文学应暂缓写史》，《当代文坛》2019年第1期。

十章九十三节，章节名称中关涉到的女性作家有杨沫、残雪、池莉、王安忆，"女作家与女性文学"为第十八章"90年代的文坛"中的一节；董健、丁帆、王彬彬主编的《中国当代文学史新稿》（第三版）共五编二十七章一百二十八节，章节名称中关涉到的女性作家有茹志鹃、杨沫、冰心、杨绛、张洁、王英琦、唐敏、叶梦，其中专设"女性写作"一节，谈及陈染、林白、徐小斌、徐坤四位女性作家；朱栋霖、朱晓进、吴义勤主编的《中国现代文学史（1917—2013）》（下册）共十五章四十五节，章节名称中关涉到的女性作家有杨沫、谌容、王安忆、陈染、张悦然；洪子诚的《中国当代文学史》（修订版）共计二十七章，其中谈到杨沫的《青春之歌》，单独设置第二十三章"女作家的小说"，谈到戴厚英、张辛欣、宗璞、谌容、张洁、王安忆、铁凝、迟子建、林白、陈染、徐小斌、徐坤、海男；顾彬的《20世纪中国文学史》共设三大章，全书简单提及的女性作家有张爱玲、林海音、翟永明、杨沫、宗璞、舒婷、遇罗锦、棉棉、卫慧、虹影、三毛、琼瑶；王庆生、王又平主编的《中国当代文学史》（第二版）共四编四十四章一百七十三节，章节名称中关涉到的女性作家有草明、茹志鹃、杨沫、凌力、刘索拉、残雪、池莉、舒婷、伊蕾、翟永明、杨绛、迟子建、毕淑敏、叶广芩、安妮宝贝、梁鸿、聂华苓、於梨华、黄碧云、钟晓阳，专设"女性作家和女性小说"一节，谈及宗璞、张洁、谌容、王安忆、铁凝、林白、陈染；贺绍俊、巫晓燕的《中国当代文学图志》共五章四十节，其中专设一节命名为"女性写作"，谈及的女性作家有陈染、林白、张梅、徐坤、卫慧、棉棉、周洁茹、魏微、张洁、铁凝、迟子建、王安忆；於可训的《中国当代文学概论》以小部分篇幅讲述了以林白、陈染为代表的女性主义创作。

在查阅的九本文学史著作中，有五本专设章节叙述女性作家和女性小说，其他四本也论及女性作家作品，但未列专章且只叙述了部分女性作家。可以看到，女性作家作品和女性写作在90年代以来的文学史著作中不断被书写，有的文学史著作将"女性作家"列为专章，有的没有，但在其他章节也有提及女性写作；有的女作家被重复提及，而有的女作家却从未"入史"；同一女作家被不同的文学史著作予以不同评价。这就让我们不得不困惑于文学史书写的千差万别。但不难发现，女性写作在当代文学史中所占篇幅确实少之又少，且部分女性作家（这些作家是具有经典性的作家）被多部文学史重复提及，后续文学史书写也鲜少挖掘存在于"历史地表之下"未被以往文学史著作提及的女性作家。这和女性写作的实绩有关，当然也可以看出女性写作在中国当代文学史著作中确实呈现出边缘化状态。

2. 女性写作"入史"边缘化现状的原因

一个世纪以来，女性作家作品的"入史"情况确实在不断改善，上面所列举的九本文学史著作中也出现了不少女性作家的身影。但是一部文学史的编纂出版受到多方面因素影响，过程艰难而复杂，主流话语干预、文学史观差异、传统书写范式制约等种种原因，都使女性作家写作无法以清晰的面貌呈现于文学史之中，长久地处于主流之外，呈现出边缘化趋向。

首先，主流话语干预。20 世纪 50 ~ 70 年代，文学史的书写受到主流意识形态的干预和影响，承担着政治文化引导和宣传的重任。当代文学史对女性作家及其作品的选择、评价，都是根据既定的价值尺度进行的。是否合乎主流思想文化、是否符合男性传统期待视野、是否能被主流化解读，成为能否"入史"的评判标准和尺度，这无疑会促使女性作家在文学史书写中被边缘化。

其次，文学史观差异。1988 年，陈思和、王晓明在《上海文论》开辟"重写文学史"专栏，正式提出了"重写文学史"这一口号，试图冲破文学史写作的"公论"束缚，深入探讨文学史研究多元化的可能性，而多元文学史观的形成与发展即是"重写文学史"的重要实绩。在这样的文化背景下，80 年代对西方文艺思潮和批评方法的引进为文学史家探求新的当代文学史建构方式提供了新的思路。比如，洪子诚《中国当代文学史》的史学编纂观念就明显受到福柯"知识考古学"理论的影响。洪子诚提出："设法将问题'放回'到'历史情境'中去审察……以增加'靠近''历史'的可能性。"① 因此，在文学史书写中，洪子诚对女性写作的表述就着力于回归历史现场的"大历史"叙述，充分挖掘女性写作以群体面貌出现以及相关概念界定过程的特殊历史背景。尽管孟繁华、程光炜合著的《中国当代文学发展史》也注重文学发展历程外部环境的还原，但相较于洪子诚的文学史著作，这部文学史著作更注重追求"现代性"，坚持以"现代性"的眼光审视当代文学。谈及女性作家与女性文学，孟繁华、程光炜坚持辨析式的叙述方式，在充分尊重其他学者意见看法的基础上，较为公允地展现了受到社会经济政治和社会文化心理影响的女性作家写作的本来面貌。总之，坚持回归历史现场的"大历史"叙述的史学自觉是文学史书写的一种良好状态，但相对忽略了对"女性写作"这类所谓"小历史"的全面关注和深入挖掘。对于撰史者而言，实现"大历史"与"小历史"的融合叙事，才是构建和丰富当代文学史的有效途径。

最后，传统书写范式制约。在惯以思潮、流派、现象为主要线索进行文学史串联的传统文学史书写范式中，女性写作也难逃"被范式化"。一个世纪以来，有的女性作家被编入文学史，但她们却也只是众多女性作家中的吉光片羽。尤其到 20 世纪 90 年代，女性写作蔚然成风，但文学史著作对其的呈现普遍表现出"现象大于创作"的特征，即对女性写作以群体化面貌出现的这一现象予以高度关注和表述，而忽略了现象之下的女性作家的具体创作表征及其意义。女性作家创作被选择性"入史"、"肢解化"解读。她们留给后世读者的文学面貌是残缺不全的，读者读到的往往只能是她们中的一部分作家，只能是她们所有文学创作的一些片段。从这一层面看，女性写作想要在文学史中实现平等对话，就要努力突破传统书写范式的制约，自觉参与或主导建立健全更加完善的文学史书写体系。

---

① 洪子诚：《中国当代文学史》（修订版），北京大学出版社，2007，"前言"第 4 页。

3. 文学史中关于女性写作的话语表述比较

作为教材的文学史是撰史者的普遍追求。因此，清晰的文学史脉络和逻辑是文学史撰写的必要条件。女性写作以鲜明的章节标题呈现于文学史中，也彰显出文学史家致力于史学现象研究和教材撰写的双重意识和目的。当代文学史对文学思潮、现象及作家作品的呈现基本沿袭纵横交错的体例。纵向上是时间延伸，50~60年代、70年代、80年代、90年代、21世纪初；横向上为某阶段的代表作家，包括生平简介、代表作品。对女性写作的表述也不例外。

在对女性作家创作有专门章节呈现的文学史著作中，史著者将女性写作集中定位于80、90年代，将其作为一个群体进行考察，作为一种特殊现象进行分析，这在洪子诚的《中国当代文学史》中表现得尤为典型。在这一著作中，洪子诚专设一章谈"女作家的小说"。虽然分析女性作家创作的篇幅有限，但他深刻洞察了女性作家在80、90年代特殊的历史情境中逐渐以女性群体面貌进入研究者视野的微妙过程。值得一提的是，洪子诚对宗璞、谌容、张洁、王安忆、铁凝、迟子建这些女作家的分析主要集中在其创作阶段中的80年代，而对陈染、林白、徐小斌、徐坤等女作家的关注主要集中于她们创作阶段中的90年代，时间点清晰，重点突出，充满严谨深邃的思辨色彩。他高度肯定了张洁、王安忆等作家创作中凸显的"女性意识"，承认陈染、林白等以女性视角创作的独特文学史意义，对女性写作的评价分析中肯而客观。这与他坚持"将问题'放回'到'历史情境'中去审察"[①]的文学史观和著史态度密不可分。除此之外，孟繁华等、董健等、王庆生等、贺绍俊等的文学史著作也坚持了系统整合的"大历史"叙述方式，把女性写作放在大的文学系统中加以阐述，单独设置章节呈现其创作的具体面貌，这使女性写作既能以特殊的文学现象走进文学史，受到关注，又能保持它的独立性、独特性。

---

① 洪子诚：《中国当代文学史》（修订版），北京大学出版社，2007，"前言"第4页。

目前来看，女性写作虽已走入一部分文学史家的视野，但并没有得到与其所取得的文学成就相"匹配"的重视。部分文学史著作对"女性写作"并未设专门的章节进行集中表述，女性写作只是散见于具体论述之中。有的只对个别作家作品进行分析，如陈思和主编的《中国当代文学史教程》提到铁凝的《哦，香雪》和张洁的《方舟》，于可训的《中国当代文学概论》仅论及林白的《一个人的战争》和陈染的《私人生活》，朱栋霖等的文学史著作仅主要谈及王安忆和陈染二人。部分文学史著作虽设专章或专节阐释女性作家作品，但个别女作家的具体评价及定位问题仍存在分歧。比如王庆生等主编的《中国当代文学史》专列"女性作家和女性小说"一章，写到宗璞、张洁、谌容、王安忆、铁凝、林白、陈染，而将池莉放置到了"新写实小说"一章。孟繁华、程光炜的《中国当代文学发展史》中的"女作家与女性文学"重点写到陈染、林白，认为"迟子建、张欣的创作较难归入'女性文学'的行列"①。王安忆等人的创作也被放到其他章节。这些文学史的不同表述与主流思潮的规范制约及文学史家的著史观念密切相关。就体裁类型看，女性写作的文学史书写主要以小说为表述对象，部分文学史著作中也出现了对女性诗歌代表作家作品的解读，散文等其他体裁则寥寥无几。如以完善全面著称的王庆生等主编的《中国当代文学史》谈到了伊蕾、翟永明的女性诗歌和杨绛的散文。由此可见，相比散文和诗歌的短小简练，小说以其篇幅较长且更易凸显个人鲜明创作特色的文学体裁优势，被文学史研究重点关注。

就目前掌握的文学史著作总体来看，只要论及女性写作，陈染、林白、王安忆、铁凝等作家的名字就会频频在其中出现，而其他作家却被"选择性"提及，甚至出现了个别在女性写作中比较有影响的作家"缺席"文学史的现象。比如，卫慧、棉棉等作家及其创作在多部

---

① 孟繁华、程光炜：《中国当代文学发展史》（第二版），中国人民大学出版社，2009，第309页。

文学史著作中未见到具体表述，而对于在文坛产生重大影响的当代女性作家迟子建，很多文学史著作只是寥寥几笔带过。如在洪子诚的《中国当代文学史》（修订版）中，对迟子建创作的表述仅占了小段文字（总计260字）。这和女性写作的文学成就有关，和文学史写作的年代有关，和文学史家的文学史观有关。不过，在此基础之上，我们可以追问：文学史对于女性写作当前的定位是否准确？其"定论式书写"的模式是否合理？这些问题的背后，是当前文学史书写面临的严峻挑战。

4. 男性视角下对女性经验的自由化表达的"遮蔽"

以上述九部文学史著作为参照研究当代文学史各个版本的著作，不论是集体撰史还是个人撰史，其编著者大多为男性学者。不仅是当代文学史，近现代、古代文学史的编写也存在相同的情况：男性知识分子长久以来占据话语主体地位，掌握话语主导权。这是一个不争的事实。因此，被男性话语笼罩的文学史写作往往一方面表现为女性文人被"冷遇"、被"撇在角落"；另一方面表现为男性史著者坚持男性视角的编写姿态，对女性经验的自由化表达予以"遮蔽"。关于女性写作，当代文学史著作更多地以整理、呈现为重心，往往是叙述作家生平、大致解读创作风格、赏析代表作品，话语表述往往中肯、流畅，只是我们无法从其表述中真正感知到女性写作所表达的女性意识的强弱，以及她们所做出的"被承认"的文学史贡献。

当代文学史对女性作家的书写多以主流意识而非女性意识予以阐释和评价，如杨沫、草明的作品在"十七年"文学中被纳入文学的"主流"，宗璞的《红豆》和茹志鹃的《百合花》常被加以政治化解读，这些解读自有其合理之处，但尚缺乏女性意识分析的维度。在这样的背景下，八九十年代突破主流话语而彰显出强烈女性意识的女性写作也被加以"筛选"才得以进入文学史。尤其是90年代以后出现了一大批大胆表达女性个体性别经验，展现私人生活、隐秘的身体欲望及幽闭的心理状态的女性写作文本，如以陈染、林白、棉棉为代表的女作家一反传统女性矜持风雅的风格，大胆书写女性身体经验和焦虑的精神臆想，呈现出强烈的个人化和私密性色彩，这在文坛引起强烈争议。在男性视角的观照下，以男性为主体的文学史家对这一写作现象的态度也表现出强烈的男权话语色彩。当代文学史中常以"私小说""身体写作""欲望化写作"等词来表述林白、陈染、徐坤等人的创作。对于这种评价，林白也曾表示："我很不喜欢'私小说'这个提法，或者说不喜欢这个词。从字面效果看，这个词给人一种小气的感觉，小气、猥琐、阴暗、龌龊。我更倾向于个人化写作的说法，我认为个人化写作是一种更为纯粹的艺术创作。"① 而对于卫慧、棉棉等女作家的创作，当代文学史总是进行选择性阐释，或避而不谈，或严厉抨击为"'另类'写作"和"商业化的'身体写作'"②。顾彬更是直言女性文学作家棉棉、卫慧、虹影"多以描写中国女性的性饥渴出名，而不是以叙述能力见长"③。过度商业化的写作可能沾染了一些迎合市场的不良习气，可这样的评价是否太过偏颇？文学史编写坚持以作家作品的社会价值意义为标准尺度固然重要，但女性创作者用自己的话语方式真切地表达她们自己独特的人生感悟和情感精神体验，这本身就具有突破历史的意义和价值。也许这种表达违背了长久以来以男性为中心的话语"正统"，冒犯了当代社会中某种不可言说的禁忌，从而使女性写作在文学史中被争议、被边缘化。

中国文学始终孕育于中国传统文化这片沃土，文学发展进程也始终无法逃脱社会大环境的影响，而当女性写作因写作主体性别的"特殊性"才得以被文学史关注并书写时，我们不禁要深入思考女性写作"入史"的真正意义。当中国女性终于摆脱千百年来的沉默无声走进文学史之中时，她们坚持以一种别样的方式和姿态争取和捍卫自己的

---

① 王雪瑛主持《众说纷纭女作家》，《海上文坛》1996 年第 12 期。

② 朱栋霖、朱晓进、吴义勤主编《中国现代文学史（1917—2013）》（第三版）（下册），高等教育出版社，2014，第 128 页。

③ 〔德〕顾彬：《20 世纪中国文学史》，范劲等译，华东师范大学出版社，2008，第 319 页。

权利。女性因不断地书写而被书写，在不断地被书写中更加清醒。写作之于她们，是生存的权利，是独立的诉求，是精神的呐喊，而当这生命的呼喊之声响起时，千万个觉醒的新女性终于以独立的个体身份屹立于这片土地之上。在不断更迭的文学史书写中，女性写作也必将随着女性意识的觉醒而愈加被发现，她们紧紧握住手中的笔，写下一段段满含力量的女性独立宣言。

女性写作终于在 20 世纪之初告别了文学史的"空白之页"，历经重重艰难，坚定地走进读者和研究者的视野之中。无论是"十七年"时期还是新时期的女性写作都不断受到主流思潮的裹挟被写进文学史，在当代文学史脉络中出现的各种文学现象中都能看到女性作家的身影。"十七年"文学中的《青春之歌》《百合花》《红豆》，新时期的伤痕文学、"归来者"的诗、先锋小说、新写实小说等都可以看到女性写作的参与，而八九十年代凸显性别意识的女性写作大多被列为专章或集中书写。

女性写作在当代文学史中不断被"性别化"，强调性别、强调女作家，从某种程度上说，这的确使女性成为写作主体并受到关注，也的确为一些女作家的创作入史提供了捷径，却也在很大程度上遮蔽了女性写作本身更为丰富的内涵表达与挖掘。文学史书写需要正视的是，女性作家同男性作家一样是独立的个体，拥有独立的思想，她们独特的生命体验和个体思想同样需要关注与解读。因此，女性写作不能只被当作以性别阐释的文本写作，它更应该成为女性作为与男性相对存在的独立身份对自己和社会的深刻表达，成为从文学领域透视社会现实、关注人与社会历史发展的一种研究立场和方法。从这一点看，当代文学史中的女性写作还有很长的路要走。也可能只有当女性写作不再被强调为"女性写作"之时，我们的文学史书写才能真正突破"偏狭"，实现更广阔的发展。

第四节　文学史话语表述中的青春写作

本节的青春写作，特指"80后"青春写作。"80后"青春写作是21世纪十分具有影响力的一个文学与文化景观，发生伊始便备受关注并引起很大的争议。随着"80后"作家得到市场认可并登上文坛，相关的研究文章越来越多，文学史著作也将其纳入论述范畴之中。我们将从"80后"青春写作入手，通过比较几部当代文学史著作，探讨其在"入史"过程中产生的问题，力求为今后的文学史书写"80后"青春写作提供参考。

1. "80后"青春写作的历史出场与时代影响

文学上所说的"80后"，在严格意义上并不属于一个文学社团或流派，而是对出生于相同时代的作家群体的称呼，虽然这样命名不够严谨且存在一定的争议，但是仍然被文学界广泛采用。正如白烨的观点："使用'80后'这一命名尽管是不合理的，但目前还没有更精确的概念来代替，在还没有别的概念定义的情况下使用'80后'一词至少让我们知道说的是什么。"① 关于"青春写作"的阐释也有很多说法，青春题材也不是"80后"写作所独有的，其界限划分也没有十分明确。"80后"青春写作在本节中指的是出生于20世纪80年代的青年作家创作的以青春为主题或者具有青春特色的文学作品。这是一个广义的概念，以郭敬明的《幻城》为例，有论者认为其不属于青春题材而属于玄幻题材，但事实上书中描写的虽然不是青春校园生活，而是架空的奇幻世界，其中却包含大量的青春元素，因此本节所说的"青春写作"也将其包含在内。

---

① 于濛：《"80后"告别"80后"以后……》，《中国图书评论》2005年第12期。

（1）"80 后"青春写作产生的背景

张志忠主编的《中国当代文学 60 年》如此阐述"80 后"作家："所谓'80'后，是指一批出生于 80 年代、从事写作的文学爱好者，他们代表着中国当代文学最年轻的力量。"[①] 从"文学爱好者"这一命名可见当时主流对待这些作家的态度，如今中国当代文学已经走过 70 多个年头，"80 后"青春写作逐渐受到重视，将他们称为"文学创作者"或许更加恰当。

青年文学刊物《萌芽》1998 年开始举办"新概念作文大赛"，为青年文学爱好者提供展示自我的平台，"80 后"青春写作的领军人物韩寒、郭敬明、张悦然等人都是在这个具有全国影响力的大赛中脱颖而出的。此后，他们的作品受到同龄人热烈欢迎，掀起一阵青春的风暴，他们自己也成为文化名人。2004 年，"80 后"作家春树作为封面人物登上亚洲版《时代》周刊，该刊还发表了标题为"The New Radicals"（《新激进者》）的封面文章，并对韩寒、春树进行了专访。他们以一种势不可当的姿态向中国传统文坛发起冲击，文学研究者也意识到他们是一支无法忽视的文学力量，相关的研究文章开始陆续推出。韩寒少年成名，曾有人这样评价他："在文学意义上，韩寒是个'天才'的少年作家，在社会学意义上，韩寒被认定为一个反叛应试教育的'狂徒'。"[②] 的确如此，以传统教育的标准评判，韩寒是一个"问题学生"，可是他却写出了《杯中窥人》这样内涵丰富、哲理深刻的文章。这一现象引起广泛讨论，被称为"韩寒现象"。之后他利用博客这个平台发表短文评价社会事件，吸引了大批读者，他本人成为很多青年人的"精神领袖"，但韩寒渐渐地远离了文学。

如今，这些作家有的仍然坚守在创作岗位上并显示出向精英文学转变的姿态，有的已经不再进行文学创作，但是无论如何，他们关于

---

① 张志忠主编《中国当代文学 60 年》，高等教育出版社，2009，第 391 页。
② 左敏：《韩寒：一种文化读本》，《淮南师范学院学报》2002 年第 4 期。

青春的书写都在中国当代文学的历史上留下了浓墨重彩的一笔，让人无法忽视。

（2）"80 后"青春写作的代表作品

"青春书写"是"80 后"写作最大的主题，年轻的作家们大多数人生阅历尚浅，生活经验不足，熟悉的校园生活和青春时代就成为他们主要的描述对象。郭敬明的《幻城》和韩寒的《三重门》分别是两个人的第一部长篇小说，两部小说在发布伊始都受到了青年读者的热烈追捧，可以作为青春写作的代表。《幻城》本是发表于《萌芽》的短篇小说，一经问世便引起轰动，随后郭敬明将其敷衍成长篇，首版于 2003 年，此后多次再版，销量屡创新高。小说将背景设置于虚幻的幻雪帝国，以卡索等人的奇幻经历为主要内容，语言瑰丽、意境优美。作者有意识地融合了多种元素，使整部小说呈现出一种清新的氛围，打破了常规，展现出与传统对立的姿态。如果说《幻城》的故事充满了浪漫的幻想，那么《三重门》更多的是对现实的思考。书中通过学生林雨翔的视角，以他和 Susan 的恋爱故事为主线，描写当时的青春校园生活，表达作者对于当时校园生活与教育制度的调侃与批判，反映韩寒自己的思考与困惑。"三重门"这个题目本身就被赋予双重含义：既呼应历史又映射当下。韩寒经常在书中"玩转"文字以展现自己的文学修养和文化底蕴以及他一以贯之的幽默感，我们可以很明显地感觉到其幽默诙谐的语言风格是受到了钱锺书《围城》的影响。此外，张悦然的《是你来检阅我的忧伤了吗》、春树的《北京娃娃》、李傻傻的《红×》等作品都具有一定的知名度。

（3）"80 后"青春写作的影响力

众所周知，"80 后"是先进入市场，再进入文坛的。尤其是在青年读者群之中，"80 后"青春写作有很大的影响力。通过网络新媒体的精心策划和宣传，"80 后"作家的作品拥有火爆的市场和一大批忠实的读者。在 21 世纪初网络还不是特别发达时，他们作品的点击量就以百万来计数，实体书的销量也经常突破百万册，创造了一个又一个

销量奇迹，在各种数据和评比中都展现出不俗的实力。在媒体组织的
"中国十大青春小说"评选活动中，孙睿的《草样年华》、韩寒的《三
重门》、春树的《北京娃娃》榜上有名；春树登上亚洲版《时代》周
刊封面；新浪、网易、天涯同时推出李傻傻的专辑；郭敬明多次登上
新浪图书风云榜……"80后"作家和他们的作品在当时的影响力可见
一斑。时至今日，"80后"作品在市场上仍然有很高的销量并且陆续
被翻拍成影视剧，从而形成了双向联动：作品为影视进行市场号召，
影视剧的热播又会带动图书销量的增长。仅郭敬明一人的作品，目前
被翻拍成影视剧的就有《梦里花落知多少》、《夏至未至》、《幻城》、
《小时代》系列、《爵迹》系列、《悲伤逆流成河》等，尽管口碑都不
尽如人意，但是不俗的收视率、过亿的票房以及热门的话题度都说明
"80后"青春写作的影响力仍然不减当年。

　　"80后"作家成长于特殊的大背景下，采取一种与前辈不同的姿
态书写自己的青春，创作出带有他们那个时代鲜明印记的青春文本。
网络报刊等媒体对其进行大肆宣传，使得他们和他们的作品名声在外，
成为青年群体追捧的对象，在特定的文化圈层中具有很大的影响力。
有人说他们是先进入市场再登上文坛的，的确如此，他们的创作与传
统的精英写作有很大的区别，从文学的角度如何评价和看待"80后"
青春写作成为研究者们时常讨论的问题。

　　2. "80后"青春写作在当代文学史中的空间格局

　　"80后"青春写作作为新世纪文学中的一个文学现象，与新世纪
文学具有密不可分的联系。由于改革开放和计划生育等基本国策的制
定和落实，"80后"群体的成长环境发生了巨大的变化，与前辈人产
生了更大的代沟和裂痕，有人将其称为"垮掉的一代""最自私的一
代"。"80后"被赋予固定的标签和鲜明的文化印记，这也是他们在新
世纪文学的大潮中能够自成一派的重要原因。自我与特立独行使他们
与主流格格不入，在吸引了大众目光的同时也遭受了来自传统精英文
学的轻视与忽视。随着新世纪文学被更多地纳入当代文学史的话语表

述范畴，"80后"青春写作也进入了研究者的视野。

（1）当代文学史中的新世纪文学

"新世纪文学"顾名思义指的是21世纪以来的文学。"尽管'新世纪文学'并不是一个严格的学术概念，但它确实揭示了当代文学在新世纪前后涌现出的一系列新的文学现象，如底层文学、打工文学、'80后'写作、网络文学等等。"① 可见，"80后"青春写作与新世纪文学密切相关，想要探究它在当代文学史中的现状首先要去探究当代文学史如何看待新世纪文学。新世纪文学已经进入当代文学史的话语体系是毋庸置疑的，但是各部文学史著作的编著者考虑到当代文学自身发展的特殊性以及受到编写年份等因素的影响，对于新世纪文学的表述并不是全覆盖的。

我们以六部文学史著作②为例，对新世纪文学的相关内容进行系统论述。其中值得注意的是，孟繁华、程光炜的《中国当代文学发展史》（修订版）虽然将新世纪文学纳入书写范畴，但作者是带着比较浓厚的个人主观感受的。"文学批评在否定末流的时候，更应该着眼于它的高端成就。"③ 书中没有明确说明何为"高端成就"，何为"文学末流"，但21世纪的一些文学现象在这本文学史著作中没有出现，应该就是著者认为其还不属于"高端成就"，还不能进入文学史的话语表述，其中就包括"80后"青春写作。

其他专著对新世纪文学也有介绍，如李雪《历史与当下的对话：进入当代文学史的多种方法》描绘出"80后"作家给人的最初印象：依靠个人情感写作、文本大多由相同元素组成、天然的"青春

---

① 贺绍俊、巫晓燕：《中国当代文学图志》，春风文艺出版社，2009，第304页。

② 这六部文学史著作分别是：贺绍俊、巫晓燕的《中国当代文学图志》（春风文艺出版社，2009）；朱栋霖、朱晓进、吴义勤主编的《中国现代文学史（1917—2013）》（第三版）（下册）（高等教育出版社，2014）；孟繁华、程光炜的《中国当代文学发展史》（修订版）（北京大学出版社，2011）；王庆生、王又平主编的《中国当代文学史》（第二版）（高等教育出版社，2016）；丁帆主编的《中国新文学史》（高等教育出版社，2013）；〔美〕王德威主编的《哈佛新编中国现代文学史》〔（台北）麦田出版社，2021〕。

③ 孟繁华、程光炜：《中国当代文学发展史》（修订版），北京大学出版社，2011，第386页。

文学"……①还有一些专著将"80后"作家归类于第三代网络作家。②的确，网络是"80后"作家创作的主要阵地，他们的很多作品都有网络文学的特征，但由于其特殊性又不能将二者完全等同起来。事实证明，"80后"青春写作是以独立的姿态出现在当代文学史中的。

（2）当代文学史中的"80后"青春写作

新时期，文学开始补偿性地迅速发展，这要求文学史也必须跟上文学发展的脚步更新换代。"从1980年代末期开始，'当代文学史'面对的，则是更多来自日新月异的视觉艺术与新媒介，以及'科幻小说''网络小说'这些虽以'小说'为名，却完全逾越了'纯文学'的'小说'定义的文艺实践，以及类似于'非虚构写作'这样危及'文学'边界的新文类的冲击。"③新的文艺实践和新文类的出现无疑给当代文学史的编写带来了巨大的挑战：这些不确定的因素是否有资格进入文学史？应以怎样的态度去评价和论述它们？不同的当代文学史著作采取了不同的策略。

在上述提到的六部当代文学史著作中，除了孟繁华、程光炜的《中国当代文学发展史》，其余五部均对"80后"青春写作进行了论述。它们的编写方式和侧重点有所不同，相同的是都没有将"80后"青春写作相关部分作为论述的重点。我们参考的几部文学史著作初版时间跨度是2009年至2021年，"80后"作家首次进入文学史是在2009年。其称呼也经历了一个由"文学爱好者"（2009）到"文学新军"（2016）的变化过程，在当代文学史书写中完成了由非专业向专业的转变，不变的是他们始终以一个写作群体的姿态被当代文学史所表述。

贺绍俊、巫晓燕的《中国当代文学图志》出版时间相对较早，更

---

① 李雪：《历史与当下的对话：进入当代文学史的多种方法》，人民日报出版社，2015，第179页。

② 参见云德主编《新时期文艺思潮概览》，中国文联出版社，2016，第85页。

③ 李杨：《边界与危机："当代文学史"漫议》，《中国现代文学研究丛刊》2020年第5期。

加注重通过图文结合的方式阐述当代文学的历史,对于"80 后"青春写作也开辟了专节介绍,相对来说,体量较大。该书始终以"80 后"青春写作都市、反叛和孤独三大意象的后现代文化特质为主要论述对象。书中将作家作品当成论据,试图探究"80 后"一代所特有的文化符号,将其与现代文化传统对立起来考量,认为其以"一种完全不同于传统的新的认知世界的方式在不可逆转地改变着文学叙事的方向和内涵"①,却没有明确这种变化是积极的还是消极的。

"'80 后'文学是对出生于 20 世纪 80 年代的青年群体写作的归纳性称谓。"② 朱栋霖、朱晓进、吴义勤主编的《中国现代文学史(1917—2013)》(下册)这样解释"80 后"文学。这部文学史著作的版本变化过程较为复杂,其在不断完善的过程中逐渐接纳了 21 世纪以来的各种文学现象。其在第十三章的概述中对"80 后"文学做了介绍,并在第十四章中开辟专节介绍了 5 位代表作家。这一版本对于"80 后"青春写作的介绍相对全面,也为"青春写作"下了定义:"总的来说,他们的写作属于青春写作,即青年题材,并具有强烈的时尚色彩,作品主题多定位在当下青少年的'青春遭遇'和'青春心态',紧紧扣住'青春本位'的题材、主题和心理。"③ 该书在论述中更加注重回归作家与作品本身,遗憾的是只进行了简单的介绍,并没有进行更加深入的分析。

丁帆主编的《中国新文学史》认为:"80 年代苍白的审美局面已经形成了代际传承,这在 80 后的文学创作中有所体现。"④ 该书对"80 后"作家的介绍出现在第十一章第二节的第十个部分,体量较小。书中不到三页的篇幅表达出对"80 后"青春写作较为强烈的批判态度。

---

① 贺绍俊、巫晓燕:《中国当代文学图志》,春风文艺出版社,2009,第 325 页。
② 朱栋霖、朱晓进、吴义勤主编《中国现代文学史(1917—2013)》(第三版)(下册),高等教育出版社,2014,第 190 页。
③ 朱栋霖、朱晓进、吴义勤主编《中国现代文学史(1917—2013)》(第三版)(下册),高等教育出版社,2014,第 191 页。
④ 丁帆主编《中国新文学史》(下册),高等教育出版社,2013,第 400 页。

在作者看来，"80后"青春写作的最大弊端就是审美的缺失，"80后"作家对余华、苏童和莫言等人的仿写并没有取得理想的效果，流露出生涩硬凿的痕迹，对文学作品的文学性和思想性都造成了一定的损害。当然，中国文学的大环境以及网络新媒体的流行也被作者考虑在内，其认为"80后作家所具有的审美尴尬是这个时代文学的共同尴尬"。

王庆生、王又平主编的《中国当代文学史》将"80后"作家称为"文学新军"。虽然相关篇幅不长，但是也采取了和朱栋霖等主编的文学史著作相同的论述方式：先在概述中总论，后列单节介绍代表作家。这一部文学史著作出版时间较晚，距离我们当下的时间跨度更小。作者似乎已经开始有意识地区分"青春"时期的"80后"作家和成年以后的他们。当下虽然部分"80后"作家仍然坚守在文学创作的岗位上，但是"这一切同青春写作已毫无关系"，"80后"青春写作已经定格在新世纪文学的历史长河之中，成为新世纪文学的精神遗产。同时，书中主要以韩寒和郭敬明的代表作为例从人物、结构、语言和主题等方面分析了其艺术特色和缺陷，这使我们明显感受到对于"80后"青春写作的论述开始回归到文学叙述本身。

审视"80后"青春写作与文学史的关系，在另一种话语形态的指导下，文学史对于"80后"青春写作的关注点会相应地产生变化。在王德威主编的《哈佛新编中国现代文学史》中，作者用四页篇幅向读者塑造了他心目中的韩寒：代表了借由网络媒体平台向大众传达文学讯息的新一代。[①] 除了韩寒身上的文学与文化符号，作者似乎对韩寒的"政治发声"更加感兴趣。韩寒通过博客表达过一些关于政治问题的评论，作者十分欣赏这种"社会责任感"，这是国内文学史几乎不曾涉及的方面，话语形态的巨大差异使得韩寒在这部文学史著作中摇身一变，跳出文学之外被赋予一层政治意义。这部文学史著作虽在某

---

① 〔美〕王德威主编《哈佛新编中国现代文学史》（下），（台北）麦田出版社，2021，第389页。

些方面书写有所偏颇，但也在一定程度上给国内的文学史研究提供了一种新的思路和研究视野。

3. 当代文学史中"80后"青春写作的入史角度

不同的文学史著作具有不同的侧重点，有的采用图文结合的方式使得表述更加直观，有的更加注重文学思潮与文学批评的表述，有的注重论述作家作品的审美表现。横向比较这几部文学史著作，不难发现，编著者对于"80后"青春写作的论述与评价虽然各有侧重，但是基本都集中于以下几个研究角度。

（1）当代文学史论述"80后"青春写作的角度

当代文学史注重挖掘"80后"青春写作出现的社会与文化背景。"'80后'出生于旧的时代逐步坍陷的时期，成长于新时代秩序逐步建立的时期。"① 生活环境的"崩坏"和"重建"反映在他们的个性上就是"自我"与"反叛"，渴求打破常规，建立新的秩序。这是一个以时代命名的作家群体，他们的身上和作品中都表现出鲜明的时代烙印和异质特色，每当提到他们，人们都不禁好奇到底是怎样的时代环境造就了这样一个与众不同的文学群体。在计划生育、改革开放和市场经济快速发展的宏大社会背景下，文学也亟须注入新鲜的血液，"新概念作文大赛"的出现为这些爱好文学的青年提供了一个崭露头角的舞台，韩寒、郭敬明等人都在这场文学"选秀"中脱颖而出，成为"80后"作家的代表。"'新概念作文大赛'并非正统主流文学的翻版，而只是它的衍生物，是与正统主流文学自觉形成距离感的一种青少年文学写作现象，即具有鲜明的社会亚文化、亚文学的特征。"② 正因如此，大多数"80后"作家都没有真正摆脱困在他们身上的创作枷锁，以致在很多人眼中他们后来的作品中始终带有"作秀"的成分。时代成就了他们，也禁锢了他们，直至今日，他们仍难以突破，

---

① 贺绍俊、巫晓燕：《中国当代文学图志》，春风文艺出版社，2009，第320页。
② 吴俊：《文学史的视角：新媒介·亚文化·80后——兼以〈萌芽〉新概念作文的个案为例》，《文艺争鸣》2009年第9期。

这成为文学史上的遗憾。因此"80后"青春写作出现背后的社会文化背景成为文学史书写中一个绕不开的话题。

文学史的构成包括很多因素，作家作品无疑是其中最为重要的部分。当下的当代文学史显然没有对"80后"青春写作的文本本身产生足够的重视，很多时候作品都被编著者拿来当作论据来阐释这一文学甚至是文化现象。例如在《中国当代文学图志》中，周嘉宁的《陶城里的武士四四》、春树的《北京娃娃》等作品被用来说明青春写作与都市的关系；张悦然的《是你来检阅我的忧伤了吗》中的华美照片被用来体现文学史著者处理精神与物质关系的态度；韩寒的《三重门》代表着反叛性；郭敬明的《一梦三四年》被用来阐释孤独。随着时间的推移，当代文学史的编著者也注意到了这一点，文学史的目光开始转移到"80后"青春写作自身的文学性上。丁帆主编的《中国新文学史》从"80后"青春写作相似的审美症候入手，通过其代表作家与传统精英写作的坚守者莫言、余华和苏童等人的对照，批判"80后"青春写作的审美缺失，并延伸到近几十年来中国文学发展过程中的文化困境与审美困境，虽然没有细致地分析文本，却将目光拉回到了文学自身，显示出研究方向的变化。朱栋霖等主编的《中国现代文学史（1917—2013）》（下册）对"80后"青春写作的论述已经回归到作家与作品本身，在两页多的篇幅中介绍了韩寒、郭敬明、张悦然、春树以及李傻傻五位作家及其代表作品。王庆生、王又平主编的《中国当代文学史》则重点介绍了韩寒和郭敬明作品的艺术特色：韩寒在人物塑造上"对教师形象的丑化与另类少年的美化"、结构松散边缘化的问题特征、具有陌生化效果的幽默等；郭敬明创作的总体特色是"表现'小时代'的'小情怀'""类似于童话逻辑的叙事逻辑"。"80后"青春写作的文学特色终于在当代文学史中得到清晰而具体的表述。

"80后"青春写作首先作为一种文化现象进入人们的视野之中，其后才逐渐登上文坛，进入文学的话语表述体系之中。其在文化上的影响力远远超过其文学成就，所以当代文学史著作常常以文化为切入点甚至是重点对其进行论述。文化和文学与审美的关系是非常密切的。"但在当代世界，通行的还是文学的审美含义；文学主要被视为审美的语言作品。文学的特殊属性在于，它是审美意识形态的形式。"① 随着研究的深入，文学史书写渐渐改变了论述的侧重点，从文化考量转向审美考量，回归文学。在丁帆主编的《中国新文学史》中，文化变成了"文学生长的土壤……也可以帮助我们了解'80'后审美缺失的重要原因"。尽管其主调仍然是批判的姿态，但是论述已经回归到文学特殊的审美形态。

无论是着重考察"80 后"青春写作的社会与文化背景还是文化价值，对"80 后"青春写作的书写回归文学都是必然的趋势，这是值得欣慰的。

（2）影响"80 后"青春写作"入史"的因素

按照传统的文学史分期标准，当代文学已经走过七十多个春秋，当代文学史的编写也累积了几十年的经验，渐渐走向成熟。各部当代文学史著作在编写过程中有不同的考量和原则，除了一些经典的文学现象和重大的文学事件都会出现在文学史当中，一些相对边缘化的内容会由于书本体量的限制而无法论述到，例如港澳台文学、儿童文学、少数民族文学以及新世纪文学（包括"80 后"文学）等。"80 后"青春写作在进入文学史的过程中也受到了来自各方面的影响。

一是新世纪文学"入史"对"80 后"青春写作"入史"的影响。作为一个文学史概念，"新世纪文学"的时间阶段不能严格地以 21 世纪元年为起点，事实上可以追溯到 20 世纪 90 年代初期。其经过三十多年的"蜕变、分离、凝聚、发展，逐渐变得清晰、明朗起来"。正是由于经过了多年的转变与发展，新世纪文学中许多"新的因素"已经趋于定型，具备了一定的研究条件和基础，有了"史"的价值。抛开新世纪文学这个整体，单独去研究"80 后"青春写作、打工文学、

---

① 童庆炳主编《文学理论教程》（第五版），高等教育出版社，2015，第 60~64 页。

网络文学等孤立的文学史碎片是毫无意义的。同时，正是这种碎片化的文学现象共同构成了新世纪文学，当代文学史的编著者显然也注意到了这一点，所以当论述到"80后"青春写作的相关部分时，都会将"底层写作"、"中间代"诗歌、打工文学、网络文学、"70后"写作中的某一个或某几个放到一个系列之中来论述，试图构建一个相对完整的文学史话语体系，这也从侧面反映出"80后"青春写作的分量是不足以在新世纪文学中挑大梁的。根据文学史编写多年的经验，只有打破各种界限，以一种相对统一的文学标准在"80后"青春写作等新世纪文学的现象之间找到一个契合点，建立内在的逻辑关系，才能使新世纪文学最终被科学地纳入当代文学史体系之中。

二是文学史编著者对"80后"青春写作"入史"的影响。王庆生出生于1934年，王又平、朱栋霖出生于1949年，贺绍俊出生于1951年，丁帆出生于1952年，程光炜、朱晓进出生于1956年，孟繁华出生于1963年，吴义勤出生于1966年。这些文学史编著者最年轻的也是"60后"，他们本身就已经与"80后"作家有至少两代的差距，并且他们主要的研究对象都是传统的精英文学，其固有的研究方式有的并不适用于对"80后"青春写作的研究。那么他们是否能够完全理解这些"80后"作家的作品并且把它们以一个相对确切的位置安置到文学史中呢？换言之，他们现行的对于这些作家作品的处理方式是否失之偏颇？这些编著者的青春环境和"80后"作家的青春环境截然不同，他们在论述作品的时候也不能真正达到共情。一些批评家已经看到这一点并坦率承认自己更感兴趣、更加熟知的是20世纪90年代之前的文学。"照道理，一个时代有一个时代的批评家。'80后'也应该有自己的批评代言人。文艺批评必须和写作同步——更年轻的写作者和更年轻的批评者才能同步。"[①] 当"80后"甚至"90后"成为

---

① 黄兆辉、廖文芳：《80后文学：未成年，还是被遮蔽?》，《南方都市报》2004年3月9日。

文学批评的主力，主持文学史编写的时候，他们由于与"80后"作家经历过相同的青春，在论述中必然有与前辈不同的看法，对"80后"青春写作的研究也会产生新的突破。

三是"80后"作家的创作态度对"80后"青春写作"入史"的影响。在谈到"80后"作家的时候，编著者反复提到他们自我、反叛、断裂的特点，的确，"80后"作家本身所带有的反叛精神使他们在写作伊始就已经使其作品带有抗拒入史的因子。他们最开始写作的目的就不是得到主流文坛的认可。他们在进行文学创作时年纪尚小，还带着少年的稚气和志气，满腔热血又高傲自赏。这些品质给文坛带来一股别具一格的生气，但是审美和艺术价值的缺失注定他们无法达到更高的文学成就。事实上纵观当代中国文学的历史，年龄从来都不是影响文学创作水准的决定性因素，王蒙的《青春万岁》、苏童的《妻妾成群》等都是他们在二十多岁时完成的。但是"80后"作家将目光放到市场，得到市场和青年读者的认可成为他们努力的方向，而不是去探索和提高写作能力。"80后"作家的这种态度也在一定程度上影响了其"入史"。

4. 当代文学史书写"80后"青春写作的价值与局限

任何事物都是在不断发展中逐渐完善的，文学史也不例外。当代文学史将"80后"青春写作纳入书写范畴必然会产生相应的价值，不但会对文学自身的发展起到推动作用，在文学之外也会产生相应的效用。但文学史对"80后"青春写作的书写存在的问题也不应该被忽略，只有突破了局限文学史书写才能更好地发展。

（1）当代文学史书写"80后"青春写作的价值

当代文学史的书写以当代文学的实绩为基础，同时文学史书写的不断完善也会促进当代文学的发展进步。新世纪文学作为当代文学史中最新的组成部分，对其研究的深度和广度无疑会直接影响到当下的文学进程。"80后"青春写作又是新世纪文学的一部分，其研究价值不言而喻。

最为直观的价值就是文学价值，当代文学史家研究"80后"青春写作不但可以完善文学史本身的叙述方式和发展脉络，同时也会反馈到当下相关的文学批评和文学创作中去。"80后"青春写作的创作大潮已经消退，不少"80后"作家都在尝试向精英文学创作转型，文学史的客观评价不但会提高他们的写作信心，还会帮助他们理清创作前后时期的差异与不足。

文学与文化从来都不是截然分离的，"80后"青春写作在文学史上得到认可，其在文化上的影响力也会更进一步，尤其是随着网络新媒体的快速发展，无论是在传播广度上还是深度上都会有很大的提升。

从教育层面来说，文学史著作往往会被当作教材和参考书来使用，其受众一般都是高校的教师和学生，全面的文学史梳理对阅读者的文学史观的形成也具有重要意义。

（2）当代文学史书写"80后"青春写作的局限

一是评价过于极端，很多文学史著作在写到"80后"青春写作的时候总是带着一种过于负面的情绪，主观性较大，在用词造句上有不够严谨的地方。二是核心内容同质化程度高，相同编著者在不同版本的文学史著作中对这一部分的表述没有太大的变化。三是韩寒、郭敬明、张悦然无论在哪一部文学史著作中都被当成"80后"青春写作的代表，事实上在众多的"80后"作家中，他们的代表作的文学成就并不是最突出的，只是影响比较大。一些走传统精英写作道路的"80后"作家也有青春主题的作品，例如双雪涛的《安娜》，都是较为不俗的，而当代文学史的书写却往往将他们忽略，这是不应该的。

（3）当代文学史书写"80后"青春写作的展望

由于网络新媒体强大的传播能力，"80后"文学泥沙俱下，一方面，优秀的作品不仅可以在创作技巧与审美发现上丰富新世纪文学的成就，而且可以对以青少年为主体的阅读者的人生价值观的形成发挥积极的作用；另一方面，粗制滥造的作品既会阻碍文学的进步、混淆视听，同时也会潜移默化地影响读者的审美水平。如果当代文学史著作能够在论述中取其精华、去其糟粕，做好引导工作，就会把"80后"青春写作的文学潜能和价值真正发挥出来。有批评者说："越往后发展，文学史应该呈现出越大的魅力，这是因为，时间的沉淀会让我们更加接近历史最打动人心的元素：真实。"① 当代文学史对"80后"青春写作的书写也一定会随着时间的推移变得越来越完善。

青春时光总是令人难以忘怀，每个时代的青年都会用笔书写青春，进行"青春写作"。巴金凭着青春的激情控诉陈旧的封建传统；曹禺在上大学的时候写下震撼心灵的《雷雨》；王蒙具有少年布尔什维克情怀；刘索拉用后现代创作表现青春……这些青春写作都是中国文学谱系中的佳作，得到了文学史的高度评价。当"80后"迎来属于自己的青春时代时，社会环境已经发生翻天覆地的变化，"另类"的他们按照自己的想法进行青春写作，在主流文坛上逐渐得到认可，慢慢地进入当代文学史的书写范围。当代文学史书写"80后"青春写作虽各有侧重，但是整体趋势基本一致，有成就也有缺憾。"80后"作家总是以群体的姿态进入文学史，"江山代有才人出"，也许在不久的将来，他们将以个人身份进入文学史，得到学界的认可。

第五节　文学史话语表述中的地域文学

对于地域文学，我们以辽宁文学为具体例证展开论述。审视中国当代文学史话语表述中的辽宁文学，一是需要从不同的文学史著作中发现辽宁文学；二是需要以文学史的目光观照辽宁文学。而在实际的阅读与文学史检视中，二者经常是合二为一的。

历经七十余年的发展，中国当代文学取得了比较大的成绩。当我

---

① 王闯：《超越的文学史视野——评丁帆主编〈中国新文学史〉》，《枣庄学院学报》2014年第4期。

们以文学史的目光，从中国当代文学的整体版图与总体格局中抽取时间的链条以及聚焦地域的板块时，网格所占空间似乎可以表明地域文学在中国当代文学中的位置。这对于我们思考中国当代文学与地域文学历史、发展现状以及未来走向具有比较重要的意义与价值。辽宁文学参与了中国当代文学的发展与建构，在不同的历史时期，题材指向、文体类别、艺术表现、审美接受都有所不同。进入具体的中国当代文学史著述中，以文学史的目光观照辽宁文学，我们发现，就总体来说，在"十七年"时期的工业题材、20世纪80年代的先锋文学创作中，辽宁文学领中国文学之先，同时，其他不同时期不同类别的文体创作也取得了相应的文学成就。而当下，"铁西三剑客""东北文学爆炸"的概念，意味着辽宁文学进入了令人瞩目的新时代。

新时期，关于"二十世纪中国文学"概念以及"重写文学史"的讨论，触动了文学史家的自我反思与写作诉求，中国当代文学史的写作显现出与以往不同的书写观念与书写范式。从不同的文学史著作中寻觅辽宁文学的踪迹，在中国当代文学的总体格局中绘制辽宁文学图谱，以文学史的目光审视辽宁文学，既是当代文学史研究的工作，也是地域文学研究的重要方面。中国当代文学史著述有两百本之多，本节我们主要以六部比较有代表性的文学史为例：洪子诚的《中国当代文学史》（北京大学出版社，1999，以下称"洪本"），陈思和主编的《中国当代文学史教程》（复旦大学出版社，1999，以下称"陈本"），孟繁华、程光炜的《中国当代文学发展史》（修订版）（北京大学出版社，2011，以下称"孟本"），贺绍俊、巫晓燕的《中国当代文学图志》（春风文艺出版社，2009，以下称"贺本"），徐国伦、王春荣主编的《二十世纪中国两岸文学史（续编）》（辽宁大学出版社，1993，以下称"徐本"），朱栋霖、朱晓进、吴义勤主编的《中国现代文学史（1917—2013）》（下册）（高等教育出版社，2014，以下称"朱本"）。

在"十七年"时期的文学史表述中，除了马加《开不败的花朵》、李云德《沸腾的群山》等被提及外，辽宁作家屡次被提到是在工业题材创作方面。洪本"50—70年代的文学"关于"工业题材小说"提到的比较重要的长篇，有周立波的《铁水奔流》、萧军的《五月的矿山》、草明的《火车头》《乘风破浪》等，其中对辽宁作家萧军和草明的作品进行了简单的评述。① 朱本在新工业化建设的背景下提出的小说创作的代表也是萧军和草明这两位作家的作品。徐本"一化三改文学"关于工业题材文学创作的第一次热潮，除了提及《五月的矿山》《乘风破浪》，还点出剧本《刘连英》（崔德志）。辽宁工业题材创作使辽宁成为文学重镇，这和辽宁是"共和国工业长子"有关，工业发展、深入生活给作家带来了创作激情。但由于工业题材小说在中国当代文学史中的整体成就并不特别突出，一般文学史著作对此并没有充分展开论述。

20世纪80年代中国当代文学史中的辽宁作家中，被着墨最多的是作为先锋小说家代表的马原、洪峰。陈本对先锋小说给予高度重视，专章论述"先锋精神与小说创作"，指出："80年代中期马原、莫言、残雪等人的崛起是先锋小说历史上的大事，某种意义上甚至可以把它当作先锋小说的真正开端。""马原是叙事革命的代表人物。"②并对马原的"元小说""叙事圈套"等加以具体分析③，并以专节解读"小说叙事美学的探索：《冈底斯的诱惑》"④。洪子诚则认为马原发表于1984年的《拉萨河女神》是"当代第一部将叙述置于重要地位的小说。他的小说所显示的'叙述圈套'在那个时间成为文学创作者的热门话题。后来陆续发表《冈底斯的诱惑》、《西海无帆船》、《虚构》、《康巴人营地》、《大师》等。洪峰1986年的《奔丧》，1987年的《瀚海》、《极地之侧》，也被看作依循马原写作路线的作品"。他指出了马原小说的"虚构""想象""实验""拆解"等特点，并充分肯定了先

① 洪子诚：《中国当代文学史》，北京大学出版社，1999，第131页。
② 陈思和主编《中国当代文学史教程》，复旦大学出版社，1999，第291页。
③ 陈思和主编《中国当代文学史教程》，复旦大学出版社，1999，第291页。
④ 陈思和主编《中国当代文学史教程》，复旦大学出版社，1999，第295～297页。

锋小说的文学史意义。①

几乎所有的文学史著作都涉及马原的小说创作，充分肯定他的开创性、先锋性的历史意义。朱本把他和莫言放在一起，在"80年代小说"一章"探索小说　莫言"一节里，分析了莫言的《红高粱》和马原的创作。从语言的游戏、"元小说"叙事、片段的组合等角度论述马原小说的特点，从而肯定其文学史价值：开掘出汉语写作的巨大潜力，反拨小说的社会功能，意味着文化观念的碰撞、转型。② 孟本从"文学翻译与先锋文学的兴起""现代派文学的最初探索""1985年后的小说"等多个层面分析马原及其小说。③ 贺本则从"悸动的时代与心灵"中探索马原把"传统小说的'故事中心'演变为'叙事中心'"以及"典型的'元小说'的叙事方式"。④ 由此可见马原在当代文学史中的重要地位。但当下仍有批评家认为，对于马原的研究、对于他在文学史上的价值和意义的开掘仍有很大空间。

在20世纪70年代末、80年代的文学场域中，除了马原、洪峰、崔德志、金河、邓刚、达理、刘兆林、林雪也被多次提及。贺本"话剧的新探索"尤为关注崔德志的话剧《报春花》。70年代末到80年代初，出现了《报春花》等讴歌正义和人的善良品性的话剧作品。贺本特别提到崔德志编剧的《报春花》1979年由辽宁人民艺术剧院在沈阳首演，并概括剧本的主要内容，配以话剧《报春花》1980年公演的图片。⑤《报春花》是新时期辽宁话剧的重要成就，它的公演在全国引起轰动效应，为把辽宁话剧推广到全国做出了很大贡献。

在20世纪70年代末，伤痕文学兴起，有批评家指责伤痕文学止

① 洪子诚：《中国当代文学史》，北京大学出版社，1999，第337~339页。
② 朱栋霖、朱晓进、吴义勤主编《中国现代文学史（1917—2013）》（第三版）（下册），高等教育出版社，2014，第121页。
③ 孟繁华、程光炜：《中国当代文学发展史》（修订版），北京大学出版社，2011，第216、312页。
④ 贺绍俊、巫晓燕：《中国当代文学图志》，春风文艺出版社，2009，第201页。
⑤ 贺绍俊、巫晓燕：《中国当代文学图志》，春风文艺出版社，2009，第220页。

于宣泄情感、揭示伤痕，这时候辽宁作家金河《重逢》的发表改变了这一境况，所以文学史中对《重逢》有特殊的评价。洪本谈到"揭露'文革'历史创伤的小说"，其中在"影响较大的"小说中列有金河的《重逢》。孟本则认为伤痕小说"朝着更有深度和广度"的方面发展，而金河的《重逢》是代表性作品。

在新时期文学思潮的发展中，文学史著作普遍谈到邓刚、达理、刘兆林、林雪四位辽宁作家。在意识流小说方面，徐本分析认为邓刚的《迷人的海》在手法运用、意境创造上都更直接地受到海明威的《老人与海》的影响。在改革小说方面，徐本对达理的长篇小说《你好，哈雷彗星》《眩惑》揭示改革旋涡中的知识分子心理进行了概述。在军事题材方面，徐本认为刘兆林一改以往战争文学英雄塑造模式，深入人的内心世界进行探索。通过《啊，索伦河谷的枪声》的文本可以看出，在军队面临新环境的新时期，必须充分认识到单纯靠军人天职来约束士兵已不灵验，应该了解战士心理，动用现代化管理手段带兵。这篇小说拓展和深化了军事文学的创作。这几位作家得到关注，最重要的是源于他们对于人物内心世界的丰富性与复杂性的开掘。朦胧诗是新时期文学思潮中特别重要的文学景观，朱本关于朦胧诗的部分提到林雪是朦胧诗人的代表。

90年代，女性写作异军突起，"新生代作家"登上文坛，徐坤、素素、皮皮等女作家以及刁斗等纷纷受到关注。洪本在"女作家的创作"一章中写道："徐坤的《先锋》、《白话》、《游行》等小说较为引人注目。她的小说注重对既有的小说材料的再处理，尤其重视以一种调侃的方式消解80年代形成的诸种中心话语。"[①] 在"女作家的小说"中提到徐坤的《狗日的足球》和《厨房》。贺本在"女性写作"一节中说，"徐坤是一个特例，她以女性主义作家自居，但在写作中却是以非女性的态度来展现城市之中知识分子的心态"，也就是说，"徐坤

① 洪子诚：《中国当代文学史》，北京大学出版社，1999，第366页。

喜欢用男性的方式来对男性话语进行解构"，其小说将"女性意识、都市意识和知识分子意识自然贴切地结合为一体"。① 徐坤小说在女性写作中的特殊性可见一斑。朱本把素素的《女人书简》放在女性散文中进行观照。

孟本则从作家与出版社的角度书写"90年代文学的多种形态"，其中谈到辽宁的春风文艺出版社的"布老虎丛书"，包括皮皮的《渴望激情》《比如女人》。《比如女人》等是"国营书店和私人书摊上的热销书，一印再印，印数很难统计，以致盗版书纷纷跟进，成为世纪末图书出版之大观"。这也是辽宁作家在全国范围内引起的轰动效应。

作为"新生代作家"的刁斗，被很多部文学史著作提及。朱本"90年代小说概述"一节中的"新生代小说"，以徐坤、刁斗、李冯、邱华栋、毕飞宇等为主要代表作家。从文学史的眼光来看，刁斗的小说充满先锋精神，执着于"虚构"，但他更注重从日常的人和事写起，从某种意义上显现存在的不在感。

在21世纪的文学版图中，辽宁作家在三个方面占据比较强的优势：一是历史文化散文方面，二是底层写作方面，三是当下的东北书写方面。对于前两者，既往文学史书写有所观照，而第三个方面则应成为未来文学史写作的对象。

历史文化散文在20世纪90年代兴起，王充闾的创作荣获鲁迅文学奖。贺本"90年代的散文"指出，王充闾的历史文化散文"承接了古代儒士文化精神，具有鲜明的政治情怀"，其"散文集《春宽梦窄》《面对历史的苍茫》等"，"充溢着浓烈的忧患意识、社会责任感和历史使命感"。该著还配以王充闾个人照片和《面对历史的苍茫》的封面。② 朱本关于2000~2013年新世纪文学的"散文"一节写道："作家余秋雨、李存葆、王充闾、李国文、冯骥才、祝勇、徐刚等人仍创

---

① 贺绍俊、巫晓燕：《中国当代文学图志》，春风文艺出版社，2009，第265页。
② 贺绍俊、巫晓燕：《中国当代文学图志》，春风文艺出版社，2009，第301页。

作有一定数量的文化散文。……王充闾的《张学良：人格图谱》体现了诗性书写和历史理性的特点。……王充闾的《驯心》和《用破一生心》两文对传统的官场心理和文化进行了批判。"① 90 年代至今，王充闾的历史文化散文一直处于"在"的状态，诗性、哲性与历史性的融合成为其最显著的特点。

底层写作，是 21 世纪出现的被批评家命名的文学现象。有的文学史著作只写到 20 世纪末，对于 21 世纪的内容没有论述。有的则略有涉及。就我们看到的文学史著作来说，对孙惠芬的底层叙事论述相对较多。贺本分析孙惠芬《吉宽的马车》时写道，其通过歇马山庄一个名叫吉宽的农民进城之后的遭际与困惑，描写了当下农民工的生活情景与精神状态。② 这部文学史著作是从底层的角度来写孙惠芬的作品的，其实也有一些批评家从乡土文学的角度来进行审视。辽宁作家的乡土文学创作体现了非常鲜明的辽宁特色——辽西、辽南、辽东等地域的民俗、民族风情，这些创作在小说史、民族文学史书写中得以具体展开。

马晓丽的《云端》被看作"一篇可遇不可求的优秀之作"。孟本谈论 21 世纪中篇小说时以一个段落的篇幅分析马晓丽的《云端》，认为它是 21 世纪最值得谈论的中篇小说，"一是对当代中国战争小说新的发现，一是对女性心理对决的精彩描写。战争的主角是男人，几乎与女性无关，女性是战争的边缘群体，她们只有同男人联系起来时，才间接地与战争发生关系，但在这边缘地带，马晓丽发现了另外值得书写的战争故事，而且同样惊心动魄，感人至深"③。在这本文学史著作的接近结尾处，著者以较大笔力分析《云端》，足见这篇小说的影

① 朱栋霖、朱晓进、吴义勤主编《中国现代文学史（1917—2013）》（第三版）（下册），高等教育出版社，2014，第 226 页。
② 贺绍俊、巫晓燕：《中国当代文学图志》，春风文艺出版社，2009，第 314 页。
③ 孟繁华、程光炜：《中国当代文学发展史》（修订版），北京大学出版社，2011，第 414 ~ 415 页。

响之大。虽然马晓丽的《俄罗斯陆军腰带》荣获了鲁迅文学奖，但马晓丽还是认为《云端》写出了自己想要写的全部内容。在实际的文学接受场域中，文本的解读甚至可能超过作家本人所想写出的部分，达到"形象大于思想"的艺术境界。

从辽宁文学入史的情况来看，时代、地域、文化、心理等成为要素或元素，举重若轻与艺术先锋则是在文学史书写中得到特别关注的方面。当然，我们不能简单地以现在的入史就断定辽宁文学、辽宁作家能永远入史或不再能入史，因为随着时间的推移，文学史观念的转型、文学史话语权威的确立以及其他因素的影响，会使文学史的格局发生一定的变化。但是，一些和文学内容相关的质的规定性，还是最核心的要素。

辽宁文学虽然取得了一定成绩，但是从整个文学格局来看，还有一定的弱势。长期以来，辽宁文学苦于未形成"辽宁文学舰"的气势与气场。但是当下"铁西三剑客"的活跃，会给辽宁文学带来从未有过的生机。双雪涛、郑执、班宇，出生于80年代，经历过辽宁最艰难的90年代，这看过、体验过、思考过的年代，现在成为他们讲述的年代。幸与不幸、不幸与幸，都在其中。未来的文学史应该会写到这些。

第五章

中国当代文学史研究的话语阐释

20 世纪 90 年代以来，伴随当代文学史书写所取得的实绩，当代文学史研究也得到专家学者的关注。不同的文学史观，影响着不同文学史研究的话语阐释。福柯的知识考古学、知识谱系学提供了不同的思维方式和"批判武器"，洪子诚以客观态度开启史料的钩沉，陈思和以整体观与民间立场审视文学史，程光炜以文学史家的姿态"重返八十年代"，李杨突破二元对立对文学史书写进行现代性反思，这些共同把当代文学史研究推向一个新的历史阶段，对于未来的文学史研究与书写具有非常重要的意义与价值。

第一节　知识考古学与文学史研究的客观态度

洪子诚在中国当代文学史的研究中是一个引人注目的存在，他的文学史研究以当代文学的发生发展为切入点，通过丰富的史料钩沉、立足客观的知识学立场和历史化的方法，打破了"革命"与"启蒙"的二元对立叙事，把关于当代文学的叙述引入一个具有历史纵深感的开阔地带，形成了一种容纳多种复杂性的当代文学史。

初治文学史时，由于对现代文学史上"纯文学"的推崇，洪子诚非常注重文学史的"文学性"和"审美性"。后来，考虑到"文学性"的标准高低、含量多少很难确定和把握，他由"文学"史的研究转向文学"史"的研究。有了这种文学史研究思想上的转向，他首先考虑到的问题是"当代文学"以及现有的一系列概念的由来，他认为当代文学是五四的文学革命经由不断"一体化"演变而来的，以此为突破口，他形成了立足客观的知识学立场、追求"史料说话"的态度。通过这种方式，洪子诚描述了社会历史的丰富复杂性、文学现象的起伏多变性、作家作品的意义多元性。

1. 文学史研究的动因

"当代文学"这一概念起源于何时？这是洪子诚进入当代文学史研究首先切入的问题。通过这一切入口，他探赜左翼文学主导话语下的各种概念的由来以及产生的历史语境，在此基础上，进一步探究历史的多元性、复杂性，包括"主流"与"非主流"、"启蒙"与"革命"，以及这两组相对立的概念之外的其他可能性。

（1）当代文学"发生"的重新探寻

就当代文学的发生发展而言，洪子诚认为，当代文学的发生研究没有得到重视，当代文学不是凌空蹈虚徒然而起的，需要对其发生进行探究，即当代的文学体制、文学生产方式和作家存在方式从何时开始生根发芽，又在何时发生了重要变化，以及这种变化发生的原因。

对于当代文学的起点，洪子诚用"转折"一词来描述，"转折"表现为文学话语权的变化，原来的"主流"成为边缘，被压抑的则居于高位。这都需要从制度、作家身份、读者构成、文学主题和艺术形式等各个方面做具体分析。所谓"非主流文学"，洪子诚也并不认为它是一个确定不变、具有绝对意义的概念，而认为其随时间流动，在具体的历史语境中才能确定。

对于"左翼文学"这个已经权威化的概念，洪子诚对已有的定论、已做出的评判进行"清理"，给予"重读"。并且，这种"清理"与"重读"又不是十分确定的，因为他深知历史是被构造的，历史的缝隙中存在很多被重构的质子。所以他一般从多种视角来考察"左翼文学"这个概念，以敞开的思维方式，给出能够释放多种可能结果的答案。与此同时，历史本来就带有一定的含混性、复杂性，比如，对于 1966～1976 年的文学，在 90 年代，距离短短 20 年，已经有多种不同看法，这意味着文学史的书写也会有更多的可能，这也是洪子诚文学史观的构成部分，即提出不同的看法、发出不同的声音。

（2）当代文学一系列"概念"的来龙去脉

在方法论上，洪子诚认为当代文学史的许多问题的内部因素并没有理清，对于概念、叙述方法，学界大多讨论它们的正误、合不合理，不大追问其由来、产生的语境和变异。他觉得弄清楚这些概念、说法的特定含义，了解它们形成的具体条件、背景，比做出简单肯定或否定的判断要重要得多；与此同时，对这些概念、说法，也不是要全部否定，而是要将其放置于特定的历史情境中，考察它们的含义、由来、变异，也就是它们的发生、扩散、变迁以及衰减的情况。

在与李杨关于当代文学史写作及相关问题的通信中，洪子诚说："在我们生活的'后革命时代'，尽管 50—70 年代文学在'现代性的压抑'的理论中，多少已经成为'文化陈迹'，但是，有许多问题事实上并没有得到认真研究。所以，我觉得'当代文学'这一概念，需要'挽留'一段时间。这是我仍然要写'当代文学史'的理由。"①这也是从"当代文学"学科建设的复杂性上来说的，"社会主义文学""革命文学"这些概念容易把"当代文学"单一化，"当代文学"应包含主流文学、非主流文学以及两者之外的文学。八九十年代后"当代文学"的某些特征是否依然留存，多元化的 90 年代是否还需要"当代文学"的主流精神，这些都是值得考虑的问题。

洪子诚通过审视 90 年代以后的文化困境反思自身在对"左翼文学"的研究过程中是否忽视了其更为积极的一面。同时，在一个文化处于转折的时代，阐释、再解读的活动是对历史所做的文化清理，也

---

① 李杨、洪子诚：《当代文学史写作及相关问题的通信》，《文学评论》2002 年第 3 期。

是在一个芜杂、混乱的年代回顾历史，还是在失去立足点的情况下重新找到活力、生机和"裂变"的可能。

（3）对启蒙、革命二元对立模式的反思

在 20 世纪 80 年代，文学史研究通常以著名的"断裂论"来叙述中国现当代文学史，即认为五四文学所开创的启蒙文学是一种占据主体地位的文学，而由左翼开创到"文革"发展到顶峰的"政治化文学"，中断了五四文学的纯文学传统，"文革"后的"新时期文学"接续了五四文学，使文学回到了文学自身。还有另外一种话语，认为当代文学是从现代文学中分离出来的，不能形成自己的学科话语。对于 20 世纪中国文学的轨迹，一些学者认为五四前后是辉煌的起点，其后是不断退行、下降的过程，下降的谷底是"文革"时期。"文革"结束后才有了文学的复兴，而 50～70 年代是一个可以屏蔽、封存的文学时期，因此，对当代文学的探索是没有必要的。① 从现有的文学史叙事模式来看，洪子诚对这种革命、启蒙对立式的叙述方式进行了反思，认为这两种模式对社会主义文学的处理过于简单：或者基本否定，或者采用屏蔽删除的方法。然而这段历史刚刚过去，很多问题还未得到解释，我们不应轻易忘却。50～70 年代的文学是否由于其"审美价值""文学性"的缺失只能被怀疑、遗忘、封存？如果按照杰姆逊所说的"只有通过文本才能接近历史"，我们面对的不是历史本身，而是关于历史的叙述，我们就应该尽量挖掘这段历史的缝隙之处，以及在现时意义上回看过去的多种可能性。

2. 文学史研究的方法与过程

洪子诚借助"一体化"这一概念，梳理了当代文学是如何从 20 世纪 40 年代后期的左翼文学演变为 50～70 年代的权威统一文学话语的。同时，洪子诚借鉴"新历史主义"的思路，重新打开历史叙述的

---

① 孟繁华：《治史传统与当代经验——谢冕、洪子诚的文学史研究》，《东北师范大学学报》（哲学社会科学版）2020 年第 2 期。

多重维度，透过其学者的眼光，采用翔实的史料，以客观态度书写当代文学史。

（1）"一体化"的确立

洪子诚认为，当代文学作为一门学科，自 50 年代就开始进行积极构建，它的概念、体系、描述方式，当时就已经确立。当代文学史的开端，应该追溯到 20 世纪 40 年代后期左翼文学界确定"文艺新方向"的种种举动。

中国的"左翼文学"经由 40 年代解放区文学的"改造"，它的文学形态和文学规范（文学发展的方向路线和文学创作、出版、阅读的规则等）在 50～70 年代凭借其影响力也凭借其政治力量而"体制化"为唯一可以合法存在的形态和规范。① 这种"体制化"（或称"一体化"）的角度是洪子诚 90 年代以来通过破解"十七年"文学乃至整个"当代文学"确立起来的。

对于当代文学的"一体化"研究，洪子诚主要关注的是这样几个环节：文学机构，也就是文学社团和作家组织；文学杂志、文学报刊、出版社的情况；作家的身份和存在方式；文学评价机制，包括文学的阅读与消费方式。这些环节打破了过去分析作家作品的模式，在很大程度上弥合了这种模式所带来的文学史研究碎片化的缺陷，而主要从文学的外在制度层面着手，条分缕析当代文学是如何由"左翼文学"一步步迈向社会主义文学，涵盖当代文学的方方面面的。

（2）历史的方法和客观的姿态

洪子诚的文学史研究，采用知识学立场与历史的方法。与"体制化"文学观念相关联的是文学方法上的选择。"尝试不以不可避免和必要的价值判断作为研究的支点"，竭力"搁置"评价，把"价值"问题暂且放在一边。② 这是对福柯的新历史主义话语研究的创造性转

---

① 洪子诚：《中国当代文学史》，北京大学出版社，1999，第 5 页。
② 洪子诚、李静：《朝向现实与未来的文学史——洪子诚教授访谈录》，《当代文坛》2019 年第 4 期。

化。一方面，洪子诚秉持的是新历史主义观，认为历史是一种可以被人为构建的文本，历史是被叙述的历史，"既有历史"中存在由于政治和时代原因所没有发现的一些裂缝，我们应该尽可能回到历史"现场"。另一方面，他仍对新历史主义观持一种谨慎态度，"我们仍然信仰历史叙述的非虚构性，对真实、真相、本质仍存在不轻易放弃的信仰……"，这种怀疑，与中国古代的"究天人之际，通古今之变"的治史传统密切相关，是一种知识分子的责任意识与人文关怀。两个方面之间形成的悖论，使得洪子诚的文学史充满张力，也是一种有温度的文学史。①

以历史的方法，努力打通"内部""外部"，给当代文学史研究提供更多的可能性，是洪子诚的执着追求。在韦勒克文学的"内/外"理论规划中，对文学制度等社会性因素的研究属于"外部研究"，而文本或"文学性"就交付"内部研究"的形式去处理。洪子诚谈道："80年代以来，在中国现当代文学的研究中，我们体验到这种外部的、'启蒙主义'的视角所发挥的批判的力量。今天，它的弱点、局限也得到充分暴露。这种方法，过分信任一种普遍性的理论和法则的力量，忽视了对象的具体性，个别性的方面。"② 但对洪子诚而言，如果对"文本"做孤立的"内部研究"，可能无助于历史的打开。所以他事实上探索的是一种把"内部"和"外部"打通的方式。

洪子诚借助丸山真男的"历史"研究方法，打通了内外研究。"深入对象中理解对象的内在逻辑，因而可能具备瓦解对象内在逻辑的功能。"通过这种方法，"当代文学"所存在的一系列概念被重新探寻，其背后的政治、时代背景也被重新挖掘出来，"当代文学"的性质和来龙去脉也得到了梳理。

---

① 陈培浩：《丰富的"矛盾"——洪子诚文学史研究的"矛盾"与辩证》，《中国当代文学研究》2019年第3期。

② 洪子诚：《问题与方法：中国当代文学史研究讲稿》，生活·读书·新知三联书店，2002，第96页。

洪子诚以客观的姿态书写、研究文学史，显示出与其他文学史专家不同的学术个性。在《中国当代文学史》的"前言"中，洪子诚说，他不是对这些现象进行评判，而是回到历史情境之中，尽可能靠近历史。① 为了摆脱二元对立的叙事模式，洪子诚认为我们必须以历史事实为依据，明了事实与过程的真相，历史并非只有"肯定"或"否定"的单一的、片面的主题，而应该是多元的、丰富的。我们应该抑制评价的冲动，即我们不要带着一种预设的价值尺度来评价历史，或者仅从当下的需要出发做出主观的判断。

从《中国当代文学史》的叙述方式上也可以看出洪子诚的客观态度，文学史编写语言简洁、冷静，文体上也是一种简明的叙述方式。另外一点是对引号的运用，当我们阅读时，"当代文学""转折""一体化"等概念的引号，本身就呈现给阅读者一个开放性的文本，呈现出历史的"被叙述"状态，引发多种可能性的思考，而不是非此即彼、非黑即白的判断。

同时，这并不意味我们对待历史不能有自己的"立场"和"评价标准"，而是说当面对复杂历史的时候，我们应努力整理清楚"历史是什么样子的"和"历史为什么会这个样子"。我们可以把自己对历史的"态度"隐藏在对历史事实的清理和描述之中，而不应该在没有弄清楚"是什么"和"为什么"的情况下站在前台说话。

（3）"史料""史识"的写作实践

采用"历史"的、"知识学"的叙述方法有一个前提，就是对事实、材料有全面、细致、历史性的把握。

这也是"客观"对待历史的途径，采用大量的史料去靠近"历史的现场"，描述出社会历史的丰富复杂性、文学现象的起伏多变性、作家作品的意义多元性。洪子诚秉承的是"大胆假设，小心求证""有一份材料说一份话"的学术理念。洪子诚的几部有关当代文学史的著作，

---

① 洪子诚：《中国当代文学史》，北京大学出版社，1999，"前言"第5页。

如《中国当代文学史》《问题与方法：中国当代文学史研究讲稿》《中国当代文学概说》《材料与注释》等，共同的特点都是通过翔实客观的史料描述当代文学史的发展进程。对于当代文学所面临的压力、当代文学所吸收的资源、当代文学"经典"的确立及其变迁、当代文学的"一体化"过程、当代文学体制对当代文学的制约、出版业包括报刊对当代文学的影响、作家的"存在方式"如何影响着作品的艺术品格等问题，洪子诚皆用厚重的研究材料予以解析。

文学史写作或编撰，史料是基础，没有史料就是无米之炊。但是，文学史既是文学，也是历史。因此，单从史料角度解决当代文学史编写的问题并不够，还需要有对史料的思想穿透力。建立在丰厚文学记忆基础上的对文学作品的体悟、感受和分析能力，对语言、形式的敏感，这是洪子诚强调的内容。"我们需要一种资料扎实的文学史，也需要一种'美丽的'（冷霜语）文学史，对作品的思想情感有独到解析，对艺术形式自身意义有尊重的文学史。"[①]

《中国当代文学史》《材料与注释》以及洪子诚其他文学史著作，都表达了他对待史料的态度。他后来曾这样回忆参加《当代文学概观》的写作的情况：

> 它是按体裁的体例写的，分诗、短篇小说、长篇小说、戏剧几个部分。分配我的是诗歌和短篇小说。那几年读了大量作品和评论，逐年翻阅《人民文学》、《文艺报》、《译文》（《世界文学》）、《诗刊》，以及北京、上海、西安、广州等地方重要文学刊物。91 年到 93 年我在东京大学教养学部任教，资料室有全部的《人民日报》，没有人看，积满灰尘，也逐年搬回去翻。我其实没有什么特别"强烈"的史料意识，只是一种类乎常识的想法：不这样做，怎么编写文学史呢？特别是"当代"文学史当时尚属

---

① 洪子诚、李静：《朝向现实与未来的文学史——洪子诚教授访谈录》，《当代文坛》2019 年第 4 期。

"草创"。现在回想，有些做法可能太"笨"，后悔很多时间是在做"无用功"。大量的摘录在纸片和笔记本上的材料后来都用不着。①

他又说：

> 在"史"与"论"关系问题上，倒是一个深刻的教训。那个时候，我们其实也读不少材料，从北大图书馆、北京图书馆（现在的国家图书馆）和中国作协资料室借出几百部诗集。但那个时代提倡的是"以论带史"（实际是以论"代"史），将材料删削、肢解，纳入预先确立的唯物主义与唯心主义，无产阶级和资产阶级，现实主义和反现实主义斗争的框架中。1967 年春天，在北京灯市西口中国作协宿舍，和严家炎、谢冕等先生一起参加《文艺战线两条道路斗争大事记》编写，也是读了不少材料，但同样是将它们删削肢解，牵强附会地纳入由当代"政治—文学激进派"所设定的框架之中。我生活的不少时候，立场、派别远比观看（点）、事实重要。所以后来这方面多少有了警惕。②

后来的"警惕"让洪子诚不是从预设的结论出发去搜集史料，而是从史料中发现问题，以史观、史识作支撑，这奠定了他在当代文学史研究与书写中的重要地位。

3. 文学史研究的意义与价值

洪子诚为我们提供了一种开放性的文学史。他首先从"时代背景"入手，深入历史的内在肌理，分析了外部因素（作家的文化性格、社会地位、经济收入等）对作家心态和创作的影响。又进一步分

---

① 王贺采访整理《当代文学史料的整理、研究及其问题——北京大学洪子诚教授访谈录》，《新文学史料》2019 年第 2 期。

② 王贺采访整理《当代文学史料的整理、研究及其问题——北京大学洪子诚教授访谈录》，《新文学史料》2019 年第 2 期。

析了"当代文学"内部的一系列概念的由来和发展，理清了"当代文学"如何由左翼文学一步步被建构成新中国成立后的文学样式。在此过程中，面对很多"文学与政治"的关系问题，他并没有拘泥于某种"一元化"的论述，而是在"犹疑"和"矛盾"间，多方面展示了历史的含混性、复杂性，这也为其后的研究者提供了一种开放性的方法。

（1）社会文化氛围的视野

20世纪90年代之前的文学史研究与书写，特别强化意识形态对文学的影响，但这不是影响当时文学生态的全部因素，洪子诚分析了毛泽东时代的文学规范及策略，同时也把目光聚焦到作家的文化性格、社会地位、经济收入，甚至探寻他们出身的地缘状况。这些长久以来被我们忽略的问题一一得到澄清，同时，洪子诚也进一步关注作家的经济来源及社会荣誉职务在多大程度上制约了作家的独立性。制度化的建设和管理方式，都会对作家的心理产生影响，从而影响或重塑他们的文化性格。在"文化氛围"的视野下分析当代文学史的发展，给这一学科的建设提供了新的经验。

（2）历史纵深感的开掘

洪子诚打破了当代文学仅从一个历史事件开始的"幻觉"，其中隐含的思路是：当代文学的性质已经隐含于历史发展的过程中。从五四发端，到80年代的持续影响，他的视野显然延伸到了新文学产生和发展的整体过程，从而发现了当代文学发展过程中的被遗漏的诸多"问题"。他对"中心作家"文化性格和分歧性质、题材的分类和等级、非主流文学和激进文学的发生过程、"红色经典"的构造以及文学世界分裂的揭示等，是此前同类著作所不曾触及或较少深刻追问的。洪子诚思考将这一"历史叙述"的"重构"与整个"当代文学"学科建设结合起来，并形成自己研究的"学科话语"体系。然而前三十年的文学秩序基本受制于政治，新时期以后的文学在文化、审美等各方面则更为复杂，单从政治文化中心考察已经远不能解释其自身的许多特性。所以，洪子诚一直努力实践并成功实现了从社会氛围的视野多角度开掘历史。

（3）"矛盾"与辩证之间的历史多元化展开

"外部研究"是洪子诚文学史研究的特色，同时其对"文本""文学性"的重视又是毋庸置疑的，于是"内部研究"和"外部研究"构成了一对矛盾，洪子诚探索的是如何打通"内部研究"和"外部研究"。一方面他执着于左翼文学内部的丰富性挖掘，但另一方面他又并不放弃对"文学性"的亲近。他并非站在单纯的启蒙立场上将"文学性"作为"革命文学"的反面。这看似又是一种矛盾。他的看法不是二元对立的，而是多元复杂的。左翼文学曾经是一种具有内在活力的文学形式，只是在"体制化"的过程中逐渐丧失了内部的活跃的、变革的思想动力，并最终衰落下去。这样，当我们不再用"文学"与"非文学"、"启蒙"与"革命"、"现代"与"传统"这些二元对立的价值范畴来结构当代文学时，当代文学的研究就进入一个具有"学术"意义的文学史研究阶段，当代文学的研究也成为一种面向过去和未来的开放性研究。在矛盾与犹豫的过程中，洪子诚开掘出历史的多种可能性，也为历史叙述提供了多种途径。在大多数时候，洪子诚不是为了追寻一个是或否的答案，而是为了探寻文学史构建中存在的诸多问题，提供容纳各种复杂性的文学史空间。这样，其提供的便是一种充满"张力"的文学史。

洪子诚给我们提供的是一种创新式的文学史观。他打破了当代文学的很多结构定式，即对于政治占据绝对主导地位的、此前被很多学者视作灰暗的无意义的一段文学史的惯性思维，而主张重视历史的必然规律，采用内外研究方法和秉持客观态度去对待当代文学史，为我们剖析当代文学的历史深层逻辑，也为后来的文学史研究者们提供文学史深掘的入口。

第二节　知识分子与"重写"当代文学史的相遇

　　作为第五代批评家，陈思和具有创新意识和反叛精神。他以启蒙主义为基点，在整体观视域下进行理论探索与文学史写作，取得了丰硕的研究成果，为当下以及未来的文学史研究开拓了一条新的路径。我们系统梳理陈思和的文学史研究状况，从三个方面阐释其文学史书写。一是陈思和进入文学史研究领域的缘起和动因，包括时间上的脉络与时代文化背景；二是陈思和文学史研究的特点，在整体观作为方法论的观照下陈思和的文学史研究有其自身的独特性，具体表现在六个方面；三是陈思和文学史研究的价值和意义，其最终的指归是一条未完的文学史探索之路。

　　什么是文学史？"作为现代历史学的一种类型，'文学史'以描述文学发展的历程为目标，是一门有起点、有开端、有源头的学科，是对连续性的描述，对线性发展的重建。通过描述不同思想之间的关系，'文学史'将各种主题、概念和问题整合起来，将那些边缘的、准学科性的零散知识有效地组织起来，将它们纳入一个具有共同方向的进程。"① 李杨对文学史的这一描述是较为全面与客观的，王瑶也曾反复强调，"文学史既是文艺科学，也是一门历史科学，它是以文学领域的历史发展为对象的学科"，"文学史家要真实地反映历史面貌，要总结经验、探讨规律，就必须在丰富复杂的文学现象中概括出特点来"。② 文学史具有自身的历史独特性，我们不能简单地将文学史与文学批评及文艺理论等同起来，与这二者相比，文学史的建构更需要具备历史眼光，顺应历史要求，符合历史逻辑，秉持过程的观念与历史

---

① 李杨：《文学史写作中的现代性问题》，山西教育出版社，2006，第142页。
② 王瑶：《中国现代文学史论集》，北京大学出版社，1998，第232页。

的观念，由此形成历史的思维方式与思维习惯，它们和文学现象一样都是文学史中不可或缺的因素。回顾文学史研究与书写的发展历程，从1904年京师大学堂的林传甲编写了中国最早的中国文学史教材始，中国的文学史书写历经百余年赓续至今，已经具备比较规范的书写系统。与古代文学史相较而言，中国新文学史虽然起步稍晚，但也收获颇丰：从胡适的《五十年来中国之文学》打开中国现代文学史研究的开端，到王瑶的《中国新文学史稿》成为"最早的具有完备系统的现代文学史著作之一，建立了现代文学史研究与教学的基本格局"，再到新时期以来以洪子诚、陈思和、程光炜等为代表的新一代学者在启蒙主义视角下具有个人特色的文学史著作问世，在一代代学人孜孜不倦地辛勤耕耘下，中国新文学史百余年的发展历程以一条清晰的脉络呈现在我们眼前，就像是一条奔流不息的长河，在不同的阶段或旱或汛却从不曾中断，无数弄潮儿在其中淘沙寻珠。陈思和以一个知识分子的坚守逐浪其中，兼顾文学与历史，在几十年的探索中为中国新文学史的发展写下浓墨重彩的一笔。

1. 缘起与动因：知识分子与文学历史的相遇

1978年陈思和进入复旦大学中文系学习，并发表为同学卢新华小说《伤痕》而写的评论《艺术地再现生活的真实》（《文汇报》8月22日），这标志着陈思和开始"真正进行当代文学批评"。按照他自己的说法，其真正开始学术道路，始于1980年在《文学评论》上发表文章。① 无论从哪一阶段开始算起，陈思和从事中国现当代文学研究都已40余年，并取得丰富的学术成果，是一位做出重要贡献的教师、学者、批评家和文学史家。走进陈思和的学术之路，我们可以从中探寻出一个具有良知的知识分子对专业岗位的坚守与开拓，也能明晰他是怎样走入文学史研究的宏大空间中并在此开拓出属于自己的领域的。

---

① 陈思和：《三十年治学生活回顾——陈思和三十年集序》，《当代作家评论》2009年第3期。

对于自己的学术研究，陈思和划分为三个方向："从巴金、胡风等传记研究进入以鲁迅为核心的新文学传统的研究，着眼于现代知识分子人文精神及其实践的探索；从新文学整体观进入重写文学史，对民间文化形态、战争文化心理、潜在写作等一系列文学史理论的探索，重新梳理我们的文学史研究和学科建设；从当下文学批评实践出发，探索文学批评参与和推动创作的可能性。"① 在陈思和的学术生涯中，文学史研究是关键，其研究成果主要集中在《中国新文学整体观》《新文学整体观续编》《中国当代文学史教程》以及尚未出版的《中国现代文学史教程》等一系列学术专著和论文之中。他著述不断，坚持追求在文学史研究领域的突破。

　　陈思和与文学史的相遇，最早可以追溯到 1979 年，在恩师贾植芳的指导下，他与同班同学李辉一起研读巴金著述，以及国际无政府主义思想文献。从巴金的激进自由主义创作进入文学史，到整合鲁迅、胡风的左翼文艺传统，是陈思和研究文学史的一个基本思路和方法。② 他从 1983 年开始主讲"中国现代文学史"课程，也正是从这个时期开始通过教学工作深入透彻地了解文学史，从而进入更为广阔的文学史研究空间。不久后，他担任贾植芳的助手，协助进行国家项目"外来思潮流派理论在中国现代文学史上的影响"中的资料汇编部分，加之他在大学期间还大量翻阅《新青年》《小说月报》《晨报副镌》等 70多种报刊和几百部现当代文学作品，这些都为后来的研究打下了坚实的基础。陈思和文学史观的灵感和萌芽与这样丰厚的材料积累和扎实的阅读基础是分不开的，《中国新文学整体观》就是这些资料汇编的"副产品"。正如他所说："任何思想都不会凭空产生，即使你能够在一些外来的理论方法触发下产生出新鲜的见解，也不过是你已经熟悉了你所要研究的材料的缘故。"③

---

①　陈思和：《新文学整体观》，广东人民出版社，2018，第 394 页。

②　陈思和：《三十年治学生活回顾——陈思和三十年集序》，《当代作家评论》2009 年第 3 期。

③　陈思和：《新文学整体观》，广东人民出版社，2018，第 181 页。

如果说这些学术经历是前史，那么1984年杭州的会议则可以看作他真正踏入文学史研究领域的标志性事件。他在会上发言谈论现代主义问题，后整理为《中国新文学中的现代主义》一文（刊于《上海文学》1985年第7期）。在1985年厦门的会议上撰写《新文学史研究中的整体观》一文［刊于《复旦学报》（社会科学版）1985年第3期］，同年5月由现代文学学会发起在北京万寿寺举行的现代文学青年学者创新座谈会上，他以此题的发言与北京大学黄子平、陈平原、钱理群的联合发言《论二十世纪中国文学》两相呼应，开启新时期以来文学史研究新的篇章。这一时期，中国当代的文学批评进入了一个黄金时代，以陈思和、钱理群、洪子诚等为代表的第五代批评家顺利进入批评领域，他们中"从事纯粹的文艺批评者并不多，主要是从史的角度对文学进行系统化研究"，第五代批评家接受的是系统的学术训练，具有鲜明的学院派特点。他们直接承接五四传统，同时受到改革开放的社会大潮影响，因此"具有宏阔的历史眼光、顽强的探索精神、现代的理性自觉和深刻的自由意识"[1]。陈思和作为第五代批评家中的一员，不负众望，以其深厚的学识在文学史领域取得了开创性的成就。

对于陈思和自己来说，1985年具有独特的意义，在这一年他重新燃起了当代文学和文学史研究的热情。"从一九八五年起，我又开始写当代文学批评的文章，并主要做了二方面的工作：一方面是从文学史的角度来把握和确定当代文学现象的价值意义；另一方面是以当代认识来重新整合文学史，重新评价文学史。"[2] 虽然陈思和早于1985年就受到当时思想解放思潮的激励，结合自身文学史研习经验，写出《新文学史研究中的整体观》一文，其有关文学史的构思已经逐渐展开，但当时陈思和的主要精力还是放在巴金研究上。在《巴金论稿》

① 周明全：《研究作家作品，也要研究批评家》，《光明日报》2021年3月31日。
② 陈思和：《马蹄声声碎》，学林出版社，1992，第158页。

出版（1986）以后，他的研究目标转向 20 世纪中国文学，于 1987 年出版《中国新文学整体观》，作为其文学史探索成果的初步合集。

20 世纪 90 年代以来，陈思和开始强调知识分子的人文理想和岗位意识，这是他在文学研究领域不断探索和实践的结果，新文学整体观随着其学术素养的提高不断深化拓展并系统化、理论化。他逐渐将主要精力放在文学史理论的探索与创新上，挑战既定的文学史结论，极具个人风格。其中，以战争文化心理、民间文化形态、潜在写作、共名与无名、世界性因素等为代表的文学史理论为文学史研究提供了新的研究视角和研究空间。

考察陈思和研究文学史的缘起与动因，除时间上的线索外，宏观的时代背景与上海这座特殊的城市所带来的影响，也是无法忽略的因素。80 年代大力倡导解放思想，全社会一派革新之气，都在寻求打破陈规、创造新知。文学界同样如此，大量来自西方的理论涌入中国，对当时中国文学的发展产生了广泛而深刻的影响。同时也不能忽略上海的城市因素，正如杨庆祥所说："从根本上说，上海的文化氛围和文化性格必然和当时的整个社会思潮、意识形态构成错综复杂的关系，并直接影响到'重写文学史'思潮的变化和发展。"[1] 改革开放之后，随着城市改革的不断推进，上海因其区位而开风气之先，走在时代的前列，在当时是中国开放较早、最为发达的国际化大都市，整座城市都洋溢着一派奋发进取之态，生活在这座城市中的人们也被这种氛围感染，因此我们不能忽略这座城市中的市民观念、商业意识与开放姿态对文学界的影响。在《中国新文学整体观》出版之后，钱理群曾因为陈思和"不再好好地写下去"而写信不无讽喻地说："这大概就是海派吧。"[2] 这是一句玩笑，陈思和的治学之风与"空疏泛论"的"海派"截然不同，但是上海这座城市与复旦大学的环境的确对他的工作

① 杨庆祥：《"重写"的限度》，北京大学出版社，2011，第 102 页。
② 陈思和：《新文学整体观》，广东人民出版社，2018，"自序"第 2 页。

和研究产生了重要影响。陈思和身处复旦大学营造的宽松、自由的环境中，这使他能够心无旁骛地走到今天。①

1988年，刚过而立之年的两个年轻学者——陈思和与王晓明在《上海文论》开设"重写文学史"专栏，专栏一经推出便引起强烈反响，并与北京的陈平原、钱理群和黄子平提出的"20世纪中国文学"南北呼应，又一次在文学界掀起一股热潮。此后，每当提起80年代文学研究的热点事件，"重写文学史"都是不可忽略的。虽然这个栏目只有短短一年多的时间，但是陈思和对于"重写文学史"的探索与书写却没有中断，一直延续至今。至于为什么会出现"重写文学史"，陈思和总结了三个原因：首先，学科沿革，当代文学在"文革"之后愈发强大而现代文学却有所萎缩导致很多人转换研究方向；其次，从陈思和自身的研究方向来看，其主要研究对象巴金的创作很多都延续到1949年之后，1986年《巴金论稿》的完成也促使其产生"重写文学史"的构思；最后，李泽厚的《中国近代思想史论》也对他有很大影响。"重写文学史"的主要目的，就是要消解以1949年为划分文学史的界限，而方法就是把新文学前三十年和后三十年打通。可以看出，"重写文学史"在宏观构思上与"整体观"要求贯通现当代文学有异曲同工之处。就这样，陈思和个人的文学史观在时间和空间因素的双重影响下逐渐建构起来。

2. 反叛与建构：文学史书写的现代化之梦

陈思和多次在文章中谈到中国新文学中的"青春主题"，其实，陈思和的文学史研究中的"反叛性"构思和先锋意识，就是青春力量在文学史写作中的表征，其本质是在追求一种文学史的现代化。

曾有人提出"文学现代化"的概念，包括文学观念的现代化，作品思想内容的现代化，作家艺术思维、艺术感受方式的现代化，作品

---

① 林建法、程光炜、王尧等：《致力于现代知识分子人文精神和实践道路的探索——"陈思和文学思想学术研讨会"纪要》，《当代作家评论》2011年第2期。

表现形式、手段的现代化，以及文学语言的现代化等多方面的内容。文学写作需要现代化，文学史书写也有对现代化的追求。如何实现文学史的现代化，目前还没有明确的标准，从陈思和的文学史研究中我们也许可以窥探一二。他带着这个目标，在启蒙主义的指导下，开创以整体观为统领的极具个人特色的文学史话语表述与理论创新。他在已有研究成果的基础上建构一个与当代生活关系更为密切的文学史话语表述模式与理论空间，在多种文学史形式的维度中试图在以往和当下的文学史研究中架设一个新的桥梁——整体观。在整体观的指导下，随着研究的深入，他逐步开拓一个属于自己的文学史理论空间，再根据理论进行具体的文学史研究和探索，体现出"重写文学史"的努力和不断促进文学史现代化的追求和理想。整体观的形成也是多种因素综合的结果。前文提到，陈思和曾辅助导师贾植芳进行国家项目"外来思潮流派理论在中国现代文学史上的影响"中资料汇编的工作。这次经历，使陈思和对现代文学的研究有了自己的想法：一个是不再受"现代文学"和"当代文学"两个学科界限的束缚，主张打通学科边界，确立"新文学整体观"的学科视野；另一个是看到了中国新文学是在西方思潮的影响下进一步发展起来的，研究中国现代文学不能脱离世界格局。[1] 李泽厚的《中国古代思想史论》《中国近代思想史论》等著作以及瑞士心理学家皮亚杰的结构主义整体论的学术思想都为陈思和提供了学术灵感。就这样，一个年轻学者横跨东西、纵贯古今，大胆地对前人的文学史书写提出挑战，在反叛中找到一条属于自己的文学史研究道路。

迄今为止，陈思和有关文学史方面的研究成果主要体现在三本专著中：《中国新文学整体观》《新文学整体观续编》《中国当代文学史教程》[2]。它们各有侧重。《中国新文学整体观》主要针对的是 20 世纪

---

① 陈思和：《新文学整体观》，广东人民出版社，2018，"自序"。
② 其实陈思和有关文学史方面的学术成果还应该包括已经筹划很多年但是一直未出版的《中国现代文学史教程》，由于我们无法看到它的全貌，所以无法做出总结与评价。

中国文学史的研究，"以文学史为背景来全面考察文学创作现象，梳理文学思潮脉络、解释文学演变来龙去脉的踪迹，揭示的仍然是文学史的某种过程"①，里面的每一个研究方向都更具象化。而《新文学整体观续编》更多的是在"重写文学史"倡导下进行一种文学史理论探索，他"企图解说的是具体的创作现象，通过理论探索，为文学史研究提供新的研究视角和研究空间，从而改变文学史的既定结论"②。《中国当代文学史教程》这部文学史教材的出现，就是对上述文学史理论的一次集中总结。虽然这本当代文学史著作是集体编写的，但是陈思和统筹全书使其有一以贯之的文学史理论指导，即"建立在主编陈思和多年来对中国新文学或二十世纪中国文学'整体观'研究的基础上"③。该著对陈思和提出的"潜在写作""共名与无名"等文学史理论进行综合运用，重新整合各种文学现象，使其呈现出整体的样态，是一部具有独特风范的文学史著作。同时我们也应该看到，这部当代文学史著作要用作大学教材，受到大学课程系统的规约，这在客观上限制了其写作的自由。基于此，我们不必苛求这部当代文学史著作尽善尽美，它只要符合当时的历史语境，对于未来的文学史建构有所借鉴与启发，就已经完成了它的使命。

想要了解陈思和的文学史构思，就需要明确"整体观"这个概念的内涵和外延。"文学的整体观作为一种研究方法，不同于就事论事地对研究对象作出评论分析，也不同于简单地对两个研究对象进行比较，它是把研究对象放入文学史的长流中，对文学的整体进行历史的、能动的分析"④；是"史的批评"，"以批评的眼光，勾勒新文学整体精神的流变"，是"是打破线性时间限制之后，在整体框架联系中，对

---

① 陈思和：《新文学整体观》，广东人民出版社，2018，第 395 页。
② 陈思和：《新文学整体观》，广东人民出版社，2018，第 395 页。
③ 郜元宝：《作家缺席的文学史——对近期三本"中国当代文学史"教材的检讨》，《当代作家评论》2006 年第 5 期。
④ 陈思和：《新文学整体观》，广东人民出版社，2018，第 24 页。

具体文学现象的自由解读"①,是一种坚持启蒙立场的多层面阐释体系②。从不同的角度入手,我们可以对整体观做出不同的定义和阐释。

综观陈思和的文学史研究,"整体观"的特点可以概括为以下六个。

一是中国新文学世界性因素,在整体观视域下体现为同步性,陈思和将中国新文学放到世界文学发展的格局中进行考察与分析。如在《中国新文学发展中的现代主义》中,当谈论到中国新文学中浪漫主义的特征时,陈思和以欧美文学中的浪漫主义为对照,十分重视西方浪漫主义文学思潮在中国的引进与传播,在其他文章中陈思和也不忘在讨论中国新文学问题的时候投以开放的目光,注入世界性的因素。

二是中国新文学的时间性因素,在整体观视域下体现为连续性,陈思和试图打破现当代文学的界限,将中国新文学的时间脉络接续为一个整体,而不是人为地将其断裂为"现代"和"当代"两个阶段。在文学史的研究上,文学史分期是一个十分重要的问题,这"在很大程度上,是对历史过程中断裂和承续的关系的理解"③。打破现当代文学的界限并不意味着取消文学的分期,恰恰相反,陈思和在整体观视域下对内部的文学史分期问题有自己独特的见解,他把抗战当作新文学史上的一个重要节点,提出著名的"战争文化心理"的观点,并在《简论抗战为文学史分界的两个问题》等文章中对这一文学史理论做出解释与回应。

三是中国新文学的启蒙性因素,在整体观视域下体现为肯定"五四"在新文学史上的特殊地位。与陈平原、钱理群、黄子平三人提出的"20世纪中国文学"观点试图将中国新文学的源头越过"五四"往前追溯到1898年不同,陈思和坚持"五四"在新文学中的源头地位,以及其精神传统在之后文学史长河中的流传。陈思和在《试论五

① 陈思和:《新文学整体观》,广东人民出版社,2018,第489页。
② 陈国和:《整体观:文学史观、阐释体系和价值立场》,《学术评论》2021年第2期。
③ 洪子诚:《问题与方法:中国当代文学史研究讲稿》,生活·读书·新知三联书店,2002,第101页。

四新文学运动的先锋性》一文中从五四新文学运动所包含的先锋性因素入手，实际上就是在肯定"五四"的重大意义。

四是中国新文学的传统性因素，在整体观视域下体现为继承性。承传"五四"精神的陈思和并没有否定中国传统文化对于中国新文学的影响，反倒秉承一种十分重视的态度，在《中国新文学对传统文化的态度以及演变》一文中系统梳理二者的关系："从五四到新时期，中国新文学对传统文化的基本态度，经历了片面否定、片面肯定、重新评价这样三个阶段，它既是中国现代社会发展对文化和文学的一种制约，又是新文学与传统文化关系的一个辩证发展。"①

五是中国新文学的形式性因素，在整体观视域下体现为开放性。陈思和并没有局限于诗歌、小说等传统文学体裁，对电影、绘画、戏曲等艺术形式也有所涉猎。

六是中国新文学的地域性因素，在整体观视域下体现为包容性。整体观研究对象并非只局限于大陆文学和汉族文学，还包括港澳台文学以及少数民族文学。

陈思和还将自己的"整体观"的研究方法运用到更为抽象的文学史现象之中，如《中国新文学发展中的忏悔意识》《中国新文学发展中的两种启蒙传统》等文章中都可以看到这种构思，这就是他对"整体观"这一方法进行综合运用的结果。同时，我们也应该认识到，"整体观"并非一个完全的整体，其中仍然存在分裂乃至碎片化的趋势，整体主要针对的是整个文学史格局的总体状况，随着陈思和的学术研究不断深入，这一方法论不断具体化、学理化，也就是陈思和所说的"多层性"。洪子诚对这种"多层性"有清晰的概括："这种'多层性'不仅体现在作家、作品之间，比如这个作家和那个作家之间，这个作家的这部作品和另一部作品之间，而且也常常体现在某一部作品的内部。同时，这种'多层性'，也并不是处于对立或者对抗

---

① 陈思和：《新文学整体观》，广东人民出版社，2018，第170页。

的格局中，它们的关系也不都是那么清晰。"① 通过"多层性"，陈思和的研究可以深入文学内部的各个组织和关节之中，是在强调文学史历史性特征的同时对于文学性的一种复归，从作家出发，从作品出发。

3. 赓续与超越——未完的文学史探索之路

特定的历史时代会产生具有时代特色的文学史观。20 世纪 80 年代是一个神奇的年代，文学在这个时代异常繁荣发展，当时的文学界表现出非常强烈的对于变革的渴望和期待，"改革"、"突破"与"超越"成为这一时代的关键词。这种观念反映在文学史书写上就呈现出一种断裂而非承续的状态。在当时，以陈思和为代表的青年学者对于以往文学史的评述体系、叙述方式都提出质疑，都在寻求"突破"。这些文学史建构无论是以社会政治为本位，还是以时代精神为本位，抑或是以文学作品为本位，都是在学术层面进行当代文学史的话语建构。可是这种书写方式也会产生一些问题，如有时为了遵循特定原则甚至不惜生搬硬套，只求宏观上的和谐统一。事实上，面对纷繁复杂的文学现象和千差万别的文学阶段，这种做法无疑是过于理想化的，其结果就是导致文学史书写单一化、固定化。

陈思和试图通过整理以往文学史的概念和叙述，建构一种新的当代文学史批评体系，从而改变当代文学史的形态，这属于文学史书写格局的重构。他以整体观为原则开拓文学史的审美立场，在大量史料的基础上进行文学史书写，在当时文学史研究固定化、封闭式的氛围中注入一股革新之风，体现出具有艺术性、多层性的风格，同时将自己的人文理想和知识分子品格注入其中，进行有温度的文学史研究。

此外，具有怀疑精神的陈思和一直在强调要摆脱某种共名的束缚，写具有个人话语的文学史，"文学史只有成为个人的研究工作，表达个人的对时代、历史和文学的真知灼见，展示研究者个人的人格魅力，

---

① 洪子诚：《问题与方法：中国当代文学史研究讲稿》，生活·读书·新知三联书店，2002，第 88 页。

才有可能使这门学科体现出真正的自由精神，文学史才会有一个蓬勃的前景"①。他秉承着文学史研究的进化观念，其文学史探索道路始终不曾中断，《中国新文学整体观》与《新文学整体观续编》作为其研究的结晶，每当有机会再版的时候，陈思和都会根据自己最新的研究观念对其进行完善与修改，以至于其成为他学术成果中版本最多的。正是这种严谨的态度和精神使得其有关文学史的理论探索至今仍具有重要的学理价值。

在将以"共名与无名""潜在写作"等为代表的一系列概念放到文学史的话语表述体系之中后，陈思和建立起一种以"整体观"为核心的有关中国现当代文学史的历史思考与历史意识。他对于自己所进行的文学史工作有清醒的认知："大约任何一个时代的文学工作者都不会有我们今天那样强烈的文学史意识，我清楚地感受到：我是个研究文学史的学者，但是我也是在书写文学史。当然不是说，我会无中生有地编造文学史，我所指的'创造'，也就是我和我的同行们努力的目标：把现代文学史从人为的三十年时间限制中解放出来，让它延伸到今天以至未来，使现代文学成为一门未完成式的开放性学科。""或许在下几个世纪培养出来的严谨的文学史研究者对我们这一代的研究成果不屑一顾，但我们的工作精神和工作态度，会作为后人认识历史的一份资料，被融入文学史的传统。历史正在我们身上流淌，我们无法超越。……我……深知唯一有价值的工作就是帮助这门学科激发出生命力。"② 陈思和一直没有放弃对"重写文学史"的探索与努力，而是将其融入文学研究的各个领域之中，以一个知识分子的立场和良知，对中国现当代文学的发展做出自己的贡献。他具有很深刻的历史中间物意识，他在赓续历史叙述，又在不断超越自我，在赓续与超越中得到升华。

---

① 陈思和：《新文学整体观》，广东人民出版社，2018，第402页。
② 陈思和：《新文学整体观》，广东人民出版社，2018，第398、400页。

"怎样写中国文学史？这里也许永远有层出不穷的疑问，永远得不到终结的答案，不过从林传甲开始，一批致力于用写作来回答这一提问的中国学者，就把他们的答案一一留了下来，并且陆陆续续引出无数后来者的响应，作为中国文学研究的一种重要语言存在至今。"①一时代有一时代之文学，一时代有一时代之文学史，时代在不断前进，历史语境也随之发生变化，我们永远都不能要求产生一部"完美的"、没有任何缺憾的文学史，但是文学史的研究者仍然在特定的历史语境下根据时代的要求不断追求创新与突破，这样一种探索精神是很宝贵的。陈思和的新文学整体观的文学史写作方法也许会在今后被质疑、否定甚至取代，可无论如何他以知识分子应有的姿态为一个阶段的中国文学书写出自己的答案，为今后的文学史书写开拓了更为宽广的研究视域和话语空间，这些都是值得肯定和尊重的。

"文学史更内在隐藏的是一部知识分子的心灵史"②，研究陈思和的文学史，就是和他进行心灵的交流。在这条永远没有尽头的文学史探索道路上，陈思和始终保持作为一个现代知识分子应有的追求、探索与坚守，始终具有人文关怀和社会关怀，正是因为有这样执着的坚守，其文学史研究才能取得如此成就。他曾担任《上海文学》主编三年，在这期间他坚持办纯文学刊物，不追求市场效益，力求守住纯文学的价值和品位，还多次主持出版多种文学读物；作为一名教育工作者，他几十年如一日，诲人不倦，桃李满天下；在文学研究领域更是获得了众口一词的赞誉，他始终以文学为基石面对现实生活，解决实际问题，在文学史中寻求精神力量。贾平凹曾在一次研讨会上为陈思和书写条幅——"参天者多独木，称岳者无双峰"，表达对陈思和严谨学风的敬意。

---

① 戴燕：《文学史的权力》，北京大学出版社，2002，第 37 页。
② 陈思和、张新颖：《关于中国当代文学史的几个问题》，《当代作家评论》1999 年第 6 期。

第三节　"重返八十年代"与当代文学史家的姿态

作为当下当代文学领域的领军人物之一，程光炜引领着当代文学史的研究与当代文学学科的建设。我们通过对程光炜文学史研究的动因、特征与价值进行考察，试图对程光炜文学史研究进行较为完整的思考。程光炜具有高度的文学史家责任感，突出表现在其对学科现状的反思上，集中于纵向外部对比与横向内部剖析两个层面。他的以"重返"为核心的文学史研究，具有学院化、历史化、"史家批评"、史料化等突出特征，为当代文学学科建设带来了新向度，即新的研究方向和新的方法论。随着时间的推移，其文学史家的意义将会越来越凸显。

在早期学术研究期间，程光炜进行了大量的诗歌创作，最早于1979年23岁时开始在《奔流》等杂志上发表多篇诗作。1983年，"受大学重学术轻创作风气影响，写诗兴趣减弱，开始转向诗歌研究和批评"[1]，曾先后发表《诗的现代意识与艺术功能》（《诗刊》1986年第2期）、《不知所终的旅行——九十年代诗歌综论》（《山花》1997年第11期）等诗歌研究文章。随后，程光炜逐步脱离诗歌创作与研究，转向了中国现当代文学批评与文学史研究方向。

对程光炜来说，1998年是一个特殊的年份。是年，在由洪子诚主编的"九十年代文学书系"中，程光炜负责编选诗歌卷《岁月的遗照》。该书由社会科学文献出版社出版后，引发诗坛强烈震动，成为"知识分子写作"与"民间写作"的"盘峰论争"导火索。有创作者撰文对《岁月的遗照》进行猛烈批判，抨击其选诗存在狭隘与偏见，

---

①　魏华莹：《程光炜学术年谱》，《东吴学术》2016年第4期。

对诗选审美性提出极大意见①。处于论争旋涡的程光炜受到多方抨击，其中不乏多年老友。谈及往事，程光炜表示，"这场'论剑'对我个人来说，是很大的情感伤害"②。但这也加速了其对诗坛美好印象的幻灭，客观上推动了其研究转向。

2005 年，研究转向后的程光炜提出其文学史思想的核心理论——"重返八十年代"。随后的十多年内，围绕"重返八十年代"，程光炜与其同行者③做了大量研究与努力，使这一观点成为当下中国当代文学史研究的核心话题之一，并且不断推陈出新，持续获得关注。

纵观程光炜近 20 年的文学史研究，以"重返八十年代"为核心的学术思想映射出的史家姿态，成为其文学史研究的鲜明注脚。

1. 动因：史家责任与学科现状

在程光炜指导的博士生黄平看来，假如对程光炜近些年来的学术研究经历进行概括性的身份认定，那么"最合适的应该是文学史家"，并且是"洪子诚教授之后，当代文学领域最重要的文学史家"。④ 这样高的评价，一方面或许出于学生对老师在学术上的敬仰，另一方面也从一定程度上体现出程光炜学术研究的影响力。事实上，"文学史家"比较准确地对程光炜文学史研究的水平与价值进行了定位。

程光炜为何选择从事文学史研究，以及是如何提出"重返八十年代"这一核心学术观点的，成为探究其文学史研究的引入问题。程光炜作为具有高度责任感的文学史家，是从纵向外部对比与横向内部剖析两个层面切入文学史研究的。

（1）外部责任感："巨人般"的现代文学

与洪子诚一样，程光炜也曾涉足现代文学研究，因此在纵向角度

---

① 沈浩波：《谁在拿"90 年代"开涮》，首发于 1999 年《东方文化周刊》，见《心藏大恶》，大连出版社，2004，第 315 页。

② 何晶：《专访程光炜：80 后作家不会永远甘于做"张恨水"》，http://old. lifeweek. com. cn//2013/0710/41452. shtml。

③ 特别是程光炜所指导的中国人民大学的博士生们，如李建立、杨庆祥、黄平、张伟栋等。

④ 黄平：《史家批评：程光炜近年来的"文学史批评"》，《文艺争鸣》2011 年第 18 期。

上，同时对 1917 年至 1949 年的现代文学和 1949 年以降的当代文学有足够的了解。同样地，正是这种对两个相同基础学科（同属"现代文学"二级学科）的全方位认知，造就了一种由一方向另一方施加的强烈的学科紧促感。在现代文学与当代文学这对"亲兄弟"间，显然是繁荣的现代文学向当代文学施加以学科外部的压力，进而促生了作为当代文学史研究者的程光炜的外部责任感。

对于现代文学与当代文学发展间的速度鸿沟，程光炜有清晰的认知。其一，就时间跨度而言，现代文学三十年，已经是完全历史化的时间段，而当代文学自新中国成立以来，已经走过七十年左右历史，且还在无限向下延伸。因此当代文学已经是现代文学时间跨度两倍以上。其二，就学科建设而言，对二者的研究同步开始于 50 年代初期，然而经过相同时间的发展，现代文学已经形成大量的学术共识，如由王瑶、唐弢推动建立的现代文学研究传统，"五四"新文化方向与鲁迅思想的精神指向[1]等；反观当代文学，一切还处于以批评为主的"尴尬状态"[2]。这种来自现代文学的学科外部压力，凸显着同为文学门类的当代文学研究的学科窘迫，催生了如程光炜一般的当代文学研究者的外部责任感。

（2）内部责任感："长不大"的当代文学

在程光炜的研究中，与现代文学相比，当代文学存在明显的"身份危机"[3]。这种危机掩藏在中文学科内部对"重现代轻当代"的默认之下，也掩藏在当代文学内部对自身建设存在的大量"繁荣的"表述，当代文学"敏锐性、知识信息量，它的思想深度和对别的领域的启发性，可能都不应该在现代文学之下（或者更高）"等"学科自信"之下。程光炜戏谑地指出，在现代文学研究领域，知名学者被提及时，都会点明其具体的研究领域，而当代文学研究者无论著名与否，皆被

---

① 张福贵：《"五四"新文化方向与鲁迅思想的精神指向》，《当代文坛》2022 年第 2 期。
② 程光炜：《文学史二十讲》，东方出版中心，2016，第 75 页。
③ 程光炜：《文学史二十讲》，东方出版中心，2016，第 73 页。

统称为"搞当代文学研究的，或都是著名批评家"①。这无疑从侧面指认了当代文学学科的尴尬境地。

就此，程光炜具体分析了当代文学学科存在的几项突出问题。一是当代文学的"批评化"问题。"当代文学"与"当代文学批评"混为一谈，而"当代文学史研究"则被边缘化。二是当代文学的文学性问题。许多研究片面地从"审美性"的纯文学角度出发解析当代文学，而忽视了当代文学"周边"带来的必然的复杂性，这导致了分析的片面性。三是当代文学的几个时期的关系问题。大量研究从断裂论出发，片段化地分析"十七年"文学、"文革"文学、新时期文学等单个文学时期的文学现象，造成了整体史观的割裂。即便近年来文学阶段"整体论"已有很大市场，但具体到某个作家个体的研究上来，又回归到了"断裂论"的沟壑之中。②

基于对当代文学自身发展的清晰认识，一种来源于学科内部的责任感被激发出来，成为促发程光炜进行当代文学史研究的内因。

2. 特征：以"重返八十年代"为核心

在文学史家责任感的驱使下，针对当代文学学科发展弊病，2005年起，程光炜逐步提出以"重返八十年代"为核心的文学史研究理论，并将"八十年代"作为方法，使其成为展开当代文学史研究的一种"认知性装置"。经过十多年的理论建设，程光炜的当代文学史研究已经成为当下学界颇受瞩目的领先潮流。综合来看，他的以"重返"为核心的文学史研究，具有学院化、历史化、"史家批评"、史料化等突出特征。

（1）学院化：课堂中走出的研究

早在探索新理论之前，程光炜在前往台湾地区参加学术会议时，曾受到台湾地区学习西方大学学术模式培养人才的影响，同时也"出

---

① 程光炜：《文学史二十讲》，东方出版中心，2016，第74页。
② 程光炜：《"当代文学"的理解：基于八十年代文学研究》，《艺术评论》2011年第6期。

于对当代文学史研究现状的不满"①，萌发了在中国人民大学开博士生工作坊的想法。2004年1月，他与孟繁华合著的《中国当代文学发展史》由人民文学出版社出版。是年9月，由程光炜主持的"重返八十年代"博士生讨论课在人大文学院正式开设。课程主要面向其门下的博士生，每学期拟定九个题目，分别由程光炜和其指导的博士生承担一至两个题目，分头查阅资料，撰写论文，然后在课堂上交流。在以"重返八十年代"课程为主体的工作坊模式探索之初，程光炜"抱有试试看的心理，没有明确的路线图"②。而伴随程光炜门下一批较为优秀的学术型博士生人才的出现，他的学术路线越来越清晰，逐步明确为集中利用几年时间，对80年代出现的文学史问题进行讨论与研究，进而锻炼与培养博士生的问题意识与学术技能，最终实现理论与实践在课程内外的充分结合。

迄今为止，这门博士生课程已经走过十多个年头。具体到课程发展的历程，在最初设立的七八年，程光炜带领博士生们追求的多是其早期学术规划当中确立的"阐释"目标，即"先从一些小的个案入手，再对某一局部问题做整体性的考量，但方法上仍然坚持实证研究与理论思辨相结合"③。在这一阶段，程光炜与其博士生们还没有产生"自觉清楚的问题意识"，更多的是对80年代发生的学术问题个案的追述。在经历一段时间的探索后，程光炜认识到这种教学与研究的实验"不能够持续"，因此在随后的课程中，程光炜逐渐转向了文学史研究，"做起了所谓的'八十年代史料文献'的考证、辑录散轶的工作"。

这种主题鲜明、形式新颖、气氛浓烈的工作坊课堂不只受到其博

① 程光炜、杨庆祥：《文学、历史和方法——程光炜教授访谈录》，《当代文学研究资料与信息》2010年第1期。

② 程光炜、张亮：《"重返八十年代"文学课堂的缘起与展望——程光炜教授访谈》，《当代文坛》2018年第4期。

③ 程光炜、杨庆祥：《文学、历史和方法——程光炜教授访谈录》，《当代文学研究资料与信息》2010年第1期。

士生的欢迎，也因其学术对谈的丰富性，吸引了来自北京大学、北京师范大学等诸多高校的硕士生、博士生及各地在京访学的学者广泛参与，影响力日渐增加。曾就读于北师大，后来拜入程光炜门下的博士生杨晓帆就是如此。2007 年时，杨晓帆正就读于北师大文艺学专业，攻读硕士学位，在一次学术讲座上与程光炜结识。随后，在其导师王一川推荐下，杨晓帆以外校硕士生身份，参与到程光炜的博士生课堂中，"差不多有一个或两个学期的时间，也经常是风里雨里的，她每周四下午都从北师大老远地跑来，在我教二楼课堂上旁听'重返八十年代'的博士生讨论课"①。如杨晓帆一般慕名而来的学生、学者还有很多，足以见得程光炜的博士生课堂广泛的学术吸引力。

同时，在"重返八十年代"博士生课程开课一年后的 2006 年，程光炜与李杨共同在《当代作家评论》上开辟"重返八十年代"专栏，尝试通过将 80 年代历史化和知识化，"挖掘在八十年代知识建构过程中被遗失、压抑或被扭曲的一些元素，重现被遗忘或被改写的知识和思想——通过重新理解八十年代的文学与政治的关系，读解当下中国的文学与政治的关系，进而思考文学的位置和意义"②。

在以"重返八十年代"博士生课程为主体的工作坊支撑下，程光炜及其弟子以人大文学院为阵地，首先对 80 年代文学现场进行了整理，提出"八十年代作为方法"这一关键研究路径，先后出版了《文学讲稿："八十年代"作为方法》（北京大学出版社，2009）、《文学史的兴起——程光炜自选集》（河南大学出版社，2009）、《当代文学的"历史化"》（北京大学出版社，2011）等"八十年代研究"丛书。随后，又转向对 70 年代和 90 年代的文学现象进行整理和史料研究，进一步夯实了"重返八十年代"及其背后的文学史逻辑。

---

① 程光炜：《给杨晓帆写几句话》，《南方文坛》2016 年第 5 期。
② 程光炜、李杨：《重返八十年代　主持人的话》，《当代作家评论》2006 年第 2 期。

（2）历史化：有距离的研究

韦勒克、沃伦等指出，"文学史的重要目的在于重新探索出作者的创作意图"，所以文学史更大的价值是"重建历史的企图"。① 基于此，程光炜开展了大量重构历史、回到历史现场的文学史研究，并以"历史化"为重要的方法论指导。

在研究中，程光炜敏锐地认识到当代文学学科决不能"永远停留在批评状态"，而是要尽快实现"自己'历史化'的任务"。② 这种历史化的研究方法，在程光炜笔下，被表述为"有距离的研究"。这就要求研究者在面对研究对象③时，必须保持高度的警觉性与自觉性。警觉性来自对历史复杂性的充分认识，一方面，要"在历史中说话"，回归研究对象所在历史现场，对历史语境中的内外部因素进行有机组合，使其服务于研究工作；另一方面，又要"有意识地用'自己'的方式说话"，警惕历史语境对研究者思维的过度干扰甚至控制，要从纷繁复杂的历史语境中脱身，不受历史现场中意识形态的"暗示和控制"。④ 而自觉性则来自对研究对象充分的掌握，以及对研究对象的历史背景的全面考察。因而可以说，历史化研究的自觉性促生了面对历史对象的警觉性，而这种警觉性，又进一步提高了研究者学术的自觉性。在这种客观考察历史对象的过程中，程光炜强调了以理论预设为主的认同性研究对研究实践造成的"强迫性和干扰性"影响，"当我们真正接近所谓的'历史遗址'的时候，会发现它原本存在的复杂性、丰富性和多样性实际涨出了理论预设的空间，如果非要把它们硬塞进理论框架去的话，那么必然会牺牲其丰富性，出现简化问题的现象……"⑤，因此，在面对当代文学研究时，程光炜首先需要对已有的

① 〔美〕勒内·韦勒克、奥斯汀·沃伦：《文学理论》（新修订版），刘象愚等译，浙江人民出版社，2017，第 29 页。
② 程光炜：《当代文学学科的"历史化"》，《当代作家评论》2008 年第 6 期。
③ 就当代文学研究而言，主要包括文学思潮、作家作品、文学现象等内容。
④ 程光炜：《诗歌研究的"历史感"》，《当代作家评论》2007 年第 6 期。
⑤ 程光炜：《文学史二十讲》，东方出版中心，2016，第 369 页。

学术预设做"破壁"处理，在实践中探索新的理论方法。

在历史化方面，程光炜的 80 年代文学研究令人耳目一新。长期以来，伤痕文学被广大"纯文学"的拥趸视为文学价值有限的文学类型。这是由于"纯文学"以一种反叛的姿态出现在文学场域，即在"政治/审美二元对立"结构中处于审美的一方，而与政治的一方强烈对抗。① 在这种理论下，伤痕文学尽管是"文革"结束后对政治的重新审视，但也因此沾染了浓重的政治气息，因而通常被排斥在纯文学之外。然而，在当代文学史写作中，刘心武的《班主任》与礼平的《晚霞消失的时候》（下文简称《晚霞》）形成了奇特的景象。学界普遍认为，就文学的审美性与政治性而言，同为伤痕小说，《班主任》"政治上很好，但艺术上不成熟，写得枝枝蔓蔓"②；《晚霞》则被指认为"是一部文字优美、有鲜明抒情风格和浪漫气息的作品……体现了作者的文学才能和艺术想象力，在某种程度上体现了那一时代文学创作的水准"③。尽管当下研究者对《晚霞》的审美认可度远超《班主任》，但在当代文学史中，《班主任》的"地位"显然要远高于另一方。这时"纯文学"的追求去向何方了？对此，程光炜解释道，《班主任》之所以获得更大的成功，是由于"它的文学叙述与当时的历史语境、文学成规、氛围、批评等制度化环境是一种非常匹配的关系"④。进一步地，他指出，"人们与其是被作品感动的，不如说是被那些与之配套的制度因素感动的"⑤。这种回到七八十年代之交历史现场当中，挖掘历史背景来进行个案分析，进而解释整个时代文学的方法，恰是程光炜所秉持的"历史化"的方法论，即不仅仅要将对象

---

① 贺桂梅：《"纯文学"的知识谱系与意识形态——"文学性"问题在 1980 年代的发生》，《山东社会科学》2007 年第 2 期。
② 刘锡诚：《在文坛边缘上》，河南大学出版社，2004，第 215 页。引文为孙犁先生在1997～1998 年全国优秀短篇小说评奖评委会上对《班主任》的评价。
③ 孟繁华：《〈十月〉改革开放四十年文学的缩影》，"十月杂志"（微信公众号），2018 年10 月。
④ 程光炜：《文学史二十讲》，东方出版中心，2016，第 10 页。
⑤ 程光炜：《文学史二十讲》，东方出版中心，2016，第 10 页。

"历史化",更重要的是"应当将自我'历史化'"①。

同时,这种历史化秉持的一个原则是融入与抽离的并存。对此,日本汉学家沟口雄三有过精彩比喻:倘若研究鱼,有很多方法,可以把鱼钓出水面,但也可以由研究者亲自潜入水底观察,当鱼群生息的水底生物链展现在眼前时,就看到了历史。② 这正是程光炜的历史化所强调的,要研究鱼,就要跳进河里,融入环境,同时,想看清鱼,还要站在河边抽离视野。因此,历史化应当是"入乎其内、出乎其外"。

(3)史家批评:批评 + 文学史研究

黄平在研究中指出,程光炜近来最受瞩目的是文学史研究,并称其为"当代文学领域最重要的文学史家"之一。但同时他也指出,研究者也不应片面地看待程光炜文学史家的身份,而应看到"在文学史家之外,程光炜还有'批评家'的另外一面"③。对此,李建立将程光炜的这种文学史研究与文学批评相结合的研究方法,概括为"史家批评"——一种"借助历史提供的'参照体系',用更加平和、平等、理性的视角同作家讨论文学、给他们的成果定位或直说作品短长的批评方式"④,它构成了程光炜学术研究的又一鲜明特征。

早在转向文学史研究之前,程光炜就是学界活跃的诗歌批评家,因此具有扎实丰富的文学批评经验。在世纪之交开始学术转型后,程光炜主要投入文学史研究工作,但也并未放弃批评。他曾回忆道,自己从 1984 年算起,已经从事文学批评工作二十多年了,虽然在 1998年由于《岁月的遗照》引发一系列纠纷,短暂宣布退出"江湖",但

---

① 程光炜:《文学史二十讲》,东方出版中心,2016,第 12 页。
② 〔日〕沟口雄三:《关于历史叙述的意图与客观性问题》,载〔日〕沟口雄三《中国的冲击》,王瑞根译,生活·读书·新知三联书店,2011,第 218 页。
③ 黄平:《史家批评:程光炜近年来的"文学史批评"》,《文艺争鸣》2011 年第 18 期。
④ 李建立:《文学史研究如何在现场发言——读〈文学史的兴起:程光炜自选集〉》,《现代中文学刊》2010 年第 5 期。

之后仍然写过一些小说评论的文章。①

事实上，文学批评和文学史研究并非文学研究中两条毫不相干的路径，从事二者的学者也并不是根据类型进行的严格分工，而是切入文学现场的方式与角度有差异。文学批评强调从作品内部因素入手，如审美性、艺术性等，以微观处着眼对文学作品进行评价，颇具有批评者的主观性；而文学史研究则强调充分结合文学现场的外部因素，通过对宏观历史的整体把握，梳理文学发展的前因后果，在强调主观性的同时必须重视历史客观规律。一名优秀的研究者应当兼备以上两种视角，或至少具备考察两种视角的自觉性。

面对两种相互交错的研究路径，学界普遍认为文学批评的学术价值要低于另一者。"批评家脱离历史和文化语境单独地谈论作家和作品。大量文学批评，正是一种凌空虚蹈、术语舞蹈表演式的批评。"②丁帆的发言尖锐地指出文学批评面临的问题，隐喻着将两种路径有机结合的必要性。

在"史家批评"之下，程光炜的研究不仅将文学批评与文学史研究有机结合，且表现出两种向度。

其一，以文学史视角考察文学批评。程光炜在对 80 年代文学现场进行考察时，以文学史的宏观切入点对 80 年代文学批评现场进行了大量研究，并指出了 80 年代文学批评"分层化"问题。"'分层化'是指它们虽然都是文学批评，但功能、范畴、方法和效果却有明显差异，由于从不同层面处理文学的问题，它们发挥的作用就有所不同。"依据他所界定的标准，程光炜将 80 年代文学批评划分为四种不同层次：一是文学批评的舆论化，指社会舆论介入文学批评，导致批评泛舆论化，如刘再复、李泽厚的文章；二是文学批评的纯文学化，主要来自一批竭力摆脱原来社会批评取向的研究者，如谢冕、孙绍振、吴亮、

①　程光炜：《文学的今天和过去》，吉林出版集团有限责任公司，2009，第 255 页。
②　潘莉、张雪蕊：《"当代文学批评的共识与分歧"研讨会纪要》，《南方文坛》2017 年第 5 期。

程德培等；三是翻译文学的中国化，如李文俊、柳鸣九等人翻译的外国文学作品极大地启发了先锋作家，而他们定论式的译者序则成为事实上的导向式批评；四是知识化的批评，批评家们在大量西方文艺理论被引入国内后，获得了新的批评资源。①

其二，在文学批评中融入文学史研究方法。程光炜认为，"有过文学史研究的训练，再偶尔写点文学批评文章，会比较有底气"②，"文学批评家和文学史家也理当是训练有素的历史学家"③。同时，为避免"盲目的、一般性的时评性的文学批评"④ 的研究意义有限，在选择批评对象时，程光炜更倾向于经过一段时间历史沉淀且创作高峰已经结束的作家；或虽仍处于创作活跃期，但前期文学创作已经具有较长积淀，学界反馈已经较为充足的作家。具体到批评实践当中，就前者而言，程光炜对礼平的《晚霞消失的时候》、遇罗锦的《一个冬天的童话》、路遥的《人生》《平凡的世界》、靳凡的《公开的情书》等作品的历史化批评，改写了过去对于这些作品的固有学术观点，甚至让其中许多作品重新回到学界视野当中。就后者而言，程光炜对莫言诸多作品、余华的《在细雨中呼喊》《活着》《许三观卖血记》、王蒙的《布礼》、韩少功的《爸爸爸》、王安忆的"三恋"的重新解读，也再一次使研究者们获得了考察这些作品的崭新视野，更重要的是其开辟了崭新的学术研究思潮，"引起了许多学者特别是青年学者的积极回应"⑤。

（4）史料化：理论减法与史料加法

2017 年，程光炜在《教室里的学问》一文中指出，"关于 80 年代

---

① 程光炜：《文学史二十讲》，东方出版中心，2016，第 215～240 页。
② 程光炜、张亮：《"重返八十年代"文学课堂的缘起与展望——程光炜教授访谈》，《当代文坛》2018 年第 4 期。
③ 程光炜：《文学史研究的"当代性"问题——在华中师范大学文学院的讲演》，《文艺争鸣》2008 年第 11 期。
④ 程光炜：《文学批评之道》，《文艺报》2011 年 9 月 19 日。
⑤ 孟繁华：《程光炜与当代文学研究的新范式》，《当代作家评论》2017 年第 2 期。

文学的'阐释'已经做完，批评方法上再想有新的突破很难。眼下比较要紧的，是怎么将这些阐释做实，落实为作家作品的故事，给阐释在史料文献上做一些'解释'性的工作。这样，史料文献的跟进就变得极其重要不可或缺了"①。这番话表明了程光炜的文学史研究在近些年的最新方向，即侧重于史料研究，转向"理论减法，史料加法"②。同时，在历经了80年代文学研究、70年代文学研究、90年代文学研究几次研究重心变动后，伴随史料化研究的新转向，在年代研究方面，程光炜也再次回到80年代史料研究。

在转向前期，程光炜的年代学研究侧重于以理论为支撑，提出了"历史分析加后现代"的研究方法，而在近几年，这种理论为先的研究姿态开始从程光炜的研究中走下"神坛"，其研究转而进入"理论减法，史料加法"的新阶段，并提倡"抢救当代文学史史料"③。

究其原因，主要有二。一是当代文学学科相较于几乎同期诞生的现代文学学科在史料方面极度匮乏。2014年，程光炜感受到"用理论带问题的研究路径"逐渐暴露出一个重要问题，即能够供研究参考的相关史料文献少之又少，因而做出来的学术文章的说服力有限。但问题是，为何距离我们相对遥远的现代文学乃至古代文学都具有丰富史料库，但距离我们不过几十年、直到如今我们仍身处其中的当代文学的史料文献却如此匮乏？在程光炜看来，一个重要的原因是当代文学的"当代性"。正因为当代文学仍在发展，一方面，研究者们需要肩负推进学科日常延续的重要使命，而随着国民文化水平的提高，创作者门槛降低，当代文学领域出现了大量良莠不齐的新作品、纷繁复杂的新现象，研究者们需要将大量的精力放在对当下文学新品进行鉴别

---

① 程光炜：《教室里的学问》，《当代作家评论》2017年第2期。
② 程光炜、张亮：《"重返八十年代"文学课堂的缘起与展望——程光炜教授访谈》，《当代文坛》2018年第4期。
③ 程光炜：《再谈抢救当代文学史史料》，《中国当代文学研究》2021年第3期。

褒贬，以净化文学场域上，对浩如烟海的文学史料无暇顾及①；另一方面，也不排除市场化冲击导致学术圈出现逐名逐利现象，甘愿坐冷板凳的考证类学者越来越少，故而当代文学史料研究成果极其有限。

二是"还与文学史研究的阶段性特点有些关系"②。一般而言，文学史研究具有相对完整的研究过程，即首先由个别研究者提出鲜明的学术观点，指出具有问题意识的导向性问题，并且亮出所坚持的学术"招牌"。其中一些能够引发学术共鸣的文学史问题则会进入下一阶段——争鸣阶段：观点的拥护者与反对者先后就交锋点发表不同见解，形成热烈的讨论氛围。而争鸣的结局，或者说解决问题的关键往往在最后一步，即由发生到沉默的过渡，由文章到文献的转变。这一步需要研究者们沉下心、坐得住，真正扎入浩如烟海的文学史料海洋中，发掘沧海遗珠般珍贵的、与问题紧密契合的文学史料，进而推动文学史问题的研究。最为关键的最后一步成为考验研究者的重中之重，也促使程光炜试图攻克学术难题。

具体到研究中看，近年来，程光炜出色地完成了有关莫言家世的史料考证工作，包括其详细生平记录、家庭情况、教育背景、劳动生涯、参军经历、创作过程，甚至是其出生地山东高密的剪纸和泥塑、莫言的友人范围、茂腔和说书等，通过搜集莫言家乡、朋友、亲人等近距离的"第一等资料"③，还原了莫言的生活、创作基本面貌④。尽管目前"八十年代文学的史料文献研究"工作由于沉淀不足、作家影响等原因进展缓慢、成果有限，但在程光炜看来，"这类文章再多一

---

① 程光炜、魏华莹：《在"当代"与"历史"之间——程光炜教授访谈》，《学术月刊》2013年第7期。

② 程光炜、张亮：《"重返八十年代"文学课堂的缘起与展望——程光炜教授访谈》，《当代文坛》2018年第4期。

③ 梁启超在《中国历史研究法》中将当时、当地、当局之人所留下之史料，称为"第一等史料"。

④ 程光炜的"莫言家世考证"系列论文共10篇，于2015~2016年分别发表于《文艺争鸣》《当代作家评论》《当代文坛》《现代中文学科》《新文学史料》等10种期刊，全方位考证了莫言家世。

些，可能许多作家的人生经历、创作生涯和风格的形成原因，就不会像现在文学圈子这样人云亦云，甚至以讹传讹了罢"①。

3. 价值：当代文学学科建设的新向度

文学史家的历史责任感，加之当代文学学科建设存在的较大的客观局限性，推动程光炜走上了文学史研究的道路。同样地，他也以敏锐的思考和丰富的研究，带给当代文学学科建设崭新的发展向度。有学者称赞其研究"对于当代文学的理论建设，本身就具有一种导向性作用，予人启发多多"②。

一方面，程光炜的研究为当代文学学科建设提供了新的方向。在其之前，当代文学研究高峰是对"十七年"文学的评述。1999 年，洪子诚的《中国当代文学史》由北京大学出版社出版面世，引发学界强烈关注，但也铸就了较高的学术门槛。一时间，当代文学其他研究显得黯淡无光。而在 2005 年"重返八十年代"观点横空出世后，当代文学学科应当如何建设？在洪子诚之后，程光炜也给出了自己的答案——"始终没有将自身和研究对象历史化，是困扰当代文学学科建设的主要问题之一"③。据此，他提出"历史化"的研究方法，拨开了笼罩当代文学学科的"主观化"迷雾，为学科建设提供了新的方向。

另一方面，程光炜为当代文学学科建设提供了新的方法论。如何实现"历史化"的研究路径？程光炜通过以大学的学院化研究为支点，以开设博士生研讨课工作坊为模式，将这种全新的研究模式引入国内，并且客观上推动了一批博士生（也是后来的学科从业者）的成长。他还通过"史家批评"的方式将原本"平行"的文学批评和文学史研究两条研究路径加以融合，实现了批评的史学化和文学史中批评

① 程光炜：《从田野调查到开掘——对 80 年代文学史料问题的一点认识》，《中国现代文学研究丛刊》2017 年第 2 期。
② 白草：《对刘心武、路遥的一点补充——读程光炜〈文学史二十讲〉》，《中国图书评论》2017 年第 12 期。
③ 程光炜：《文学史二十讲》，东方出版中心，2016，第 74 页。

的条理化。近些年，他对于当代文学史料文献的重视也为学界敲响了警钟，即必须将学术重心下沉，从最基础的学科史料入手，方能扎实提出经得起推敲的学术观点，进而实现学科的真正进步。

不难发现，程光炜的文学史研究，无论是"八十年代作为方法"，还是对"历史化"的精准把握，都最终指向当代文学学科建设的基本方向。因此，"当我们面对整个当代文学的研究现状时，不能不说这是一个清醒的认识和带有某种历史决断的作为"①。当然，程光炜的学术研究，具有文学史家的姿态，不仅是学科建设的新向度，更在当代文学研究上具有更加深刻的意义，这种意义会伴随时代的发展而得到检验，借用程光炜的话来说，"这是一个需要不断警惕、修正、充实和完善的漫长的过程"②。

第四节　知识谱系学与文学史研究的现代性反思

文学史是话语冲突和权力争夺的空间，是充满"斗争"的场域。在文学史的研究和书写工作中，决定一部文学史著作的整体结构、价值取向、经典作家作品选择和评析的，是文学史编写者的文学史观念。

李杨的文学史研究，总体来说，是在中国现当代文学史的研究与写作领域对福柯的知识考古学、知识谱系学的应用。具体而言，是在对"十七年"文学及"文革"文学现代性关注的基础上，以福柯的知识考古学、知识谱系学为工具，通过对"文学史""文学"的"知识化""历史化"，展开关于文学史与文学发展的历史脉络和历史语境的研究，对80年代以来的主流文学史观念和文学史写作中出现的问题进行思考与解构。

---

① 张伟栋：《"重返八十年代"的历史关联及其文学史效应——论程光炜的"重返八十年代"研究》，《文艺争鸣》2011年第18期。

② 程光炜：《文学史二十讲》，东方出版中心，2016，第86页。

1. "重返"与"质疑"的文学史研究脉络

李杨的文学史观与他关于 20 世纪 80 年代文学的许多核心观念脱不开联系。自"重返八十年代"研究征程开启后，李杨在 21 世纪初发表了一系列文章，对自己的文学史观进行阐述。他的文学史观和研究方法对于丰富文学史的研究和书写具有重要价值。

（1）"重返八十年代"研究征程的开启

2005 年，程光炜和李杨发起并主持了以"重返八十年代"为主题的学术讨论。他们在众多学术性期刊发表相关研究，展开讨论，并在 2009 年形成了一套"八十年代研究"丛书。

"重返八十年代"学术思潮为学界提供了新的理论资源和研究方法，因此获得了学界的广泛关注。新的理论资源指的是福柯的知识考古学、知识谱系学，它对"重返八十年代"这样一种介入文学史及文学批评的学术思潮的形成具有理论支持的作用。新的研究方法被"重返八十年代"主要提倡人归纳为"历史化"。正如另一位发起人程光炜指出的，"当代文学已有近六十年的历史，已经是现代文学存在时间的两倍。它是否要'永远'停留在'批评'状态，而没有自己的'历史化'的任务？"① 此外，"重返八十年代"的内容包括了对 20 世纪 80 年代文学界重大核心概念的审视，如"救亡压倒启蒙论""文学主体论""二十世纪中国文学""重写文学史"等。这种研究的特点是并不限于文学的内部，同时也注重对文学的"外部问题""周边问题"的考察。更重要的是，它在中国当代文学迈入 21 世纪的时间节点上，对当代文学学科进行了自我反思与有效建设。以"八十年代"为切入点，重新进入新时期文学，在对其文学语境的深入探讨、经典作家作品和文学现象的重读分析，以及文学思想、文学史观的重新解构的过程中，深入当代文学学科的根部进行自我反思，这才是"重返八十年代"这一学术活动的根本目的。李杨的文学史观与他们在"重返八十

---

① 程光炜：《当代文学学科的"历史化"》，《文艺研究》2008 年第 4 期。

年代"思潮中对新的研究方法和学术思想的提出、新的理论资源的应用息息相关。

从解构的角度而言，"重返八十年代"可追溯至洪子诚、陈思和所编写的两部文学史著作（洪子诚的《中国当代文学史》和陈思和主编的《中国当代文学史教程》）。作为"重返八十年代"学术活动的倡导者之一，李杨对洪、陈的文学史代表的文学史观和批评思维展开质疑，其主要的质疑方向是：二者所代表的文学史依旧受到80年代启蒙论的影响，以"一体化"的建构和解体作为结构"当代文学"的模型，其底层逻辑仍然是对"断裂论"的因袭和继承，未能摆脱二元对立的思维模式。

李杨以福柯的知识考古学、知识谱系学为工具，在由此展开的一系列质疑中，对其自身的文学史观及其包含的相关思考进行具体化实践。

（2）"断裂论"的超越与二元对立的解构

虽然"重返八十年代"学术思潮正式开始的时间为2005年，但李杨早在2000年召开的"中国当代文学史史学观念研讨会"上，就已经提出了针对文学史中对"十七年"文学和"文革"文学规避的质疑。李杨围绕这一观念的发言以文字形式整理在2001年于《文学评论》上发表的《没有"十七年文学"与"文革文学"，何来"新时期文学"?》。在此篇文章中，李杨对80年代流传极广的文学史观"断裂论"进行了批判与质疑。他指出这一文学史观仍然是以"十七年"文学和"文革"文学为"他者"建构自身，以二元对立方式建构的"有关'启蒙'与'救亡'、'个人'与'民族国家'、'文学'与'政治'关系的历史叙事的一个组成部分"。[①] 李杨通过对"新时期文学"现象的重新阐释，揭示"新时期文学"对"十七年"文学与"文革"

---

① 李杨：《没有"十七年文学"与"文革文学"，何来"新时期文学"?》，《文学评论》2001年第2期。

文学的承袭，对"断裂论"进行了有力反击。

此后，李杨在多篇讨论文学史观念的文章中都表达了自己一贯的文学史观。他在一次次的表达与思考中，围绕着对"断裂论"的超越和对二元对立模式的解构，发展并完善了自己的文学史研究观念。

在对陈思和主编的《中国当代文学史教程》中"潜在写作"与"民间意识"[①] 两个文学史观念进行批评的过程中，李杨提出，这种对文学史的认知方式仍是一种典型的"二元对立"的方式，即 50～70 年代主流文学（非文学）与 50～70 年代"潜在写作""民间写作"（真文学）的对立模式。他建议尝试借鉴包括福柯的知识考古学、知识谱系学在内的当代人文学科的成果，尽快形成文学史写作中方法论的自觉意识。

此后，李杨使用福柯的知识考古学、知识谱系学对 80 年代文学史观念中的二元对立思维展开进一步质疑，主张将各时代的文学现象转化为一种"知识"，通过对"知识"的考据来摆脱二元对立思维[②]，并将这一主张贯穿于其文学史思想中。

在与洪子诚的通信[③]中，李杨展开了对洪子诚《中国当代文学史》的具体批评，对《中国当代文学史》的整体逻辑架构和写作过程中使用的方法论进行了分析。洪子诚的《中国当代文学史》"不是将创作和文学问题从特定的历史情境中抽取出来，按照编写者所信奉的价值尺度（政治的、伦理的、审美的）做出臧否，而是努力将问题'放回'到'历史情境'中去审察"[④]，体现出一种颇具"史家风范"的"冷静"的历史感。洪子诚肯定 50～70 年代与现代文学的内在深层的延续性，认为前者是后者不可分割的一部分。这种对文学史整体性的

---

① 李杨：《当代文学史写作：原则、方法与可能性——从陈思和主编的〈中国当代文学史教程〉谈起》，《文学评论》2000 年第 3 期。

② 李杨：《"文学史意识"与"五十至七十年代中国文学"》，《江汉论坛》2002 年第 3 期。

③ 李杨、洪子诚：《当代文学史写作及相关问题的通信》，《文学评论》2002 年第 3 期。

④ 洪子诚：《中国当代文学史》，北京大学出版社，1999，第 5 页。

追求，对二元对立价值范畴的警惕，是洪子诚的《中国当代文学史》对80年代主流文学史观的超越之处。但李杨指出，即便如此，《中国当代文学史》仍然受到了80年代的文学史叙述方式的影响，这导致了《中国当代文学史》的弊端。首先，尽管洪子诚力图摆脱二元对立思维，但涉及文学史观念的一对关键词"一体"与"多元"仍然是一对二元对立范畴。同时，"一体"与"多元"也是《中国当代文学史》用来区分当代文学两个时代的概念，"一体"被用来形容"50～70年代文学"，而"多元"指80年代以后的中国文学。《中国当代文学史》中的等级制看似隐晦但实际依旧存在，这种隐含的价值判断正是体现在"一体"与"多元"的对立中，即"多元"的价值高于"一体"，"多元"更能体现出文学的本质。所以《中国当代文学史》的底层逻辑仍旧没有脱离它力图超越的"断裂论"。

同年5月，李杨发表了《"救亡压倒启蒙"？——对八十年代一种历史"元叙事"的解构分析》。在此篇文章里，李杨解构的是80年代知识场域中李泽厚的"救亡压倒启蒙论"。他的解构着眼点是"对现代性的反思"。首先，他运用福柯的知识谱系学理论，将"启蒙"与"救亡"辨析成为"现代"与"传统"的对立。"通过这种二元对立的方式，二十世纪五十至七十年代的中国历史被视为'封建'时代或'前现代'历史而剔除出'现代'之外。"① 随后，在对历史的"考古"中，李杨挖掘出"救亡"的现代性因素——民族国家。在考察了大量国内外的史料后，李杨得出结论：中国现代的启蒙运动有多个范畴，既包括个人主义角度的自由与解放，也包括民族国家意识。而近代中国"救亡"的最终目的就是创造具有现代民族国家意义的全新中国。从民族国家的角度来说，"救亡"与"启蒙"并不是截然对立的，而是密切关联的，"救亡"实际上是具有现代性的。通过对这一二元

---

① 李杨：《"救亡压倒启蒙"？——对八十年代一种历史"元叙事"的解构分析》，《书屋》2002年第5期。

对立模式的解构，李杨提供了不同于"救亡压倒启蒙论"的另一种文学史理论解释，即"二十世纪中国历史中出现的'救亡'与'革命'，不但不是'启蒙'的对立面，反而是'启蒙'这一现代性成长的一个不可替代的环节；不但没有'中断'中国的现代进程，反而是一种以'反现代'的方式表达的现代性"①。

此后，李杨在使用福柯的知识考古学和知识谱系学对"文学""文学史"展开"历史化"研究，对当代文学史中存在的各种二元对立模式进行质疑和解构的道路上走得更加自如和坚定。他在《文学分期中的知识谱系学问题——从"当代文学"的"说法"谈起》中通过对"现代文学""当代文学""新文学"等文学分期概念的知识谱系学分析，解释了50～70年代的"当代文学"概念与"新文学"概念的内在关联，对80年代建构在"文学"与"政治"、"启蒙文学"与"左翼文学"二元对立基础上的主流文学史观提出质疑。②《"好的文学"与"何种文学"、"谁的文学"》展现了李杨在文学史研究上的批评转向。他点明了80年代对文学的评判标准的两个关键词——"个人性"和"纯文学"，仍然使用福柯的知识考古学对这两个概念进行解构，主张将"个人""文学"概念历史化，探寻这些概念在不同的历史语境中的不同意义。③

经过多年的研究思考以及一系列学术文章的发表，李杨将此前讨论过的知识考古学、知识谱系学视域中的文学史问题汇总在其专著《文学史写作中的现代性问题》④中，并展开更详细、更深入的阐释，对其文学史批评思想进行了整合与更加系统的梳理。在这一专著中，李杨通过对文学史与历史的探讨，研究不同的历史观的差异与共

① 李杨：《"救亡压倒启蒙"？——对八十年代一种历史"元叙事"的解构分析》，《书屋》2002年第5期。
② 李杨：《文学分期中的知识谱系学问题——从"当代文学"的"说法"谈起》，《文学评论》2003年第5期。
③ 李杨：《"好的文学"与"何种文学"、"谁的文学"》，《南方文坛》2003年第1期。
④ 李杨：《文学史写作中的现代性问题》，山西教育出版社，2006。

同前提、不同历史观所导致的不同历史分期。在此基础上，他展开对80年代"重写文学史""二十世纪中国文学"等文学史写作潮流的探讨，与关于制度、权力对文学、文学史写作的影响的探究。除此之外，该著还涉及对"没有'十七年文学'与'文革文学'，何来'新时期文学'？"等"反文学史"命题的研究，对左翼文学现代性的挖掘与阐释，对于80年代文学史写作和文学批评中常出现的几个"关键词"——"文学性、个人性、日常生活"的思考，对中国问题、中国方法与中国性、民族性的讨论，等等。

（3）"中国当代文学史"边界危机的醒觉

在与当下时间较为接近的2020年，李杨于《中国现代文学研究丛刊》上发表《边界与危机："当代文学史"漫议》，继续使用福柯的知识考古学、知识谱系学对中国当代文学史的框架与边界展开追踪和讨论。

此篇文章揭示了"中国当代文学史"的写作和教学中存在的盲区，如20世纪50~70年代的"人民文艺"，90年代以后新型的科幻小说、网络写作、非虚构写作等。对"中国当代文学史"的知识谱系进行追踪后，李杨发现，"当今的这种以'纯文学'为对象，以'四分法'为基本架构的文学史体制仍旧来源于'中国新文学史'"①，遵循20世纪30年代出版的《中国新文学大系（1917—1927）》所开创和奠定的现代"文学史观"。然而随着时代的变迁和中国当代文学的迅速发展，这一文学史观显然已经失去概括和描述当代文学的能力，中国当代文学史正在面临边界危机。

要想解决当代文学史中存在的这类危机，必须通过对福柯知识考古学、知识谱系学的应用，以对"文学史""文学"的"历史化"，实现对其发展的历史脉络和历史语境的了解和研究，这样才能进一步对文学史的边界问题展开思考和讨论。这代表了当下李杨的最新文学

---

① 李杨：《边界与危机："当代文学史"漫议》，《中国现代文学研究丛刊》2020年第5期。

史研究思想。

2. 文学史写作中的现代性问题

通过对李杨文学史研究发展脉络的整理，可以看出李杨文学史研究的内容包含对众多文学史著作中的现代性问题的讨论与思考。以福柯知识考古学、知识谱系学的应用为基础，对文学史著作中二元对立的排斥性机制的解构是其研究过程中涉及的重点问题。

（1）知识考古学与知识谱系学的双重启示

综观李杨文学史研究过程，福柯的知识考古学与知识谱系学始终是无法绕开的理论工具。

福柯的知识考古学主要关注话语的历史，对知识进行考古，是一种话语研究和分析的方法。"文学""历史"都可被理解为"话语"。因此，知识考古学从事的是历史研究的研究，以历史学为解构对象，研究"组装我们话语理性的各种规则"。这些规则是"知识、知觉和真理的历史的先验条件"即"知识型构"，也就是在知识历史现象发生过程中形成的话语框架，因为它们的存在，会对后续的知识话语形成无形的约束。知识考古学所追问的问题是，在文学史家写文学史的时候，"他们共同设定的'默认'公设是什么？默默遵循的一般原则是什么？"①

在对人文学科历史的把握中，福柯关心的主要是某些特殊类型的话语，但"他关心的不是这些特殊话语本身是否具有真理性……他关心的是如何在不考虑话语'对'与'错'或'是'与'非'的前提下，研究某些类型的特殊话语的规律性以及这些话语形成所经历的变化"②。他将这种话语研究和分析的方法称为"考古方法"。

在李杨看来，"'知识考古学'视阈中的文学史问题，关注的不是

---

① 〔法〕米歇尔·福柯：《知识考古学》，谢强、马月译，生活·读书·新知三联书店，1998，第 206 页。

② 李杨：《当代文学史写作：原则、方法与可能性——从陈思和主编的〈中国当代文学史教程〉谈起》，《文学评论》2000 年第 3 期。

'历史本身'，而是构造历史的解释、工具和方法。将'文学史'作为一种现代性知识加以反思，追问我们的文学史写作是在哪些潜在的框架中展开的"①。知识考古学、知识谱系学通过将这些隐含的框架和预设重新呈现出来，以及将文学史研究和写作中许多已被自然化和学科化的概念（比如"文学""现代""历史"等）历史化，将它们重新放回它们得以产生的历史语境中，探究这些"想象的共同体"得以确立与建构的过程和方法。

而知识谱系学讨论的重点在于，进一步揭示话语与权力之间的隐秘关系，关注权力是以怎样的方式造就形形色色的主体形式的。

可以说，知识考古学是在知识的内部考察历史，知识谱系学则是在知识的外部考察知识。两者带来的启示是双重的。知识考古学启示我们从"话语的历史"这一层面进入"文学史"，知识谱系学则启示我们进一步关注蕴含在"文学史"话语中的权力要素。

在福柯的知识考古学视域中，"文学"是现代知识的一部分，而任何现代知识都是一种权力。真理是历史地分化和发展的，不同时期的真假标准可能完全不同，一个时期的真理在另一个时期可能被当作假的知识受到排斥。同时，认知意志即大众的感受和理解受到制度的引导，不同的制度会支持不同的真假标准，产生不同的认知语境。将福柯的知识考古学理论应用于文学史知识，研究者发现，每一种文学史的秩序其实都是一种排斥性的制度。具体到中国当代文学上，就是：无论50~70年代的主流文学史观还是80年代、90年代的主流文学史观，都具有强烈的排他性。

（2）排斥性机制的历史钩连与内在揭示

在运用福柯的知识考古学对中国现当代文学（尤其是当代文学）的发展进行考察的过程中，李杨意识到，几乎任何时代的文学史建构都无法避免地包含二元对立模式。李杨给自己界定的文学史研究工作

---

① 李杨：《文学史写作中的现代性问题》，山西教育出版社，2006，第20页。

即为：解构那种以二元对立方式建构的文学史叙述方式，即文学史中的排斥性机制。

以二元对立方式建构的排斥性机制在中国当代文学史的写作中俯拾皆是。哪怕是在力图摆脱 50～70 年代文学史叙述模式的 80 年代文学史观中，也处处可见。单在 80 年代主流文学史观 "救亡压倒启蒙论" "断裂论" 中，就存在 "救亡" 与 "启蒙" 的对立、"传统" 与 "现代" 的对立、"个人" 与 "民族国家" 的对立、"文学" 与 "政治" 的对立、"现代文学" 与 "当代文学" 的对立、"个人化写作" 与 "集体政治写作" 的对立、"启蒙文学" 与 "左翼文学" 的对立、"主流" 与 "民间" 的对立、"知识分子" 与 "大众" 的对立等排斥性机制。即使是写于 90 年代、力图摆脱二元对立思维的洪子诚的《中国当代文学史》，也依然无法避免地陷入二元对立的文学史叙述方式，即 "一体" 与 "多元" 的对立、"50～70 年代文学" 与 "80 年代以后的文学" 的对立。

这种二元对立的文学史叙述方式，是伴随着文学史中的价值判断、等级制及文学史观的排斥性出现的。下面以 50～70 年代和 80 年代这两个阶段的看似截然不同实则本质相同的文学史观的分析为例，对文学史观中包含的二元对立模式及文学史观的排斥性进行揭示。

50～70 年代文学史观，即 "十七年" 文学和 "文革" 文学时期文学史观的排斥性是一个新时期老生常谈的问题。在这一时期，以毛泽东的《新民主主义论》等一系列理论著为基础，"现代文学" 取代 "新文学" 作为新的文学概念名称登上 "历史" 舞台，"当代文学" 作为与之相对应的概念同时出现。"当代文学" 因为具有 "社会主义性质"，被认为是一种比 "新民主主义性质" 的、并不纯粹的 "现代文学" 更高级的艺术形式。"社会主义现实主义文学" 作为 "当代文学" 的主要内容被奉为圭臬。而 "现代文学" 被边缘化。

在 80 年代文学史叙述中，"断裂论" "回归论" 流传极广，"'新时期文学'接续了'五四文学',使文学回到了'文学'自身"①。与此相对应的是,"新时期文学"由于"接续"了被中断的五四文学传统,是对"现代文学"的复归,而成为这一时期的文学主体。同时在文学史写作中,"40年代后期那些在'当代文学'生成过程中被疏漏和清除的文学现象、作家作品(张爱玲、钱钟书、路翎、师陀的小说,冯至、穆旦等的诗,胡风等的理论……)被挖掘出来,放置在'主流'位置上"②。由此可见,80年代的文学史研究对"十七年"文学与"文革"文学的刻意忽视所展现出来的文学史观与50~70年代的文学史观的思维方式极其相似,正如福柯所指出的那样,都属于排斥性机制,都是对"他者"的粗暴否定。值得玩味的是,在80年代的文学批评场域中,这种具有强烈排斥性的一体化文学评判机制正是被批判和解构的存在。但显然这一设想中的改变没有真正实现,新的文学史仅仅只是做到了"将被颠倒的历史重新颠倒回来",是对50~70年代建构的等级秩序的颠覆,本质上是由一种"一体化"代替另一种"一体化"。

3. 超越排斥性机制与批判性思考的维度

以福柯的知识考古学、知识谱系学为工具,李杨的文学史研究通过对"文学史""文学"的"知识化""历史化",展开关于文学史与文学发展的历史脉络和历史语境的研究,对文学史观念和文学史写作中出现的问题进行思考与解构。它关注的不再是"重写"文学史,而是将"文学史"作为一种现代性知识加以反思;不是对文学史的"重写",而是以何种工具进行重写。它的目标不是要裁定不同思想价值体系的高下,而是要找出它们的规律和历史脉络。

李杨的这种文学史研究的批判思维,能够改变我们讨论问题的方式,帮助文学研究者了解文学研究现状,形成新的问题意识,这无论

① 李杨、洪子诚:《当代文学史写作及相关问题的通信》,《文学评论》2002年第3期。

② 洪子诚:《当代文学概说》,广西教育出版社,2000,第19页。

对今后的文学史写作还是文学史研究都有非常重要的价值。

被"重新颠倒过来的历史"仍然是"颠倒"的历史，拨开层层"迷雾"，李杨让我们看到诸多"真相"。他敦促学者在文学史书写过程中，在对某种对象进行批判和反思时，时刻保持警惕，尽量避免使用被批判对象的方法；并且，除了反思对方的结论，也要反思对方使用的得出"荒诞"结论的方法。将反思和批判的矛头不仅指向批评对象，还指向自身，审视自己是否犯了和所批判的对象同样的错误。

李杨对福柯的知识考古学、知识谱系学的使用能够使我们打破简单化的"二元对立"思维模式，形成方法论的自觉意识。真正超越二元对立的排斥性机制，从"不断重写文学史"却总是重蹈覆辙、始终无法摆脱排斥性机制的怪圈中跳脱出来，李杨的文学史研究思维方式与话语表述为当今的文学史研究和书写提供了坚实的理论基础和极具参考作用的研究蓝本。

参考文献

著作类

〔德〕爱克曼辑录《歌德谈话录》，朱光潜译，人民文学出版社，1978。

〔英〕保尔·汤普逊：《过去的声音——口述史》，覃方明、渠东、张旅平译，辽宁教育出版社、牛津大学出版社，2000。

陈厚诚、王宁主编《西方当代文学批评在中国》，百花文艺出版社，2000。

陈平原：《文学史的形成与建构》，广西教育出版社，1999。

陈思和：《马蹄声声碎》，学林出版社，1992。

陈思和：《犬耕集》，上海远东出版社，1996。

陈思和：《新文学整体观》，广东人民出版社，2018。

陈思和主编《中国当代文学史教程》，复旦大学出版社，1999。

程光炜：《当代文学的“历史化”》，北京大学出版社，2011。

程光炜：《文学的今天和过去》，吉林出版集团有限责任公司，2009。

程光炜：《文学史二十讲》，东方出版中心，2016。

程永新编著《一个人的文学史》（上下），上海文艺出版社，2018。

戴燕：《文学史的权力》，北京大学出版社，2002。

丁易：《中国现代文学史略》，作家出版社，1955。

董健、丁帆、王彬彬主编《中国当代文学史新稿》，人民文学出版社，2005。

〔美〕杜赞奇：《从民族国家拯救历史：民族主义话语与中国现代史研究》，王宪明、高继美、李海燕、李点译，江苏人民出版社，2008。

冯骥才：《无路可逃》，人民文学出版社，2016。

〔日〕沟口雄三：《中国的冲击》，王瑞根译，生活·读书·新知三联书店，2011。

〔德〕顾彬：《20世纪中国文学史》，范劲等译，华东师范大学出版社，2008。

贺绍俊、巫晓燕：《中国当代文学图志》，春风文艺出版社，2009。

洪子诚：《当代文学概说》，广西教育出版社，2000。

洪子诚：《问题与方法：中国当代文学史研究讲稿》，生活·读书·新知三联书店，2002。

洪子诚：《中国当代文学史》，北京大学出版社，1999。

季羡林口述，蔡德贵整理《假话全不说，真话不全说：季羡林口述史》，红旗出版社，2016。

李向平、魏扬波：《口述史研究方法》，上海人民出版社，2010。

李雪：《历史与当下的对话：进入当代文学史的多种方法》，人民日报出版社，2015。

李杨：《文学史写作中的现代性问题》，北京大学出版社，2018。

刘禾：《语际书写——现代思想史写作批判纲要》，上海三联书店，1999。

刘绶松：《中国新文学史初稿》（上卷），作家出版社，1956。

孟繁华、程光炜、陈晓明：《中国当代文学六十年》，北京大学出版社，2015。

孟繁华、程光炜：《中国当代文学发展史》（第二版），中国人民大学出版社，2009。

孟繁华：《中国当代文学通论》，辽宁人民出版社，2009。

〔法〕米歇尔·福柯：《知识考古学》，谢强、马月译，生活·读书·新知三联书店，1998。

钱理群等：《中国现代文学三十年》，上海文艺出版社，1987。

钱理群等：《中国现代文学三十年》（修订本），北京大学出版社，1998。

钱理群：《返观与重构——文学史的研究与写作》，上海教育出版社，2000。

钱理群主编《中国现代文学编年史——以文学广告为中心（1915－1927）》，北京大学出版社，2013。

沈浩波：《心藏大恶》，大连出版社，2004。

〔美〕唐德刚：《史学与文学》，华东师范大学出版社，1999。

〔美〕唐纳德·里奇：《大家来做口述历史》，王芝芝、姚力译，当代中国出版社，2006。

陶东风、徐艳蕊：《当代中国的文化批判》，北京大学出版社，2006。

童庆炳主编《文学理论教程》（第五版），高等教育出版社，2015。

〔美〕王德威：《被压抑的现代性——晚清小说新论》，宋伟杰译，北京大学出版社，2005。

〔美〕王德威：《当代小说20家》，生活·读书·新知三联书店，2006。

〔美〕王德威主编《哈佛新编中国现代文学史》，（台北）麦田出版社，2021。

王庆生、王又平主编《中国当代文学史》（第二版），高等教育出版社，2016。

王瑶：《中国现代文学史论集》，北京大学出版社，1998。

王瑶：《中国新文学史稿》（上册），新文艺出版社，1954。

夏志清：《感时忧国》，广东人民出版社，2015。

杨庆祥：《"重写"的限度》，北京大学出版社，2011。

於可训：《中国当代文学概论》，武汉大学出版社，2016。

云德主编《新时期文艺思潮概览》，中国文联出版社，2016。

张健主编《中国当代文学编年史》（1～10卷），山东文艺出版社，2012。

张京媛主编《新历史主义与文学批评》，北京大学出版社，1993。

张志忠主编《中国当代文学60年》，高等教育出版社，2009。

郑振铎：《插图本中国文学史》（一），人民文学出版社，1957。

中国社会科学院外国文学研究所《世界文论》编辑委员会编《文艺学和新历史主义》，社会科学文献出版社，1993。

周作人讲校《中国新文学的源流》，北平人文书店，1932。

朱栋霖等主编《中国现代文学史（1917～1997）》，高等教育出版社，1999。

朱栋霖、朱晓进、吴义勒主编《中国现代文学史（1917—2012）》（下），北京大学出版社，2014。

朱栋霖、朱晓进、吴义勤主编《中国现代文学史（1917—2013）》（第三版）（下册），高等教育出版社，2014。

朱立元主编《现代西方美学史》，上海文艺出版社，1993。

期刊论文类

白草：《对刘心武、路遥的一点补充——读程光炜〈文学史二十讲〉》，《中国图书评论》2017 年第 12 期。

陈国和：《整体观：文学史观、阐释体系和价值立场》，《学术评论》2021 年第 2 期。

陈培浩：《丰富的"矛盾"——洪子诚文学史研究的"矛盾"与辩证》，《中国当代文学研究》2019 年第 3 期。

陈思和、黄发有：《给知识以生命——陈思和教授访谈》，《学术月刊》2000 年第 11 期。

陈思和：《恢复文学史的原生态》，《南开学报》（哲学社会科学版）2005 年第 4 期。

陈思和：《试论当代文学史（1949—1976）的"潜在写作"》，《文学评论》1999 年第 6 期。

陈思和、王晓明：《主持人的话》，《上海文论》1988 年第 4 期。

陈思和、张新颖：《关于中国当代文学史的几个问题》，《当代作家评论》1999 年第 6 期。

陈永国：《互文性》，《外国文学》2003 年第 1 期。

程光炜：《"当代文学"的理解：基于八十年代文学研究》，《艺术评论》2011 年第 6 期。

程光炜：《当代文学学科的"历史化"》，《文艺研究》2008 年第 4 期。

程光炜：《给杨晓帆写几句话》，《南方文坛》2016 年第 5 期。

程光炜：《教室里的学问》，《当代作家评论》2017 年第 2 期。

程光炜、李杨：《重返八十年代　主持人的话》，《当代作家评论》2006 年第 2 期。

程光炜：《诗歌研究的"历史感"》，《当代作家评论》2007 年第 6 期。

程光炜、魏华莹：《在"当代"与"历史"之间——程光炜教授访谈》，《学术月刊》2013 年第 7 期。

程光炜：《文学"成规"的建立——对〈班主任〉和〈晚霞消失的时候〉的"再评论"》，《当代作家评论》2006 年第 2 期。

程光炜：《文学史研究的"当代性"问题——在华中师范大学文学院的讲演》，《文艺争鸣》2008 年第 11 期。

程光炜：《再谈抢救当代文学史料》，《中国当代文学研究》2021 年第 3 期。

程光炜、张亮：《"重返八十年代"文学课堂的缘起与展望——程光炜教授访谈》，《当代文坛》2018 年第 4 期。

戴锦华：《面对当代史——读洪子诚〈中国当代文学史〉》，《当代作家评论》2000 年第 4 期。

樊星：《追求整体的当代文学史——读孟繁华、程光炜〈中国当代文学发展史〉的随想》，《当代作家评论》2005 年第 3 期。

郜元宝：《作家缺席的文学史——对近期三本"中国当代文学史"教材的检讨》，《当代作家评论》2006 年第 5 期。

贺桂梅：《"纯文学"的知识谱系与意识形态——"文学性"问题在 1980 年代的发生》，《山东社会科学》2007 年第 2 期。

贺桂梅：《文学性与当代性——洪子诚的当代文学史研究》，《文艺争鸣》2010 年第 9 期。

洪子诚：《当代诗歌史的书写问题——以〈持灯的使者〉、〈沉沦的圣殿〉为例》，《郑州大学学报》（哲学社会科学版）2005 年第 5 期。

洪子诚：《“当代文学”的概念》，《文学评论》1998 年第 6 期。

洪子诚：《回答六个问题》，《南方文坛》2004 年第 6 期。

洪子诚、季亚娅：《文学史写作：方法、立场、前景——洪子诚先生访谈录》，《新文学评论》2012 年第 3 期。

洪子诚：《近年的当代文学史研究》，《郑州大学学报》（哲学社会科学版）2001 年第 2 期。

洪子诚、李静：《朝向现实与未来的文学史——洪子诚教授访谈录》，《当代文坛》2019 年第 4 期。

洪子诚、钱文亮：《当代文学史研究中的史料问题》，《文艺争鸣》2003 年第 1 期。

洪子诚：《我们为何犹豫不决》，《南方文坛》2002 年第 4 期。

《洪子诚与当代文学研究》，《当代作家评论》1997 年第 1 期。

洪子诚：《“中国当代文学”》，《南方文坛》1999 年第 1 期。

黄平：《史家批评：程光炜近年来的“文学史批评”》，《文艺争鸣》2011 年第 18 期。

黄修己：《积累不足，创新也难》，《文学评论》2000 年第 4 期。

孔庆东：《现代文学研究与坚持“五四”启蒙精神》，《中国现代文学研究丛刊》1997 年第 4 期。

旷新年：《民族国家想象与中国现代文学》，《文学评论》2003 年第 1 期。

李凤亮：《“华语语系文学”的概念及其操作——王德威教授访谈录》，《花城》2008 年第 5 期。

李建立：《文学史研究如何在现场发言——读〈文学史的兴起：程光炜自选集〉》，《现代中文学刊》2010 年第 5 期。

李杨：《边界与危机：“当代文学史”漫议》，《中国现代文学研究丛刊》2020年第5期。

李杨：《当代文学史写作：原则、方法与可能性——从陈思和主编的〈中国当代文学史教程〉谈起》，《文学评论》2000年第3期。

李杨：《"好的文学"与"何种文学"、"谁的文学"》，《南方文坛》2003年第1期。

李杨、洪子诚：《当代文学史写作及相关问题的通信》，《文学评论》2002年第3期。

李杨：《"救亡压倒启蒙"？——对八十年代一种历史"元叙事"的解构分析》，《书屋》2002年第5期。

李杨：《没有"十七年文学"与"文革文学"，何来"新时期文学"？》，《文学评论》2001年第2期。

李杨：《文学分期中的知识谱系学问题——从"当代文学"的"说法"谈起》，《文学评论》2003年第5期。

李兆忠：《当代文学：打开历史的黑箱——文学史家洪子诚》，《南方文坛》2000年第1期。

林建法、程光炜、王尧等：《致力于现代知识分子人文精神和实践道路的探索——"陈思和文学思想学术研讨会"纪要》，《当代作家评论》2011年第2期。

刘锋杰：《民间概念也是遮蔽——读陈思和〈民间和现代都市文化——兼论张爱玲现象〉》，《文艺争鸣》2003年第2期。

刘黎琼：《出入文学史写作的内与外——浅论洪子诚的当代文学史著述》，《当代作家评论》2005年第5期。

刘永春：《近年来中国当代文学研究中的史料化现象平议》，《百家评论》2021年第1期。

龙其林：《从"插图"到"图志"——中国现当代文学史著中的图文互文类型、时空建构及问题》，《文学评论》2015年第4期。

龙其林：《现当代文学研究中的图文互文法类型初探》，《中国文学研究》2009年第4期。

孟繁华：《程光炜与当代文学研究的新范式》，《当代作家评论》2017年第2期。

潘莉、张雪蕊：《"当代文学批评的共识与分歧"研讨会纪要》，《南方文坛》2017年第5期。

钱理群：《读洪子诚〈当代文学史〉后》，《文学评论》2000年第1期。

钱理群：《矛盾与困惑中的写作》，《文艺理论研究》1999年第3期。

汤拥华：《文学如何"在地"？——试论史书美"华语语系文学"的理念与实践》，《扬子江评论》2014年第2期。

唐宏峰：《在"现代性"理论框架中的"晚清"——对近代小说研究近况的考察》，《中国现代文学丛刊》2010年第6期。

王德威、李浴洋：《何为文学史？文学史何为？——王德威教授谈〈哈佛新编中国现代文学史〉》，《现代中文学刊》2019年第3期。

王光明：《文学史：切入历史的具体型态——以洪子诚的研究为例》，《广东社会科学》2002年第4期。

王贺采访整理《当代文学史料的整理、研究及其问题——北京大学洪子诚教授访谈录》，《新文学史料》2019年第2期。

王雪瑛主持《众说纷纭女作家》，《海上文坛》1996年第12期。

王尧：《文学口述史的理论、方法与实践初探》，《江海学刊》2005年第4期。

王岳川：《新历史主义的文化诗学》，《北京大学学报》（哲学社会科学版）1997年第3期。

魏华莹：《程光炜学术年谱》，《东吴学术》2016年第4期。

吴俊：《文学史的视角：新媒介·亚文化·80后——兼以〈萌芽〉新概念作文的个案为例》，《文艺争鸣》2009年第9期。

吴亮：《马原的叙述圈套》，《当代作家评论》1987年第3期。

许永宁：《文学史书写视域下的朦胧诗经——以洪子诚四本文学史著作为中心》，《长沙理工大学学报》（社会科学版）2015年第6期。

严家炎：《新时期十五年的中国现代文学研究》，《中国现代文学研究丛刊》1995 年第 1 期。

杨联芬：《中国文学"现代"之起点——兼谈"20 世纪中国文学"概念的历史意义》，《现代中国文化与文学》2005 年第 1 期。

杨义：《以大文学观重开中国现代文学史写作的新局》，《湖北大学学报》（哲学社会科学版）2013 年第 3 期。

于濛：《"80 后"告别"80 后"以后……》，《中国图书评论》2005 年第 12 期。

於可训：《论与"编年体"有关的现当代文学史著述问题》，《北方论丛》2015 年第 4 期。

曾令存：《从夏志清到司马长风：作为海外中国当代文学史写作资源》，《学术研究》2017 年第 9 期。

曾令存：《洪子诚与中国当代文学》，《海南师范学院学报》（社会科学版）2004 年第 4 期。

曾令存：《中国当代文学史版本辑录与述略（大陆部分 1949—2019）》，《中国现代文学研究丛刊》2022 年第 2 期。

张福贵：《"五四"新文化方向与鲁迅思想的精神指向》，《当代文坛》2022 年第 2 期。

张军：《个人化述史情节与中国当代文学史著》，《贵州社会科学》2012 年第 8 期。

张军：《关于中国当代文学史编撰发生期的一些思考》，《中国现代文学研究丛刊》2012 年第 4 期。

张均：《当代文学应暂缓写史》，《当代文坛》2019 年第 1 期。

张涛：《理论贡献与立场偏狭——重评夏志清的〈中国现代小说史〉》，《文艺争鸣》2014 年第 9 期。

张伟栋：《"重返八十年代"的历史关联及其文学史效应——论程光炜的"重返八十年代"研究》，《文艺争鸣》2011 年第 18 期。

赵园、钱理群、洪子诚等：《20 世纪 40 至 70 年代文学研究：问题与方法》，《中国现代文学研究丛刊》2004 年第 2 期。

钟红明：《〈收获〉：品牌的生命力》，《编辑学刊》2008 年第 4 期。

周晓风：《寻求当代文学教学与研究的结合点——评孟繁华、程光炜著〈中国当代文学发展史〉》，《海南师范学院学报》（社会科学版）2004 年第 4 期。

左敏：《韩寒：一种文化读本》，《淮南师范学院学报》2002 年第 4 期。

报纸论文类

程光炜：《文学批评之道》，《文艺报》2011 年 9 月 19 日。

戴锦华：《诗歌的女性视野——关于〈中国女性诗歌文库〉的多边对话》，《中华读书报》1997 年 12 月 17 日。

黄兆辉、廖文芳：《80 后文学：未成年，还是被遮蔽?》，《南方都市报》2004 年 3 月 9 日。

乔燕冰：《一个人的文学史，于文学史意义何在?》，《中国艺术报》2019 年 1 月 21 日。

唐弢：《当代文学不宜写史》，《文汇报》1985 年 10 月 29 日。

欣闻：《中国当代文学引发海外汉学研究热》，《人民日报·海外版》2017 年 9 月 29 日。

周明全：《研究作家作品，也要研究批评家》，《光明日报》2021 年 3 月 31 日。

学位论文类

唐琼琼：《图文互参——读图时代的中国现代文学史写作》，硕士学位论文，广西民族大学，2016。

王慧：《中国文学史书写中的语图关系研究》，硕士学位论文，云南师范大学，2017。

后　记

　　本书是辽宁省教育厅 2020 年度科学研究项目"文学史观与中国当代文学史书写的话语型构"（编号：LJC202023）的成果，感谢辽宁省教育厅给予立项和经费支持！

　　课题组成员齐心协力，共同攻关，按计划完成项目。

　　本书各章撰写分工如下（以章节先后为序）：吴玉杰撰写第一章，第二章第一节；吴玉杰、郑思佳撰写第二章第二节，第四章第五节；宋颖撰写第二章第三节；李佳奇撰写第二章第四节；薄思达撰写第二章第五节；夏乙天撰写第三章第一节；任月莹撰写第三章第二节；孙冬迪撰写第三章第三节；常佳玥撰写第四章第一节；高文希撰写第四章第二节；杨恬恬撰写第四章第三节；周元昊撰写第四章第四节，第五章第二节；史丽华撰写第五章第一节；任含笑撰写第五章第三节；刘小萌撰写第五章第四节。

　　虽然我们已经尽力，但因能力和水平所限，书中疏漏之处在所难免，我们诚恳地期待有关专家学者批评指正。

　　最后，本书撰写者没有忘记社会科学文献出版社的领导为本书提供了宝贵的出版机会，责任编辑高雁女士为本书的顺利出版倾注了大量心血。在此，我们谨向社会科学文献出版社表示衷心的感谢！

吴玉杰

2022 年 8 月 6 日

图书在版编目（CIP）数据

中国当代文学史书写的话语型构 / 吴玉杰等著. --
北京：社会科学文献出版社，2023.4
（汉语言文学中国特色研究丛书）
ISBN 978 - 7 - 5228 - 1599 - 2

Ⅰ. ①中⋯　Ⅱ. ①吴⋯　Ⅲ. ①中国文学 - 当代文学 -
文学史研究　Ⅳ. ①I209.7

中国国家版本馆 CIP 数据核字（2023）第 054610 号

汉语言文学中国特色研究丛书
中国当代文学史书写的话语型构

著　　者／吴玉杰　郑思佳　孙冬迪　李佳奇 等

出 版 人／王利民
责任编辑／高　雁
文稿编辑／程丽霞
责任印制／王京美

出　　版／社会科学文献出版社（010）59367226
　　　　　地址：北京市北三环中路甲 29 号院华龙大厦　邮编：100029
　　　　　网址：www. ssap. com. cn
发　　行／社会科学文献出版社（010）59367028
印　　装／三河市尚艺印装有限公司

规　　格／开　本：787mm×1092mm　1/16
　　　　　印　张：16.75　字　数：231 千字
版　　次／2023 年 4 月第 1 版　2023 年 4 月第 1 次印刷
书　　号／ISBN 978 - 7 - 5228 - 1599 - 2
定　　价／98.00 元

读者服务电话：4008918866